꼭 읽어야 할

우리
고전
논술

한권으로 끝내기

꼭 읽어야 할

우리 고전 논술

한권으로 끝내기

ⓒ 이형철 · 신승철 2011

초판 1쇄 인쇄일 2011년 10월 20일
초판 1쇄 발행일 2011년 10월 25일

글 이형철 · 신승철   그림 신은혜
펴낸이 김지영   펴낸곳 작은책방
편집 김현주   디자인 박혜영
제작 · 관리 김동영, 김근삼, 신미혜   영업 김동준, 조명구

출판등록 2001년 7월 3일 제 2005-000022호
주소 121-895 서울시 마포구 서교동 400-16 3층
전화 (02)2648-7224   팩스 (02)2654-7696

ISBN 978-89-5979-249-8 13810

'고전소설'에 접근하는 올바른 방법

2005년도에 서울대에서 고전 100선을 발표한 이후 고전에 대한 관심이 많아지기는 했지만, 여전히 고전은 '딱딱하고, 어려운' 것으로 받아들여지고 있습니다. 특히, 초·중·고 학생들은 스스로 찾아 읽기보다는 의무감 때문에 읽는 경우가 많기 때문에 고전에 대한 흥미를 일찌감치 잃어버리는 경우가 많습니다.

다행히 고전 중에서도 '문학', 그중에서도 '소설'은 학생들이 어느 정도 관심을 가지는 분야입니다. '고전소설'이든 '현대소설'이든 인간의 보편적인 감성을 다루고 있기 때문입니다.

문제는 학생들에게 '고전소설' 또는 '현대소설'을 가르칠 때 이를 별개의 것으로 가르친다는 것에 있습니다. 그래서 학생들은 '고전소설'에 대해 배우면 배울수록 '고전'과 '현대'를 별개의 것으로 생각하게 되고 그러다 보니 '옛날 것을 배워서 뭐해?'라는 생각을 하게 됩니다. 즉, 고전에 대한 흥미를 잃어버리는 것입니다.

그러나 고전은 현대를 비추는 거울입니다. 옛 사람들의 삶이나 사고방식은 형식을 달리할 뿐, 그대로 오늘날과 이어져 있습니다. 따라서 고전을 대할 때는, 오늘날의 현실과 대비하여 바라볼 필요가 있습니다.

'고전소설'도 마찬가지입니다. '고전소설'에는 당대 사람들의 삶의 방식과 정신이 담겨 있습니다. 그리고 당대의 삶의 방식과 정신은 오늘날과 크게 다르지 않습니다. 그러므로 학생들에게 '고전소설'을 가르칠 때에는 고전과 현대를 아울러 바라볼 수 있도록 가르쳐야 합니다.

학생들은 이처럼 고전과 현대를 아우를 수 있을 때 고전을 '암기'가 아니라 '이해'하게 됩니다. 한 번 이해한 것들은 머릿속에서 쉽게 사라지지 않습니다. 그래서 이 책에서는 〈독서 지도 포인트〉를 고전과 현대를 연관시켜 생각하는 데 초점을 두고 있습니다.

물론 여기서 제시하고 있는 〈독서 지도 포인트〉가 정답은 아닐 것입니다. 문학에는 정답이 없기 때문입니다. 그렇지만 이 책을 잘 활용한다면 학생들에게 '고전소설'에 접근하는 올바른 방법을 가르칠 수는 있을 것입니다. 그리고 이를 통해 학생들이 '고전소설'에 올바른 접근을 할 수 있다면 학생들은 '고전소설' 뿐만 아니라 고전을 더 이상 '딱딱하고, 어려운' 것으로 받아들이지 않을 것입니다.

2011년 10월   이형철, 신승철

목차

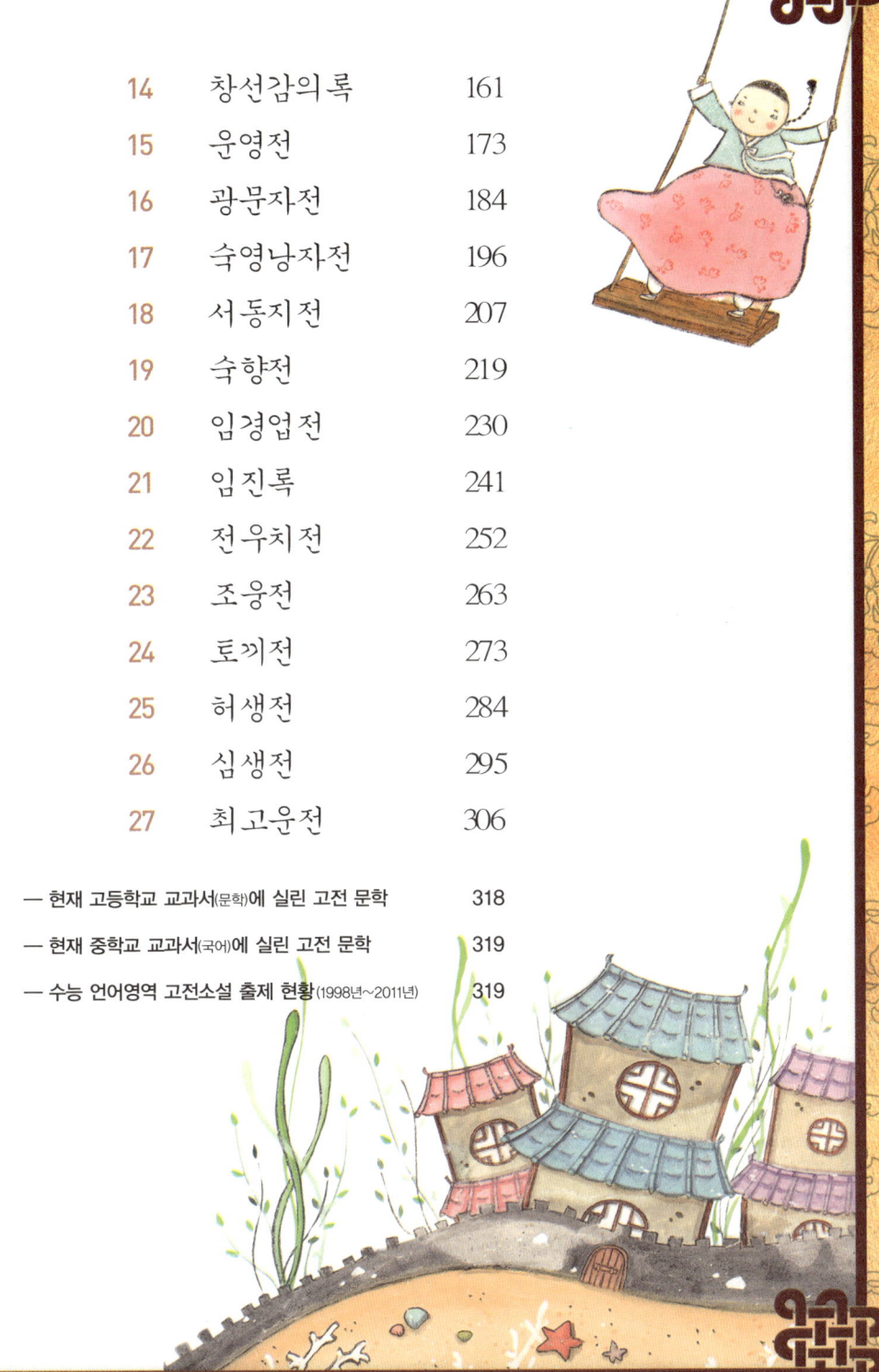

1

만복사저포기

줄거리

전라도 남원 지방에 양생이란 노총각이 살고 있었다. 그는 어려서 전란으로 부모를 잃고 만복사라는 절의 동쪽 방에서 자신의 운명을 한탄하며 외롭게 사는 중이었다.

그러던 어느 날 밤, 그는 부처님 앞에 가서 저포놀이(주사위 혹은 윷놀이의 일종)를 하자고 제안한다. 만약 자신이 지면 부처님에게 사례를 할 것이니, 부처님이 지면 자신에게 배우자를 점지해 줄 것을 부탁했다. 그리고 공정하게 놀이를 한 결과 양생이 이기게 되었다.

그런데 때마침 법당의 문이 열리고 아름다운 처녀가 들어왔다. 양생은 재빨리 부처님 뒤에 가서 숨었다. 처녀는 부처님 앞에 와서 자신의 배우자를 점지해 달라고 기도했다. 이에 양생이 나가 자신과 함께 할 것을 말하자, 처녀 또한 승낙해 그 둘은 만복사의 으슥한 방에 들어가 하룻밤을 보냈다.

다음날 양생과 처녀는 개령동에 있는 처녀의 집에 가서 행복하게 며칠을 보냈다.

어느 날, 그 처녀가 이제 함께 할 수 있는 시간이 다했으니 그만 돌아가 달라고 하며, 며칠 뒤에 보련사 앞에 가면 자신을 만날 수 있을 것이라 말했다. 양생은 하는 수 없이 그녀와 이별하고 다시 만날 것을 약속하는 의미로 은잔 하나를 징표로 받아 가지고 나왔다.

양생은 약속한 날에 보련사로 가는 길목에서 처녀를 기다렸다. 그런데 그가 만나게 된 것은 딸의 제사를 지내기 위해 절에 가는 처녀의 아버지였다. 양생은 갖고 있는 은잔을 통해 그 처녀는 2년 전에 왜관에서 난을 만나 죽은 처녀의 영혼이었음을 알게 된다.

양생은 그 처녀가 죽은 영혼임을 알고서도 사모하는 마음에 그녀가 나타나기를 기다리니 과연 그 처녀가 나타났다. 그들은 같이 보련사로 가서 제삿밥을 먹고, 절 방으로 들어가 하룻밤을 보냈다.

양생은 그 이튿날 그 처자와 영원히 이별하게 되었다. 양생은 처녀의 부모가 준 재산을 다 팔아 날마다 절에서 제를 올렸다. 그러자 그 처녀의 혼이 나타나서 '당신의 공덕으로 이제 선국에 환생하게 되었다'는 말을 하고 사라졌다. 이후 양생은 지리산에 들어가 약초를 캐며 살았다. 그 뒤로 그에게 무슨 일이 생겼는지 아는 사람이 아무도 없었다.

전라도 남원에 양생이 살고 있었는데, 일찍이 어버이를 잃은 데다 아직 장가도 들지 못했으므로 만복사萬福寺의 동쪽에서 혼자 살았다.

이 고을에서는 만복사에 등불을 밝히고 복을 비는 풍속이 있었는데, 남녀들이 모여들어 저마다 소원을 빌었다. 날이 저물고 법회도 끝나자 사람들이 드물어졌다. 양생이 소매 속에서 저포를 꺼내어 부처 앞에다 던지면서,

"제가 오늘 부처님을 모시고 저포놀이를 하여 볼까 합니다. 만약 제가 지면 법연法筵을 차려서 부처님께 갚아 드리겠습니다. 만약 부처님이 지시면 아름다운 여인을 얻어서 제 소원을 이루게 하여 주십시오."

빌기를 마치고 곧 저포를 던지자, 양생이 이겼다. 그래서 부처 앞에 무릎을 꿇고 앉아서 말했다.

"인연이 이미 정해졌으니, 속이시면 안 됩니다."

그는 불좌佛座 뒤에 숨어서 그 약속이 이루어지기를 기다렸다. 얼마 뒤에 한 아름다운 아가씨가 들어오는데, 나이는 열대여섯쯤 되어 보였다. 머리를 두 갈래로 땋고 깨끗하게 차려 입었는데, 아름다운 얼굴과 고운 몸가짐이 마치 하늘의 선녀 같았다. 바라볼수록 얌전하였다.

그 여인은 기름병을 가지고 와서 등잔에 기름을 따라 넣은 다음 향을 꽂은 뒤 세 번 절하고 꿇어앉아 슬피 탄식하였다.

"인생이 박명하다지만, 어찌 이럴 수가 있으랴?"

그리고는 품속에서 배필을 얻기를 바라는 축원문을 꺼내어 불탁 위에 바쳤다.

여인이 빌기를 마치고 나서 여러 번 흐느껴 울었다. 불좌 틈으로 여인의 얼굴을 보고 마음을 걷잡을 수 없었던 양생은 갑자기 뛰쳐나가 말하였다.

"조금 전에 글을 올린 것은 무슨 일 때문이신지요?"

그는 여인이 부처님께 올린 글을 보고 얼굴에 기쁨이 흘러넘치며 말하였다.

"아가씨는 어떤 사람이기에 혼자서 여기까지 왔습니까?"

여인이 대답하였다.

"저도 또한 사람입니다. 대체 무슨 의심이라도 나시는지요? 당신께서는 다만 좋은 배필만 얻으면 되실 테니까, 반드시 이름을 묻거나 그렇게 당황하지 마십시오."

이때 만복사는 이미 퇴락하여 스님들은 한쪽 구석진 방에 머물고 있었다. 법당 앞에는 행랑만이 쓸쓸하게 남아 있고, 행랑이 끝난 곳에 아주 좁은 판잣방이 있었다.

양생이 여인의 손을 잡고 판잣방으로 들어가자, 여인도 어려워하지 않고 들어왔다. 서로 즐거움을 나누었는데, 보통 사람과 한가지였다.

이윽고 밤이 깊어 달이 동산에 떠오르자 창살에 그림자가 비쳤다. 문득 발자국 소리가 들리자 여인이 물었다.

"누구냐? 시녀가 찾아온 게 아니냐?"

시녀가 말하였다.

"예. 평소에는 아가씨가 문밖에도 나가지 않으시고 서너 걸음도 걷지 않으셨는데, 어제 저녁에는 우연히 나가셨다가 어찌 이곳까지 오셨습니까?"

여인이 말하였다.

"오늘의 일은 우연이 아니다. 하느님이 도우시고 부처님이 돌보셔서, 고운님을 맞이하여 백년해로를 하게 되었다. 어버이께 여쭙지 못하고 시집가는 것은 비록 예법에 어그러졌지만, 서로 즐거이 맞이하게 된 것은 또한 평생의 기이한 인연이다. 너는 집으로 가서 앉을 자리와 술안주를 가지고 오너라."

시녀가 그 명령대로 가서 뜨락에 술자리를 베푸니, 시간은 벌써 사경四更(새벽 1시에서 3시 사이)이나 되었다. 시녀가 차려 놓은 방석과 술상은 무늬가 없이 깨끗하였으며, 술에서 풍기는 향내도 정녕 인간 세상의 솜씨는 아니었다.

양생은 비록 의심나고 괴이하였지만, 여인의 이야기와 웃음소리가 맑고 고우며 얼굴과 몸가짐이 얌전하여, '틀림없이 귀한 집 아가씨가 담을 넘어 나왔구나.' 생각하고는 더 이상 의심하지 않았다.

여인이 양생에게 술잔을 올리면서 시녀에게 명하여 '노래를 불러 흥을 도우라.' 하고는, 양생에게 말했다.

"이 아이는 옛 곡조밖에 모릅니다. 저를 위하여 새 노래를 하나 지어 흥을 도우면 어떻겠습니까?"

양생이 흔연히 허락하고는 곧 「만강홍滿江紅」 가락으로 가사를 하나 지어 시녀에게 부르게 하였다.

노래가 끝나자 여인이 서글프게 말하였다.

"지난번에 봉도蓬島에서 만나기로 했던 약속은 어겼지만, 오늘 소상강瀟湘江에서 옛 낭군을 만나게 되었으니 어찌 천행이 아니겠습니까? 낭군께서 저를 멀리 버리지 않으신다면 끝까지 시중을 들겠습니다. 그렇지만 만약 제 소원을 들어주지 않으신다면 저는 영원히 자취를 감추겠습니다."

양생이 이 말을 듣고 한편 놀라며 한편 고맙게 생각하여 대답하였다.

"어찌 당신의 말에 따르지 않겠소?"

그러면서도 여인의 태도가 범상치 않았으므로, 양생은 유심히 행동을 살펴보았다. 이때 달이 서산에 걸리자 먼 마을에서는 닭이 울고 절의 종소리가 들려 왔다. 먼동이 트려 하자 여인이 말하였다.

"얘야. 술자리를 거두어 집으로 돌아가거라."

시녀는 대답하자마자 없어졌는데, 간 곳을 알 수 없었다. 여인이 말하였다.

"인연이 이미 정해졌으니 낭군을 모시고 집으로 돌아가려 합니다."

양생이 여인의 손을 잡고 마을을 지나가는데, 개는 울타리에서 짖고 사람들이 길에 다녔다. 그러나 길 가던 사람들은 그가 여인과 함께 가는 것을 알지 못하고, 다만,

"양 총각, 새벽부터 어디에 다녀오시오?"

하고 물었다. 양생이 대답했다.

"어젯밤 만복사에서 취하여 누웠다가 이제 친구가 사는 마을을 찾아가는 길입니다."

날이 새자 여인이 양생을 이끌고 깊은 숲을 헤치며 가는데, 이슬이 흠뻑 내려서 갈 길이 아득하였다. 양생이,

"어찌 당시 거처하는 곳이 이렇소?"

하자 여인이 대답했다.

"혼자 사는 여자의 거처가 원래 이렇답니다."

원전 이해하기

「만복사저포기」는 「금오신화金鰲新話」에 실린 다섯 편 중 하나로, 일종의 <u>전기소설傳奇小說</u>입니다. 이 소설은 예부터 전하는 여러 가지 설화들이 복합적으로 어우러져, 이승의 사람과 저승의 영혼의 결합이라는 전기성傳奇性을 선명하게 보이고 있습니다.

「금오신화金鰲新話」가 구우의 「<u>전등신화剪燈新話</u>」의 영향을 많이 받았다고 하지만, 「만복사저포기」는 한국을 배경으로 한국인을 등장시킴으로써 자주적인 성격을 보여줍니다. 또한 산 사람과 죽은 사람의 사랑을 통해 강렬한 삶의 의지를 표현하고 있습니다.

여기서 죽은 사람은, 귀신이라기보다는 산 사람과는 다른 형태로 살아가는 사람이라고 할 수 있습니다. 이는 **귀신의 존재를 인정하지 않는 작자의 사상이 작품에 드러난 결과**입니다. 작자인 김시습은 이루어지기 힘든 사랑을 통해 사랑을 방해하는 현실 세계의 횡포를 고발하고 있습니다.

때문에 **「만복사저포기」는 비록 비현실적인 이야기를 다루고 있지만, 그 이야기를 통해 현실의 문제를 드러낸다는 점에서 오히려 현실주의적이고 사실주의적**이라고 말할 수 있습니다.

전기소설傳奇小說　전기적이라는 말은 현실성이 떨어지는 진기한 것을 일컫는 말이다. 따라서 전기적인 이야기는 일상적이고 현실적인 것과 거리가 먼 신비로운 내용을 지닌다. 이런 전기적 요소를 가지고 이야기를 구성한 소설을 전기소설이라 한다.

전등신화　명나라 때 구우가 지은 40권의 단편전기소설집으로 일부만 전해지고, 조선 전기에 유입되었다.

15

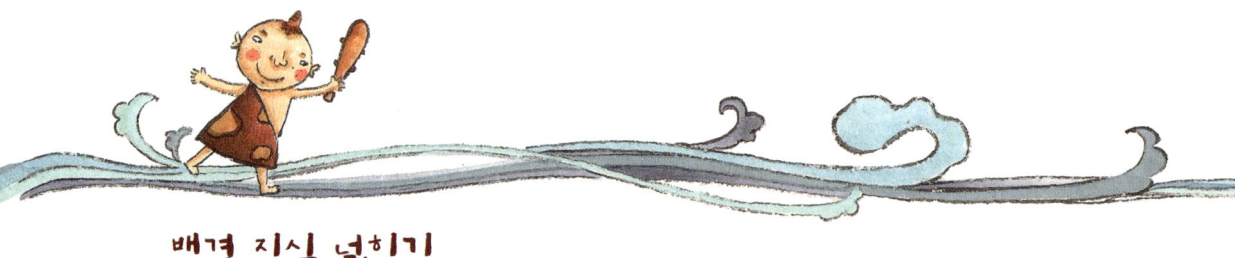

배경 지식 넓히기

🍃 김시습은 누구일까요?

「금오신화金鰲新話」의 작자인 김시습은 조선 초기의 학자로 생육신生六臣의 한 사람입니다.

김시습은 태어날 때부터 신동 소리를 들었는데, 3살에는 이미 시를 지을 줄 알았을 뿐만 아니라 「소학小學」 등도 읽어 그 뜻을 통달했다고 합니다. 그리고 5세 때에는 세종 대왕 앞에서 글을 지어 올리고 비단을 선물받기도 합니다. 15세 때에는 어머니가 돌아가시자 무덤 옆에 여막廬幕(무덤 가까이에 지어 놓고 상제가 거처하는 초막)을 짓고 삼년상을 치릅니다. 이후 삼각산 중흥사重興寺에서 공부를 하다가 수양 대군이 어린 단종을 몰아내고 왕위에 올랐다는 소식을 듣고 울분을 삼키지 못합니다. 결국 나흘 동안 방안에서 한 발짝도 나오지 않고 단식을 한 뒤 읽던 책을 모두 불태워 버리고 중이 되어 방랑길에 오릅니다. 그는 47세 때에 환속還俗하여 절개를 지키며, 불교와 유교를 아우르는 사상과 탁월한 문장으로 한세상을 풍미하다가 59세로 생애를 마칩니다.

🍃 만복사

만복사는 고려 문종, 혹은 신라 말기의 고승 도선국사에 의해 창건된 것

16

으로 추측되는 사찰입니다. 「동국여지승람東國輿地勝覽」과 「세종실록지리지世宗實錄地理志」를 보면, "만복사는 기린산에 있는데 동편에는 5층 전이 있고 서편에는 2층 전이 있으며, 전殿 안에는 동銅으로 된 35척尺의 불상이 있다. 고려 문종 때 창건한 바이다"라는 기록을 볼 수 있습니다.

　문헌에 기록된 내용으로 보아 창건 당시 만복사는 상당히 규모가 큰 사찰이었음을 추측할 수 있습니다. 뿐만 아니라 현재까지 전해오는 이야기에 의하면, 만복사에 기거하던 승려들이 시주를 마치고 저녁나절이면 돌아오는 모습이 장관이어서 남원팔경南原八景의 하나로 꼽게 됐다고 합니다.

　지금도 만복사 탑塔돌이가 전해 오고 있지만 안타깝게도 조선조 중엽 정유재란 때, 왜적에 의해 소실되어 옛 모습을 찾아볼 수는 없습니다. 다만 당시의 유물로 5층석탑, 당간지주, 석불입상, 석좌대, 석인상 등이 전해 오고 있습니다.

생육신生六臣　단종이 숙부 수양 대군에게 왕위를 빼앗기자 관직에 나가지 않고 절개를 지킨 이맹전, 조여, 원호, 김시습, 성담수, 남효온(혹은 권절) 등 여섯 명의 신하를 말한다.

동국여지승람東國輿地勝覽　조선 성종 때 편찬된 지리서로 조선 각 도의 지리·풍속·사적·전설과 역대 이름난 작가들의 시와 기문記文, 단군신화가 실려 있다.

세종실록지리지世宗實錄地理志　단종 2년(1454)에 완성된 『세종실록』에 들어 있는 이 지리지地理誌는 8권 8책으로, 『신찬팔도지리지新撰八道地理志』를 증보하여 만들었다. 방대하고 조직적인 인문지리의 백과사전으로 훌륭한 체계와 규모를 갖추었다.

남원팔경南原八景　교룡낙조蛟龍落照, 축천모설丑川暮雪, 금암어화錦岩漁火, 비정낙안飛亭落雁, 선원모종禪院暮鐘, 광한추월廣寒秋月, 원천폭포源川瀑布, 순강귀범鶉江歸帆 외에 만복귀승萬福歸僧을 말한다.

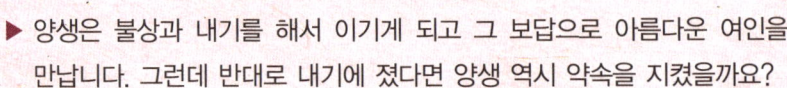

▶ 양생은 불상과 내기를 해서 이기게 되고 그 보답으로 아름다운 여인을 만납니다. 그런데 반대로 내기에 졌다면 양생 역시 약속을 지켰을까요?

▶ 〈만복사저포기〉는 우리나라 최초의 한문소설인 《금오신화》에 수록된 5편의 소설 중 하나입니다. 특별히 이 고전소설 속에는 운문(시)이 많이 들어 있습니다. 그 이유는 무엇일까요?

▶ 이 작품은 불교적 색채가 매우 강한 작품입니다. 그에 대한 사례를 들고 설명해 보세요.

「만복사저포기」는 기본적으로 남녀의 사랑을 다루고 있는 이야기입니다. 따라서 양생과 처녀의 사랑에 초점을 맞추어 감상할 필요가 있습니다. 이때 주목해야 할 것은 양생과 처녀의 사랑이 지닌 근본적인 한계입니다. 양생과 처녀는 사랑을 이루기 위해 산 사람과 죽은 사람이라는 높은 벽을 뛰어넘어야 합니다. 물론 소설이기 때문에 이렇게 극단적인 장애물을 설정하고 있지만, 실제로 우리의 현실에도 연인의 사랑을 가로막는 장애물은 많습니다. 그러므로 아이들과 외모, 학벌, 경제력 등등 사랑을 가로막는 현실적인 문제들에 대해 토론해 보는 것도 좋을 것입니다. 더 나아가 아이들에게 연인의 사랑, 부모와 자식 간의 사랑, 인간 대 인간으로서의 사랑(휴머니

즘) 등 **'사랑'의 다양한 형태**에 대해 이야기하는 것도 생각의 폭을 넓히는 데 많은 도움이 될 것입니다.

다음으로 주목할 점은 환상적인 이야기 구조입니다. 최근에 「해리포터」, 「트와일라잇」 등 서양의 판타지 소설이 유행하고 있는데 동서양 판타지 소설의 공통점과 차이점 등에 대해서도 이야기를 나눠 보면 좋을 것입니다. 기본적으로 동·서양의 판타지 소설 모두 신화, 전설, 민담 등 옛 이야기를 토대로 만들어졌습니다. 그러므로 이야기의 기본적인 구조나 주제는 크게 차이가 없습니다. 다만 동양과 서양의 문화가 다른 만큼 이야기의 배경에서 차이가 난다고 볼 수 있습니다.

이와 더불어 판타지 소설이 지닌 상상력에 대해서도 이야기를 나눠 보면 좋을 것입니다. 소설을 이루는 여러 요소 중에서도 가장 중요한 것이 바로 상상력입니다. 보통 판타지 소설을 말도 안 되는 허황된 이야기로 평가절하하는 경우가 많은데 이는 잘못된 생각입니다. 오히려 판타지 소설은 소설의 상상력을 극대화시키고 있다는 점에서 높은 평가를 받아야 할 것입니다. 다만, 최근의 판타지 소설들은 너무나 비슷한 이야기 구조와 배경을 가지고 있다는 것이 아쉬운 점입니다.

마지막으로 아이들 스스로 간단한 판타지 소설을 써 보도록 하는 것도 아이들의 상상력을 개발하는 데 도움이 될 것입니다.

2

이생규장전

개성 낙타교 근처에 사는 이생은 일찍이 국학에 들어가 길에서도 글을 외울 정도로 학업에 열중하고 있었다. 그런데 국학으로 가는 길에 있는 선죽리라는 마을에 명문가 최씨 집안이 있었다. 그 집의 딸 최랑은 자수와 시부에 뛰어난 처녀였다.

어느 날 이생이 최랑의 집을 지나가다가 문득 담장 안을 들여다보게 되었다. 그곳은 별당으로, 마침 최랑이 수를 놓다가 사랑을 하고 싶다는 시를 읊고 있었다. 이생은 학교에서 돌아오는 길에 화답 시 세 수를 써서 담장 안으로 던졌다. 최랑은 그 시를 받고 시녀를 시켜 해가 지고 난 다음에 만나자는 뜻을 전했다.

어두워지자 이생은 최랑의 집을 찾아갔다. 최랑은 이생이 담장 안을 넘을 수 있도록 그넷줄에 대광주리를 매달았다. 그날 이생은 최랑과 즐거운 시간을 보냈다.

사흘 동안 최랑의 방에서 시간을 보낸 이생은 부모가 걱정이 되어 집으로 다시 돌아갔다. 그리고는 밤마다 최랑을 찾아갔다.

이를 눈치챈 이생의 아버지는 심하게 꾸짖으며 이생을 울주로 내려 보냈다. 이 사실을 알게 된 최랑은 음식을 모두 끊고 자리에 누웠다. 최랑의 부모는 이생과의 사건을 알게 되고, 또 딸의 간곡한 부탁에 중매쟁이를 이생의 집에 보냈다.

몇 번의 거절과 요청이 오고간 뒤 두 사람은 부모의 허락을 받아 결혼했다.

혼례를 치른 후 이생과 최랑은 행복한 결혼 생활을 했다. 또한 이생은 과거에 급제하여 이름을 떨쳤다. 그러나 곧 홍건적의 난이 일어나 양쪽 집안의 가족들이 모두 죽고 최랑 역시 홍건적에게 대항하다가 목숨을 잃었다. 이생만이 혼자 살아남아 최랑의 옛집을 찾아가 슬퍼했다. 그러자 홀연히 최랑이 나타났다.

이생은 최랑이 이미 죽은 줄 알면서도 너무도 사랑한 나머지 세속의 인연을 끊고 최랑과 함께 수년간을 행복하게 살았다. 그러나 다하지 못한 사랑을 나누는 것도 잠깐일 뿐, 어느 날 최랑은 이승에서의 인연이 다했음을 알리고 이생을 떠났다. 이생은 최랑의 뼈를 찾아 묻어 준 다음 최랑을 그리워하다가 병이 들어 죽었다.

송도(松都)에 이(李)씨 성을 가진 서생이 낙타교(駱駝橋) 앞에 살고 있었다. 나이는 열여덟인데 얼굴은 말쑥하며 재주가 뛰어났었다. 일찍부터 국학(國學)에 다녔는데 길을 가면서도 글을 읽었다.

그때 선죽리(善竹里) 귀족 집에 최(崔)씨 처녀가 살고 있었다. 나이 열대여섯쯤 되었는데 맵시는 아리땁고 자수에 능하며 시부(詩賦)에도 뛰어났다.

이 서생은 일찍부터 책을 끼고 학교에 갈 때는 언제나 최 처녀의 집 앞을 지나다녔는데 그 집 북쪽 담 밖에는 수십 그루의 수양버들이 운치 있게 둘러쳐져 있었다.

어떤 날 이 서생이 그 나무 밑에서 쉬다가 문득 담 안을 엿보았더니 이름 있는 온갖 꽃들은 활짝 피어 있고 벌과 새들이 그 사이를 요란하게 날고 있었다. 그 옆에는 자그마한 누각이 꽃숲 사이에 은은히 보이는데, 구슬로 만든 발은 반쯤 가려 있고 비단 휘장은 나지막하게 드리워져 있었다. 그 속에 한 아름다운 여인이 수를 놓고 있다가 손을 잠시 멈추고 아래턱을 괴더니 시를 읊었다.

이 서생은 그녀가 읊은 시를 듣고는 자기의 재주를 급히 시험하고자 안달이 났다. 그러나 그 집의 담장은 높고 가파르며, 안채가 깊숙한 곳에 있었으므로 다만 서운한 마음으로 학교로 갔다. 그는 돌아올 때에 흰 종이 한 폭에다 시 3수를 써서 기와에 매달아 담 안으로 던져 보냈다. 최 처녀가 시비 향아를 시켜 주워 보니 이 서생이 보낸 시였다.

최 처녀는 그 시를 읽고 또 읽은 후 마음속으로 기뻐하면서 자기도 종이

쪽지에다 짤막한 글귀를 적어서 담장 밖으로 던져 주었다.

"도련님은 의심치 마십시오. 황혼에 뵙기로 합시다."

황혼이 되자 이 서생은 최 처녀의 집을 찾아갔다. 문득 복숭아 꽃나무 한 가지가 담 밖으로 휘어져 넘어오면서 간들거리기 시작했다. 이 서생이 가까이 가서 살펴보니 그넷줄에 매달린 대광주리가 아래로 드리워져 있었다. 이 서생은 그 줄을 타고 담을 넘어갔다. 때마침 달이 동산에 돋아오고 그림자가 땅에 깔려 맑은 향기가 사랑스러웠다. 이 서생은 자기가 신선세계에 들어오지나 않았나 하는 생각이 들어서 마음은 은근히 기뻤으나 몰래 숨어들고 보니 모발이 곤두섰다. 그가 좌우를 살펴보니 최 처녀는 벌써 꽃떨기 속에서 시녀 향아와 함께 꽃을 꺾어 머리에 꽂고 구석진 곳에 자리를 펴고 앉아 있었다. 그녀는 이 서생을 보자 방긋 웃으며, 시 두 구절을 먼저 읊었다.

도리桃李 나무 얽힌 가지 꽃송이 탐스럽고,
원앙새 베개 위엔 달빛도 곱고나.

서생도 곧 뒤를 이어서 시를 읊었다.

이 다음 어쩌다가 봄소식이 샌다면,
무정한 비바람에 또한 가련하리라.

최 처녀는 곧 낯빛이 변하면서 말했다.

"도련님 저는 애당초 도련님을 끝내 남편으로 모셔 오래도록 즐겁게 지내려 마음먹고 있었습니다. 그런데 도련님께서는 어찌 그런 말씀을 하십니까? 저는 비록 여자의 몸이오나 조금도 걱정함이 없는데 대장부의 의기를 가지고서 어찌 그런 말씀을 하십니까? 뒷날에 규중의 비밀이 누설되어 부모님께 꾸지람을 듣게 되더라도 저 혼자 책임을 지겠습니다."

말을 마친 후 그녀는 향아를 시켜 방에 들어가서 술과 과일을 가져오게 했다. 향아가 떠나버리자 사방이 적막하며 인적이라고는 없었다. 이 서생은 물었다.

"여기는 어떤 곳입니까?"

"이곳은 저희 집 뒷동산에 있는 작은 누각 밑입니다. 저희 부모님께서는 제가 무남독녀이므로 여간 사랑하지 않습니다. 그래서 이 연못가에 누각을 지으시고 시비와 더불어 화창한 봄을 즐기게 해 주셨습니다. 부모님께서는 여기서 떨어진 깊숙한 곳에 계시기 때문에 비록 웃으며, 큰소리로 얘기해도 쉽게 들리지 않습니다."

원전 이해하기

「금오신화金鰲新話」에 실려 있는 이 작품은 전체적인 내용 구성상 크게 두 부분으로 나눠 볼 수 있습니다. 우선 전반부는 유교적인 관습에 얽매이지 않은 남녀가 서로 만나 사랑하고 혼인하는 내용으로 작가의 **진보적인 애정관**이 잘 드러나는 부분입니다. 후반부는 죽었던 '최랑'이 다시 나타나서 '이생'과 수년을 함께 살다 돌아가는 부분입니다. 결국, **전반부는 현실적인 세계와 사건, 후반부는 비현실적인 세계와 사건을 다루고 있다**고 할 수 있습니다. 「이생규장전」은 이런 이중 구성을 통해 작품에 독특한 재미를 부여하고 있습니다.

이 작품에 드러나는 귀신과의 사랑은 이미 최치원이 지은 것으로 많이 알려진 「수이전殊異傳」에 잘 나타나 있습니다. 따라서 이 작품은 이러한 전설을 바탕으로 삼아 창작한 것으로 볼 수 있습니다. 그러나 이 작품을 설화가 아닌 소설로 봐야 하는 까닭은 주인공들이 자신들의 운명에 저항하기 때문입니다. 주인공들이 자신들의 사랑을 좌절시키려는 세상의 횡포에 강하게 저항하는 모습을 드러냄으로써 **인간과 세계의 대결이라는 소설적 요소를 충족**시키고 있는 것입니다.

　　그러나 인간과 귀신의 사랑이라는, 현실적으로 불가능한 일을 다루고 있다는 점은 이 소설의 특징이자 단점이라고 할 수 있습니다. 현실에서 벌어지는 갈등은 현실에서 풀어야 하는 법인데, 이 소설은 현실을 초월한 곳에서 갈등을 풀어나갑니다.

　　하지만 당시의 사회적인 분위기가 개인의 욕망을 현실에서 해결하기에는 어려운 점이 있었으므로 다른 시각에서 보면 당시의 억압적인 현실을 잘 드러내고 있다고도 볼 수 있습니다.

수이전殊異傳　　고려 초기 작자미상인 한국의 첫 설화집으로, 현존하지는 않고 최치원이나 박인량 등이 지었다는 설이 있다.

27

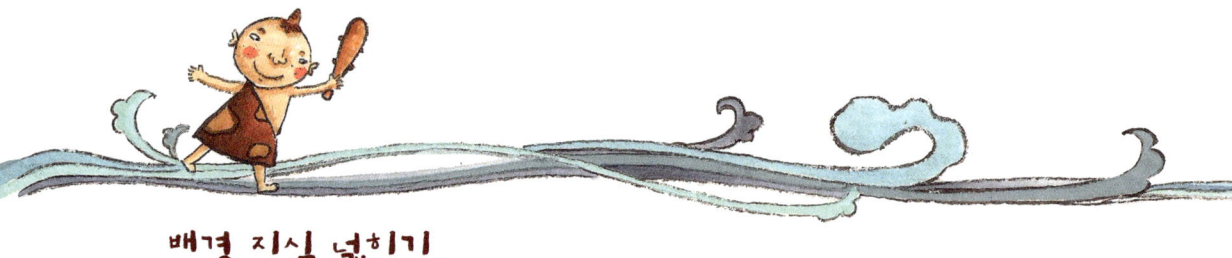

❥ 홍건적의 고려 침입

홍건적은 원의 반격에 쫓겨 곤경에 처하자 두 차례에 걸쳐 고려를 침범합니다. 1359년 12월 홍건적의 장군 모거경은 4만의 군사를 이끌고 고려를 침략하여 의주, 정주, 인주, 철주를 거침없이 차지하고 결국 서경까지 손에 넣습니다. 고려는 이에 맞서 이승경을 도원수로 삼아 이듬해 1월, 2만 명의 군사로 서경을 탈환합니다. 그리고 2월에는 정주, 함종, 안주, 철주 등지에서 홍건적을 물리쳐 압록강 이북으로 모두 몰아냅니다.

그러나 홍건적은 1361년 10월에 반성, 사유, 관선생, 주원수 등이 10만의 무리를 이끌고 다시 침범합니다. 이들에 의해 개경이 함락되고 공민왕은 복주로 피신합니다. 다음 해 1월 정세운, 안우, 이방실, 김득배, 최영 등의 고려군은 개경에 진입하여 적을 대파하고 사유, 관선생 등을 죽임으로써 홍건적은 압록강 건너로 모두 퇴각하다 괴멸합니다.

홍건적은 전멸되었으나 이 전란으로 고려도 큰 타격을 입고 왕권이 약화됩니다. 그리고 최영과 이성계가 역사의 중심으로 떠오르게 됩니다.

🌱 전등신화

명나라 때 구우가 지은 「전등신화」는 김시습의 「금오신화」에 큰 영향을 끼쳤다고 알려진 소설입니다. 「전등신화」는 '초의 심지를 잘라서 불빛을 밝혀 가며 읽는 진기한 이야기'라는 뜻입니다. 「전등신화」를 지은 구우瞿佑; 1341~1427는 어려서부터 문재가 뛰어나 이름을 날렸고 많은 저작을 남겼다고 합니다. 그러나 현존하는 것은 「전등신화」를 포함해 세 가지뿐입니다.

구우의 자서에서는 "일찍이 고금의 괴기지사를 편집하여 40권의 전등록을 지은 바 있다"고 했는데 현재 전하고 있는 「전등신화」는 4권으로서 각 권마다 5편의 고사가 실려 있고 부록 1편을 합하면 모두 21편 정도입니다.

주요 내용을 보면 용궁을 찾아가 글을 써주고 막대한 재산을 얻거나 죽은 혼백과 사랑을 나눈 얘기, 염라대왕에게 잡혀갔다 온 얘기, 직녀신을 만나 비단을 받아오는 얘기 등으로 전통적인 지괴, 전기의 명맥을 잇고 있습니다. 훗날 청대의 「요재지이聊齋志異」가 「전등신화」의 뒤를 잇게 됩니다.

홍건적의 난　중국 원나라 말기 홍건적과 백련교도가 중심이 되어 일으킨 종교적 농민 반란. 머리에 붉은 두건을 둘렀다 하여 홍건적이라 한다.

독서지도 포인트

▶ 이생과 최랑은 부모님을 속이고 몰래 만납니다. 남녀가 사랑한다면 부모님의 의견은 상관없는 것일까요?

▶ 최랑은 홍건적에게 맞서다 죽임을 당합니다. 목숨을 버리면서까지 맞서는 것이 과연 옳은 일이었을까요?

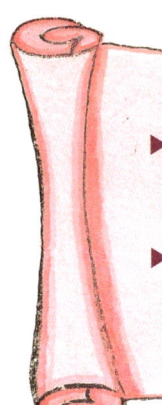

「이생규장전」도 「만복사저포기」와 마찬가지로 기본적으로는 남녀의 사랑을 다루고 있는 이야기입니다. 그리고 「이생규장전」의 후반부와 「만복사저포기」를 비교할 때 죽은 사람과 산 사람의 사랑이라는 공통점을 갖고 있습니다. 따라서 두 작품 사이의 공통점을 찾아보도록 유도하고 연인 간의 사랑을 왜 이렇게 비현실적 이야기로 풀어냈는지 토론해 보면 좋을 것입니다. 일반적으로는 주인공들의 사랑을 가로막고 있는 '죽음'이라는, 현실적으로 극복하기 어려운 장애물을 설정함으로써 그것을 극복한 주인공들의 사랑이 얼마나 위대한지를 보여 주고 있다는 설명도 괜찮습니다. 그러나 이것이 꼭 정답은 아니며 아이들에게서 다양한 의견을 끌어내는 것이 중요합니다.

더불어 **이런 형태의 사랑 이야기를 영화나 만화 또는 게임 등에서 찾아보게 하고 오늘날에도 이런 형태의 사랑 이야기가 계속 존재하는 이유에 대해서도 토론해 보면 좋을 것입니다.**

이러한 비현실적인 사랑 이야기가 오늘날에도 끊임없이 만들어지는 이유는 **두 가지 측면**에서 이해해 볼 수 있습니다.

먼저, 현실의 굴레에서 벗어나고자 하는 것이 시공간을 초월한 인간의 보편적인 욕망이라는 점입니다. 일반적으로 현실은 인간의 욕망 실현을 가로막는 장애물일 때가 많습니다. 왜냐하면 인간이 꿈꾸는 욕망들은 대부분 현실에서 허용되는 것이 아니기 때문입니다. 그래서 사람들은 상상의 세계에서나마 자신의 욕망이 실현되기를 바랍니다. 그렇기 때문에 어느 시대에나 몽상적인 기법을 활용한 작품이나 예술이 존재했던 것입니다.

다른 한편으로는 인간의 인간다움을 억압하고 있는 오늘날의 현실에서도 찾을 수 있습니다. 문명이 발전할수록 인간은 점점 더 타락해 가고 세상은 불순해집니다. 이때 인간은 이에 맞서서 인간성을 회복하고자 하는 욕구를 지니게 됩니다. 즉, 세상이 불순해질수록 순결함에 대한 욕망이 강해진다는 것이지요. 특히 '사랑'이라는 주제는 그런 순결함을 잘 드러낼 수 있는 주제이기 때문에 모든 이해관계를 떠난 '사랑' 이야기가 오늘날에도 여전히 사랑을 받고 있는 것입니다.

3

홍길동전

줄거리

조선시대 세종 때 좌의정 홍문이 서울에 살았다. 어느 날 용꿈을 꾼 홍 대감은 귀한 아들을 얻는 길몽이라고 생각해 부인에게 잠자리를 청했으나 거절당했다. 그래서 몸종인 춘섬과 잠자리를 갖게 되었고, 이때 태어난 아들이 바로 홍길동이었다.

길동은 어려서부터 도술을 익혀 바람을 부르고 비를 내리는 법과 둔갑술까지 익히고 있었다. 그는 머리 또한 영리하였으나 서자라는 신분 때문에 아버지를 아버지라 부르지 못하고 형을 형이라 부르지 못하여 절망에 빠진다.

이런 길동의 총명한 재주와 학식을 시기한 홍 판서의 첩이 그를 죽이고자 자객을 보냈다. 그러나 길동은 뛰어난 재주와 지략으로 위기를 벗어난다. 하지만 집안사람들의 멸시와 학대를 참을 수 없었던 길동은 집을 나와 길을 떠난다.

산 속을 걷다가 도적들과 마주친 길동은 도적들과 힘을 겨루어 이기고 우두머리가 된다. 두목이 된 길동은 무리의 이름을 활빈당이라고 짓고, 부패한 탐관오리와 토호들, 재산에 눈이 먼 사찰의 보물이나 재물을 빼앗아 가난한 양민을 돕기 시작한다.

길동의 이름이 전국에 알려지자 관리들은 군사를 보내달라고 조정에 장계를 올린다. 결국 임금은 길동을 잡으라는 명령을 내렸는데 전국에서 잡혀 온 길동이 삼백여 명이나 됐다. 길동의 둔갑술에 속은 것이었다.

홍길동의 신기한 재주 때문에 도저히 잡을 수 없자 임금은 길동의 아비인 홍 대감을 회유하여 길동을 병조판서에 재수하려 하니 불러들이라고 한다. 이에 임금 앞에 나타난 길동은 병조판서 재수를 사양하고 무리와 함께 나라를 떠날 것을 알리고 공중으로 몸을 띄워 홀연히 사라진다.

이후 길동은 중국 남경의 제도堤島로 가서 힘을 기르고 결혼을 한다. 그리고 율도국을 공격하여 항복을 받아 왕이 된다. 후에 아버지 홍 대감이 죽자 길동은 고국으로 돌아와 아버지의 삼년상을 마치고 다시 율도국으로 돌아가 나라를 잘 다스린다.

길동이 점점 자라 여덟 살이 되자, 총명하기가 보통이 넘어 하나를 들으면 백 가지를 알 정도였다. 그래서 공公은 길동을 더욱 귀여워하면서도 길동의 출생이 천하여, 길동이 '아버지'나 '형' 하고 부를 때마다 즉시 꾸짖어 그렇게 부르지 못하게 하였다. 길동은 열 살이 넘도록 감히 호부호형呼父呼兄하지 못하고 종들로부터 천대받는 것을 뼈에 사무치도록 한탄하면서 마음 둘 바를 몰랐다.

어느 가을 9월 보름께가 되자, 달빛이 밝게 비치고 맑은 바람이 쓸쓸하게 불어 와 사람의 마음을 울적하게 하였다. 길동은 서당에서 글을 읽다가 문득 책상을 밀치고 탄식하기를,

"대장부가 세상에 나서 공맹을 본받지 못할 바에야, 차라리 병법兵法이라도 익혀, 대장인大將印을 허리춤에 비스듬히 차고 동정서벌하여 나라에 큰 공을 세우고 이름을 오래도록 빛내는 것이 장부의 통쾌한 일이 아니겠는가! 나는 어찌하여 이 한 몸 적막하여, 아버지와 형이 있는데도 아버지를 '아버지'라 부르지 못하고 형을 '형'이라고 부르지 못하니, 심장이 터질지라. 이 어찌 통탄할 일이 아니겠는가!"

하고, 뜰에 내려와 검술을 익히고 있었다.

그때 마침, 공 또한 달빛을 구경하다가, 길동이 서성거리는 것을 보고 즉시 불러 물었다.

"너는 무슨 흥이 있어서 밤이 깊도록 잠을 자지 않느냐?"

길동이 공경하는 자세로 대답하였다.

"소인小人이 마침 달빛을 즐기는 중입니다. 그런데, 만물이 생겨날 때부터 오직 사람이 귀한 존재인 줄 아옵니다. 그러나 소인에게는 귀함이 없사오니, 어찌 사람이라 하겠습니까?"

공은 그 말의 뜻을 짐작했지만, 일부러 책망하며 말하였다.

"너 그게 무슨 말이냐?"

길동이 절하고 말씀드리기를,

"소인이 평생 서러워하는 바는, 소인이 대감의 정기精氣를 받아 당당한 남자로 태어났고, 또 낳아서 길러 주신 어버이의 은혜를 입었는데도 아버지를 '아버지'라 못 하옵고 형을 '형'이라 못 하오니, 어찌 사람이라 하겠습니까?"

하고, 눈물을 흘리며 적삼을 적셨다.

공이 이 말을 다 듣고 비록 불쌍하다는 생각은 들었으나, 그 마음을 위로하면 방자해질까 염려되어 크게 꾸짖어 말했다.

"재상 집안에 천한 종의 몸에서 태어난 자식이 너뿐이 아닌데, 네가 어찌 이다지도 방자하냐? 앞으로 이런 말을 하면 내 눈앞에 나타나지도 못하게 하겠다."

이렇게 꾸짖으니, 길동은 감히 한마디도 더 하지 못하고 다만 땅에 엎드려 눈물을 흘릴 뿐이었다. 공이 물러가라고 하자, 그제서야 길동은 침소로 돌아와 슬퍼해마지 않았다.

길동이 본래 재주가 뛰어나고 도량이 크고 넓은지라 마음을 가라앉히지 못해 밤이면 잠을 이루지 못하곤 하였다.

하루는 길동이 어머니의 침소에 가 울면서 아뢰었다.

"소자小子가 모친母親과 더불어 전생이 연분이 중하여 이빈 세상에 노자母子

가 되었으니, 그 은혜가 지극하옵니다. 그러나 소자의 팔자가 사나워서 천한 몸이 되었으니, 품은 한이 깊사옵니다. 장부가 세상에 살면서 남의 천대를 받는 것이 불가不可한지라 소자는 자연히 설움을 억제하지 못하여 어머니의 슬하를 떠나려 하오니, 엎드려 바라건대 모친께서는 소자를 염려하지 마시고 귀한 몸 잘 돌보십시오."

길동의 어머니가 듣고, 크게 놀라 말했다.

"재상 집안에 천한 출생이 너뿐이 아닌데, 어찌 마음을 좁게 먹어 어미의 간장을 태우느냐?"

길동이 대답했다.

"옛날, 장충의 아들 길산吉山은 천한 출생이지만 열세 살에 그 어미와 이별하고 운봉산에 들어가 도道를 닦아 아름다운 이름을 후세에 전하였습니다. 소자도 그를 본받아 세상을 벗어나려 하오니, 모친은 안심하고 후일을 기다리십시오. 근래에 곡산댁의 눈치를 보니 상공相公의 사랑을 잃을까 하여 우리 모자를 원수같이 알고 있습니다. 큰 화를 입을까 하오니 모친께서는 소자가 나감을 염려하지 마십시오."

하니 그 어머니 또한 슬퍼하더라.

원전 이해하기

「홍길동전」은 봉건 제도와 적서 차별, 이상국 건설에 대한 사회적 비판 의식이 반영되어 있는 영웅소설이자 사회소설입니다. 또한 **최초의 한글소설일 뿐만 아니라 '영웅의 일생'이라는 구조를 소설화한 첫 작품으로 볼 수 있습니다.** '영웅소설'은 일반적으로 '고귀한 자제 – 비정상적인 잉태 – 비범한 능력 – 위기 – 위기극복 – 다시 위기 – 위기극복 후 승리'의 구조를 가지고 있습니다. 「홍길동전」은 이러한 '영웅소설'의 구조를 잘 보여 주고 있는 작품입니다.

홍길동전은 크게 3가지 이야기 구조를 가지고 있습니다. 첫째는 길동이 태어나서 집을 나가는 과정입니다. 둘째는 길동이 활빈당의 우두머리가 되고 가난한 백성을 위해 활동하다가 나라를 떠나는 과정입니다. 셋째는 길동이 중국 남경의 제도堤島로 가서 힘을 기르고 결혼한 다음, 율도국을 공격하여 항복을 받아 왕이 되고, 본국과 화의를 맺어 잘 살게 된다는 내용입니다.

「홍길동전」은 실제 인물을 바탕으로 창작된 소설이라는 연구도 있습니다. 연산군 6년(1500)에서 7년 초까지 가평과 홍천을 중심으로 활약한 도적의 이름이 홍길동洪吉同이었습니다. 여기에 명종 대에 출몰한 양주 백정 임꺽정林巨正, 선조 29년(1596) 7월에 충청도 홍산鴻山을 중심으로 난을 일으킨 서얼 이몽학李夢鶴의 난 등이 창작에 반영된 것이라 보고 있습니다.

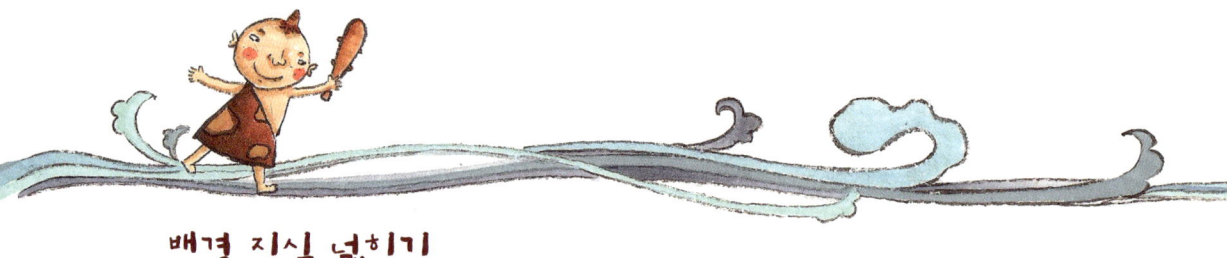

💙 활빈당이 정말 있었다?

「홍길동전」에 나오는 '활빈당'은 약 300여 년 후에 실제로 등장합니다. '활빈당'이 역사책에 최초로 이름을 올린 것은 「고종실록」입니다. 「고종실록」의 1885년 3월 6일의 기록을 보면 '호남지방에서 활빈당이라는 비적이 상당한 규모의 조직을 가지고 활동하고 있었다고 하나, 그 구체적인 내용은 알 수 없다'고 나옵니다.

그러나 '활빈당'이 대규모로 활발히 활동한 것은 1900년대 들어서이며 이때의 '활빈당'은 선언문과 투쟁강령까지 발표합니다. 이들은 평등의 실현, 빈부격차 타파, 국정 혁신을 목표로 하였고, 구국안민책救國安民策으로,

① 곡물 수출을 금하고 외국 상인의 출입을 막을 것,

② 영세한 행상인에 대한 징세를 폐할 것,

③ 전지田地를 황폐하게 하는 금광의 채굴을 엄금할 것,

④ 균전법均田法을 실시할 것,

⑤ 곡가를 안정시킬 것,

⑥ 악형惡刑을 폐하여 인정仁政을 시행할 것,

⑦ 농사에서 폐해를 제거할 것,

⑧ 철도부설권을 외국인에게 주지 말 것 등을 주장했습니다.

'활빈당'은 한동안 맹위를 떨치다가 일본에 의해 치안이 강화되자 몰락하기 시작해, 사실상 1906년에 활동을 마감했으며, 일부는 의병운동에 흡수되었습니다.

40

율도국은 어디에 있었을까?

「홍길동전」의 후반부에 등장하는 율도국은 대략 중국의 남쪽이거나 일본의 이키 섬쯤일 것이라고 추측해 왔습니다. 그런데 최근에는 '유구국', 곧 오키나와의 남쪽 섬인 '궁미도'라는 설이 지지를 얻고 있습니다. 전설에 의하면 궁미도에는 몇 천 호의 주민들이 살고 있었는데 조선에서 온 사람이 이 섬을 공격하여 왕국을 건설했다는 이야기기가 있습니다. 실재로 『고려사』나 『조선왕조실록』에는 유구국이 고려와 조선시대 때 계속 교류했다는 기록도 나옵니다.

뿐만 아니라 율도국은 소설 내의 서술로 보아 과거에는 소유구라고 일컫던 대만을 지칭하고 있다는 주장도 있습니다. 유구는 현재의 오키나와인 대유구와 소유구로 나누어진다는 것인데 저자인 허균은 중국을 내왕하던 외교통으로서 독서량이 많았기 때문에 소유구를 과거에는 유구라고도 했다는 정보를 알고 있었다는 겁니다. 이를 근거로 「홍길동전」에서 '유구'와 발음이 비슷한 율도국을 대만에 설정했다는 주장입니다.

최부가 지은 『표해록』에는 제주도에서 표류하여 중국의 남쪽 지방을 거쳐 북경을 통해 다시 조선으로 건너온 이야기를 담고 있습니다. 그런데 그 이야기 속에 '유구국'이 언급되고 있어, 『홍길동』의 저자인 허균이 당시 널리 알려져 있던 『표해록』을 읽고 인용했을 것이라는 추측도 가능합니다.

표해록   조선 성종 때 문신 최부(崔溥 : 1454~1504)가 중국에 표류되었던 반년간의 체험을 편찬한 책으로 당시 명나라(중국) 연안의 해로海路·기후·산천·도로·관부官府·풍속·군사·교통·도회지 풍경 등을 소개하고 있다.

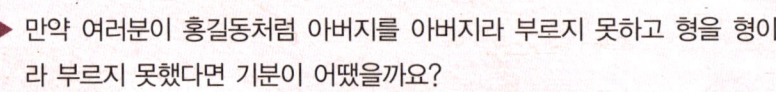

▶ 만약 여러분이 홍길동처럼 아버지를 아버지라 부르지 못하고 형을 형이라 부르지 못했다면 기분이 어땠을까요?

▶ 홍길동은 재주가 뛰어난데도 신분 때문에 차별을 받습니다. 오늘날 우리 사회 역시 각종 차별이 존재하고 있습니다. 어떤 차별들이 있을까요?

▶ 홍길동은 가난한 백성들을 위하여 도둑질한 것을 나눠 줍니다. 불쌍한 사람을 돕는 것이라면 법을 어겨도 괜찮은 것일까요?

오늘날 「홍길동전」이 높은 평가를 받는 이유는 사회 비판적인 요소가 강하게 드러나기 때문입니다. 따라서 「홍길동전」의 경우 작품 속에서 비판하고 있는 당시 사회의 문제점이 무엇인지를 짚어보는 것이 꼭 필요합니다. 우선, 「홍길동전」에서는 적서차별제도에 대한 비판을 통해 당시 **신분제도의 문제점을 고발**하고 나아가 **인간평등사상을 주장**하고 있습니다. **아이들에게 이러한 부분을 설명하고 오늘날 우리 사회에서도 이와 같은 차별이 없는지 토론해 보면 좋을 것입니다.** 특히 남녀차별의 문제 그리고 최근 들어 뜨거운 논란이 되고 있는 외국인 노동자 차별 문제 등 오늘날 우리 사회에서 벌어지고 있는 각종 차별들에 대해 이야기를 나눠 보면 좋을 것입니다.

다음으로 탐관오리들의 부정부패에 대한 비판을 다루어 보면 좋을 것입

니다. 조금 어렵고 민감한 문제가 될 수 있지만, 정치인 혹은 공무원들의 각종 비리 등에 대해 설명을 한 뒤 이러한 문제들이 우리 사회에 미치는 영향에 대해서 토론해 보는 것도 좋은 공부가 될 것입니다.

그리고 **사회적인 문제**뿐만 아니라 **윤리적인 문제**에 대해서도 이야기를 나눠 볼 수 있습니다. 아이들에게 길동이 남의 물건을 빼앗는 행동이 정당하다고 생각하는지, 아니면 옳지 않다고 생각하는지 입장을 정하도록 하고 그렇게 생각하는 근거가 무엇인지에 대해 말해 보도록 함으로써 가치판단 형성에 도움을 줄 수 있을 것입니다.

이외에도 '만약 내가 홍길동과 같은 서자였다면 어떻게 행동했을 것인가?', '홍길동처럼 도술을 부릴 수 있다면 가장 먼저 하고 싶은 일은 무엇인가?' 등등의 질문을 던져서 아이들의 자유로운 상상력을 유도하는 것도 좋을 것입니다.

4

양반전

옛날 강원도 정선旌善 땅에 한 가난한 양반이 살았는데, 그는 매우 학식이 높고, 현명하며 정직하고 책 읽기를 즐겼다. 또한 손님 접대를 잘하였는데 특히 신임 군수들이 그를 찾아와 정중히 인사를 하고 돌아가곤 했다.

그런데 선비였던 그는 농사를 지을 줄 몰라 관가에서 쌀을 빌려 먹으며 살아가는 처지였다. 그러다 보니 관가에서 빌려다 쓴 쌀이 어느덧 1,000여 석이나 되어 갚을 길이 막막하였다.

그러던 어느 날, 관찰사가 이 고을을 찾았다. 관곡을 조사하다가 1,000석이나 모자란 것을 알아차린 관찰사는 진상조사를 벌여 그 이유를 알아내고는 화가 나서 당장 이 양반을 옥에 가두라는 명령을 내렸다.

하지만 막상 학식이 높은 사람을 옥에 가두려고 하니 난처했던 관찰사는 그렇다고 빚을 갚게 할 방법도 없어서 망설이게 되었다.

그런 와중에 양반의 이웃에 사는 부자가 소문을 듣고 찾아와 자신이 빚을 대신 갚아 줄 테니 양반을 팔라고 제안했다. 무능력한 그 양반은 냉큼 승낙했고, 부자는 관곡을 대신 갚아주었다.

양반이 그 많은 빚을 갚자 이상하게 여긴 감찰사는 양반의 집을 찾았다. 그곳에서는 양반이 상인 행세를 하고 있었고, 이유를 알게 된 관찰사는 사람들을 모아놓고 양반문서에 보증을 서기로 한다. 관찰사는 양반문서를 부자에게 만들어 주는데 그 문서에는 양반이 지켜야 할 여러 가지 행동 절차와 권리들이 적혀 있었다. 양반의 겉치레와 구속, 그리고 도둑과 다를 것도 없는 권리에 놀란 부자는 기겁을 하고 만다. 그 부자는 양반이 좋은 줄로만 알았는데 너무나 거추장스러운 일이라는 것을 깨닫고 달아났으며 다시는 양반이 되겠다는 소리를 하지 않았다.

양반이란 사족土族들을 높여서 부르는 말이다. 정선군에 한 양반이 살았다. 이 양반은 어질고 글 읽기를 좋아하여 매양 군수가 새로 부임하면 으레 몸소 그 집을 찾아가서 인사를 드렸다. 그런데 이 양반은 집이 가난하여 해마다 고을의 환자(봄에 빌린 곡식을 가을에 갚던 일)를 타다 먹은 것이 쌓여서 천 석에 이르렀다. 강원도 감사가 군읍郡邑을 순시하다가 정선에 들러 환곡還穀(고을 사창에서 백성에게 곡식을 꾸어주던 제도)의 장부를 열람하고는 대노해서,

"어떤 놈의 양반이 이처럼 군량軍糧을 축냈단 말이냐?"

그러나 감사 역시 가난해서 갚을 힘이 없는 것을 딱하게 여기고 차마 가두지 못했지만 무슨 도리도 없었다. 양반 역시 밤낮 울기만 하고 해결할 방도를 차리지 못하자 그 부인이 역정을 냈다.

"당신은 평생 글 읽기만 좋아하더니 고을의 환곡을 갚는 데는 아무런 도움이 안 되는군요. 쯧쯧 양반, 양반이란 한 푼어치도 안 되는 걸."

그 마을에 사는 한 부자가 가족들과 의논하기를,

"양반은 아무리 가난해도 늘 존귀하게 대접받고 나는 아무리 부자라도 항상 비천하지 않으냐. 말도 못하고, 양반만 보면 굽신굽신 두려워해야 하

환자   조선 시대에 있었던 구휼救恤제도 중 하나로 흉년 또는 춘궁기에 곡식을 빌려 주고 풍년·추수기에 되받는 진휼제도이다.

고, 엉금엉금 가서 하정배下庭拜(신분이 낮은 사람이 양반을 뵐 때 뜰아래에서 절하던 일)를 하는데 코를 땅에 대고 무릎으로 기는 등 우리는 노상 이런 수모를 받는단 말이다. 이제 동네 양반이 가난해서 타 먹은 환자를 갚지 못하고 아주 난처한 판이니 그 형편이 도저히 양반을 지키지 못할 것이다. 내가 장차 그의 양반을 사서 가져 보겠다.”

부자는 곧 양반을 찾아가서 자기가 대신 환자를 갚아 주겠다고 청했다. 양반이 크게 기뻐하며 승낙하자 부자는 즉시 곡식을 관가에 실어 가서 양반의 환자를 갚았다.

군수는 양반이 환곡을 모두 갚은 것을 놀랍게 생각해 몸소 찾아가서 양반을 위로하고 또 환자를 갚게 된 사정을 물어보려고 했다. 그런데 뜻밖에 양반이 벙거지를 쓰고 짧은 잠방이를 입고 길에 엎드려 ‘소인’이라고 자칭하며 감히 쳐다보지도 못하고 있지 않는가. 군수가 깜짝 놀라 내려가서 부축하고

“귀하는 어찌 이다지 스스로 낮추어 욕되게 하시는가?”

하고 말했다. 양반은 더욱 황공해서 머리를 땅에 조아리고 엎드려 아뢴다.

“황송하오이다. 소인이 감히 욕됨을 자청하는 것이 아니오라, 이미 제 양반을 팔아서 환곡을 갚았습지요. 동리의 부자가 양반이올습니다. 소인이 이제 다시 어떻게 전의 양반을 모칭冒稱(성명을 거짓으로 꾸며댐)해서 양반 행세를 하겠습니까?”

군수는 감탄해서 말했다.

“군자로구나 부자여! 양반이로구나 부자여! 부자이면서도 인색하지 않으니 의로운 일이요, 남의 어려움을 다급하게 여기니 어진 일이요, 비천한 것을 싫어하고 존귀한 것을 사모하니 지혜로운 일이다. 이야말로 진짜 양반

이로구나. 그러나 사사로 팔고 사고서 증서를 해 두지 않으면 송사訟事의 꼬투리가 될 수 있다. 내가 너와 고을 사람들을 모아 놓고 이를 증인 삼고 증서를 만들어 미덥게 하되 본관이 마땅히 거기에 서명할 것이다."

그리고 관부官府로 돌아가서 고을 안의 사족士族 및 농공상農工商들을 모두 불러 동헌 뜰에 모았다. 부자는 향소鄕所(군현의 수령을 보좌하던 기관)의 오른쪽에 서고 양반은 공형公兄의 아래에 섰다. 그리고 증서를 만들었다.

건륭乾隆(청나라 연호 1745년. 영조 21년) 10년 9월 모일에 이 문서를 만드노라.

몸을 굽혀 양반을 팔아서 환곡을 갚으니 그 값은 천 석이다. 양반은 여러 가지로 일컬어지나니 글을 읽으면 사士라 하고 정치에 나아가면 대부大夫가 되고 덕이 있으면 군자君子이다. 무반武班은 서쪽에 늘어서고 문반文班은 동쪽에 늘어서는데 이것이 양반이니 너 좋을 대로 따를 것이다. 야비한 일을 딱 끊고 옛날을 본받고 뜻을 고상하게 할 것이며, 늘 오경五更(새벽 3시~5시)만 되면 일어나 유황에다 불을 당겨 등잔을 켜고서 눈은 가만히 코끝을 보고 발꿈치를 궁둥이에 모으고 앉아 동래박의東萊博義(중국 남송의 동래東萊 여조겸이 「춘추좌씨전」에 대하여 논평하고 주석註釋한 책)를 얼음 위에 박 밀듯 왼다. 주림을 참고 추위를 견뎌 입으로 구차스러움을 남에게 말하지 아니하되 고치탄뇌叩齒彈腦(이를 마주치고 머리를 두드림. 옛날 선비들이 하던 체조)를 하며 입안에서 침을 가늘게 내뿜어 연진嚥津(혀끝으로 잇몸 전체를 마사지해줌)을 한다. 소맷자락으로 모자를 쓸어서 먼지를 털어 물결무늬가 생겨나게 하고, 세수할 때 주먹을 비비지 말고, 양치질을 지나치게 말고, 소리를 길게 뽑아서 여종을 부르며, 걸음을 느릿느릿 옮겨 신발을 땅에 끈다.

그리고 고문진보古文眞寶, 당시품휘唐詩品彙를 깨알같이 베껴 쓰되 한 줄에 백 자를 쓰며, 손에 돈을 만지지 말고, 쌀값을 묻지 말고, 더워도 버선을 벗지 말고, 밥을 먹을 때 맨상투로 밥상에 앉지 말고, 국을 먼저 훌쩍 떠먹지 말고, 무엇을 후루루 마시지 말고, 젓가락으로 방아를 찧지 말고, 생파를 먹지 말고, 막걸리를 들이켠 다음 수염을 쭈욱 빨지 말고, 담배를 피울 때 볼에 우물이 파이게 하지 말고, 화난다고 처를 두들기지 말고, 성을 내어 그릇을 내던지지 말고, 아이들에게 주먹질을 말고, 노복奴僕들을 야단쳐 죽이지 말고, 마소를 꾸짖되 그 주인까지 욕하지 말고, 아파도 무당을 부르지 말고, 제사 지낼 때 중을 청해다 재齋를 드리지 말고, 추워도 화로에 불을 쬐지 말고, 말할 때 이 사이로 침을 흘리지 말고, 소 잡는 일을 말고, 돈을 가지고 놀음을 말 것이다. 이와 같은 모든 품행이 양반에 어긋남이 있으면 이 증서를 가지고 관官에 나와서 변정할 것이다.

성주城主 정선군수 화압花押(손으로 사인sign함), 좌수 별감 증서證署.

「양반전」은 당시의 현실을 날카롭게 풍자하는 등 조선 후기 사회 비판적인 소설의 모습을 잘 보여 주는 작품입니다. 「양반전」은 박지원이 지은 「방경각외전」에 실려 있는 작품으로, 박지원은 「방경각외전」의 자서自序에서 다음과 같이 창작 배경을 밝히고 있습니다. "사士는 천작天爵이니 사士와 심心이 합하면 지志가 된다. 그 지志는 어떠하여야 할 것인가? 세리勢利를 도모하지 않고 현달하여도 궁곤하여도 사士를 잃지 말아야 한다. 명절名節을 닦지 아니하고 단지 문벌이나 판다면 장사치와 무엇이 다르랴? 이에 「양반전」을 쓴다." 이처럼 「양반전」은 박지원이 스스로 밝힌 대로 새로운 시대에 걸맞지 않는 부패한 관료, 무능한 양반에 대해 비판하고 있습니다. 그리고 이에 대한 **비판을 직설적으로 드러내는 대신 익살스러운 웃음으로 승화시켜 높은 문학적 가치를 인정**받고 있습니다.

사실 박지원을 비롯한 실학자들도 양반층의 일부였습니다. 그러나 그들은 그 시대의 문제점을 냉철하게 인식할 줄 알고, 새로운 사회 질서를 이루기 위한 개혁의지를 가진 사람들이었습니다. **박지원의 문학은 이러한 실학자들의 날카로운 비판 정신이 살아 있는 풍자문학의 대표작**이라 할 수 있습니다.

🌱 문체반정과 박지원

　정조는 성리학의 대안으로 여러 학문들을 접하며 새로운 사상을 모색하고 있었습니다. 그래서 청의 학문을 받아들이자는 북학이나 서학에 대해서도 관심을 갖고, 본인 스스로도 연구를 하고 있었습니다. 그러나 이러한 사상들이 바로 측근들에 의해서, 자신이 생각했던 것보다 더 앞서 나가게 되자, 어쩔 수 없이 제재를 가하게 됩니다. 결국 정조는 연암 박지원의 「열하일기」 등 당시 유행하던 서책과 청나라 수입 서적들을 금서로 묶고 품격 있는 고문古文의 세계로 돌아갈 것을 강요했습니다. 그러나 연암은 일종의 전향서인 자송문自訟文을 모범적인 문체로 써 내면 홍문관 대제학 자리를 주겠다는 제의를 거부합니다.

　당시 지식인들에게 문체는 곧 사상이었음을 감안하면, 문체반정은 일종의 사상 검열이라고 할 수 있습니다. 하지만 정조의 문체반정은 탕평책을 위한 고도의 정치 행위로 볼 수도 있습니다. 문체반정의 물결이 휩쓸고 난 뒤 노론 계열의 인물들이 대거 정조의 지지자로 돌아섰기 때문입니다. 그러나 문체반정 이후에도 여전히 패관소품稗官小品(지금의 단편소설이나 수필 형식의 글)류의 글들은 서울의 경화사족京華士族(서울 근교에서 거주하는 노론 학자들이 여러 대에 걸쳐 관료생활을 하며 성장한 집단)에 의해 쓰였고, 시대의 대세가 되었습니다.

💜 공명첩

「양반전」에 나오는 양반문서는 조선 후기에 등장한 공명첩과 그 성격이 비슷합니다. 공명첩의 발급은 재정이 궁핍했던 조선 정부가 신분이 엄격한 양반사회에서 양반이 되기를 갈망하는 농민들의 심리를 이용한 것이었습니다. 공명첩에는 받는 사람이 누구이며 어떤 공으로 받은 것인지 기록해놓지도 않았으며, 특히 관직과 산계散階(이름만 있고, 직무가 없는 벼슬의 품계)를 주는 공명고신첩空名告身帖의 경우 실제의 관직을 주는 것이 아니라 허직일 뿐이었습니다.

이 공명첩은 조선 후기 신분제의 동요에 큰 영향을 미쳤으며 공명첩의 폐해는 순조~철종 때에 가장 극심했습니다. 이 시기에는 정조가 강화했던 왕권이 약해지면서 관료들의 힘이 점점 강해진 때입니다. 또한 세도정치가 유행했는데, 이들은 공명첩을 통해 막대한 부를 축적하게 됩니다.

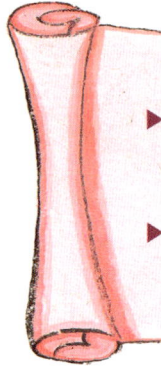

▶ 부자는 큰돈을 들여 양반을 샀지만 결국 양반이 되는 것을 포기합니다. 왜 그랬을까요?

▶ 돈으로 무엇이든지 다 살 수 있다면 여러분은 어떤 것을 사고 싶은가요?

「양반전」은 조선 후기 사회의 문제점을 풍자하고 있는 소설입니다. 조선 후기는 임진, 병자 양란의 후유증으로 조선 전기의 엄격한 신분 질서가 동요하기 시작했으며, 상업의 발달과 농업 생산력의 증가 등으로 평민 부자들이 많이 나타났습니다. 한편 당시의 지배 관료층은 혼란한 사회를 개혁하려는 의지가 부족하고 공허한 명분에 얽매여 있었으며, 관료 사회의 부패 또한 극심했습니다. 따라서 **아이들에게 「양반전」에서 풍자하고 있는 대상이 무엇인지에 대해 물어보는 것이 작품 파악의 핵심입니다.** 그러니 조선 후기의 사회상을 설명해 주고 자연스럽게 풍자의 대상을 유추할 수 있도록 이끌어 주면 효과적일 것입니다.

작품의 내용적인 측면으로 들어가서는 부자가 양반을 하지 않겠다고 한 이유를 물어보는 것도 아이들의 사고력을 높여 줄 것입니다. 이를 통해 당시 양반층의 무능력함과 권력남용이 얼마나 심각했는지를 파악할 수 있을

것입니다.

그리고 더 나아가 **오늘날의 사회와 비교해 보는 것도 좋습니다.** 조선시대의 양반은 부모가 양반이면 자동적으로 자식도 양반이 되는 신분 세습 사회였습니다. 따라서 그리 특별한 노력을 하지 않아도 기득권층으로 살아갈 수 있었습니다. 이런 사회였기 때문에 돈으로 사서라도 양반이 되고자 하는 사람들이 나타났던 것이지요. 오늘날도 부모의 배경이 좋은 경우 사회에서 성공할 확률이 높은 것이 사실입니다.

아이들에게 부모의 도움으로 인한 성공과 후천적인 노력으로 얻게 되는 성공에 대해 토론해 보게 하고 각각의 장단점을 비교하게 하면 우리 사회를 이해하는 데 도움이 될 것입니다.

5

사씨남정기

줄거리

중국 명明나라 때, 금릉순천부라는 곳에 유현劉炫이라는 사람이 살았다. 그는 늦은 나이에 아들 연수延壽를 얻었는데 아이가 영리하여 15세의 나이에 장원급제를 하여 한림학사를 제수 받았다. 그러나 연수는 천자에게 자신은 나이가 너무 어려 10년을 더 공부한 후에 출사를 하겠다고 한다. 그러자 천자는 흐뭇해하면서 5년 동안의 시간을 준다.

시간이 흘러 유한림은 숙덕淑德과 재학才學을 겸비한 사씨謝氏와 결혼을 했다. 그렇지만 9년이 지나도록 소생이 없자 고민이 깊어진다. 그런 고민을 잘 알고 있는 사씨는 남편에게 둘째 부인을 맞으라고 청한다. 유한림은 사씨를 너무 사랑하고 있었기에 거절했지만 결국 주변의 권유에 못 이겨 둘째 부인으로 교씨喬氏를 맞아들인다.

그러나 둘째 부인 교씨는 간악하고 시기심이 많은 인물로, 동청이라는 간악한 자와 모의를 꾸미며 사씨 부인을 모함하기 시작한다. 하지만 사정이 여의치 않자 교씨는 자신이 낳은 아들을 죽이고 그 죄를 사씨에게 덮어씌운다. 유한림은 교씨의 간계에 넘어가 사씨를 폐출시키고 교씨를 정실로 맞아들인다.

그 후 교씨는 동청이라는 간부姦夫와 계속 밀통하면서 남편인 유한림의 재산을 빼앗기 위해 작당을 한다. 동청은 천자에게 참소를 하여 유한림이 귀향을 떠나게 만들고, 그 공을 인정받아 지방관이 되어 계속 악행을 저지른다.

그러나 곧 조정에서는 유한림의 혐의가 풀려 그를 방면하고 무고한 사람을 참소한 동청을 잡아 처형한다.

간계에 속았다는 것을 안 유한림은 사씨를 찾아 백방으로 수소문한다. 산사에 머물고 있던 사씨는 길에서 유한림을 만난다. 유한림은 사씨에게 진심으로 사죄한 뒤 고향으로 돌아와 교씨를 처형한 다음 사씨를 다시 정실로 맞아들인다.

명나라 가정연간에 금릉순천부에 유현이란 명인이 있으니, 현명 정직하고 문장과 풍채가 뛰어나 소년 등과하여 벼슬이 이부시랑 참지정사에 이르러 명망이 조야에 진동했다.

일찍이 시랑 최모의 딸을 아내로 삼으매 최씨 부덕이 있어 금슬은 좋으나 슬하에 자녀 없음을 근심하더니, 늦게야 한 아들을 낳았으나 오래지 않아 부인이 세상을 떠나니, 공은 원래 공명에 뜻이 없는데다 소인배들이 조정에서 힘을 쓰므로 병을 핑계하고 벼슬을 사양한 뒤 집에 돌아와 세월을 보낼 새, 성품이 유순하고 얌전한 누이가 하나 있으나 일찍이 선비 두강의 아내 되었다가 과부가 되어 공이 한 집에 있게 하고 우애 극진히 대했다.

유 공자의 이름은 연수였다. 차차 자라매 얼굴이 관옥 같고 재기 또한 숙성하여 문장재화 십여 세에 다 이루니, 공이 기특히 여겨 사랑하되 다만 부인에게 보이지 못함을 한탄했다. 연수 십사 세에 초시에 장원으로 뽑혔다가 십오 세에 급제하니 천자께서 그 문장과 위인을 보시고 한림학사를 제수하시매 한림이 연소하므로 십 년을 더 학문에 힘쓰다가 다시 출사하기를 청하니, 천자 그 뜻을 아름다이 여기사 특별히 본직을 두 개로 지니도록 하면서 오 년 말미를 주시더라.

한림이 급제한 후 구혼하는 이가 많으매 주파라 하는 매파가 고하여 가로되, "모든 소문과 말이 공변(행동이나 일 처리가 사사롭거나 한쪽으로 치우치지 않고 공평하다)되지 아니하오니 진실로 바른 대로 고하오면, 노옹께서 만일 부귀를 탐하시면 엄 승상의 손녀만 한 이가 없고, 반드시 요조한 숙녀를 구하시려면 신성현의 사 급사謝給事 댁 소저 외에 또다시 없사오니, 청컨대 이 두 곳 중에서 하나를 가리옵소서."

이에 공이 물어 가로되, "부귀는 본디 내가 원하는 바가 아니오, 어진 이를 택하려 하오. 사 급사는 본대 대간 벼슬을 하다가 적소謫所(귀양지)에서 죽은 진실로 강직한 선비나 그 댁의 소저는 어떠하뇨?"

주파가 대답하여 말하기를, "소저의 용모와 덕행이 일세에 희한하오니 어찌 다 형언하오리까. 소인이 매파로 나선 지 삼십여 년에 왕공, 재상의 모든 댁을 다니며 많은 신부를 보았으되, 이같이 요조 현철한 소저는 처음이오니 두 번 묻지 마옵소서."

이에 매파가 돌아간 후 공이 매파의 말을 모두 믿을 수 없어 사씨의 덕행을 알아보고자 두 부인과 상의하여 물어본즉, 두 부인의 말이,

"남녀의 덕행은 필법에 나타나는 것이라 묘책을 내어, 집에 간수해오고 있는 남해관음화상을 우화암에 시주코자 하였던 바, 이제 우화암 여중 묘혜를 사씨 댁에 보내 화상에 처자의 친필로 관음찬觀音讚(관세음보살의 공덕을 찬양하여 부르는 노래 글귀)을 받아 오도록 하면 그 재덕을 알 것이며 묘혜 또한 그 얼굴을 보고 올 것입니다. 묘혜는 나를 속이지 않을 것이옵니다."

하고 말하니 공이 옳게 여겨 묘혜를 불러 사씨 댁에 가서 관음찬을 받아 오기를 청하니, 묘혜가 급사 댁에 가서 불사에 쓰고자 관음화상에 찬을 써주기를 부탁하니 사씨 부인이 말하기를,

"우리 아이가 비록 고금시문에 능통하다 하나 이만한 글을 지을 수 있는지 그저 시험이나 해 보리라."

하고 시녀로 하여금 소저를 부르니, 소저 나와 모친께 뵈오니 용모 빼어남이 짐짓 관음보살님이 강림하신 듯한지라. 묘혜, 마음속으로 놀라 헤아

려 보되, '속세에 어찌 이런 사람이 있으리오.' 하고 있을 때 부인이 소저에게 능히 관음찬을 지을 수 있겠느냐고 물으니, 소저가 처음에는 노둔한 재주를 들어 거절하는지라, 부인이 웃으며 다시 지어 보라 하니 소저 한동안 주저하며 망설이다 손을 씻고 족자를 받아 걸고 분향 배례한 후 공경 앞에 나아가 관음한 수백 서를 가늘게 족자 위에 쓰고 '모년 월일에 사씨 정옥이 재배서'라 하였더라. 묘혜 족자를 다시 받아가지고 돌아와 공에게 드리거늘, 공이 물어 가로되, "사 소저의 용모와 재주가 어떠한가." 물으니 묘혜 답하되, "족자 가운데 사람과 같더이다." 하니 공이 크게 기뻐하여 족자를 걸고 보니 필법이 정묘하여 한곳도 구차함이 없고 온화 유순한 덕행이 글씨에 나타나서 즉시 매파를 불러 사가에 청혼했다.

원래 사 소저는 사후영의 딸이라, 후영 청렴강직하여 조정의 간신들이 작란함을 분히 여겨 상소하다 도리어 간신의 모해를 입어 소주 땅에 귀양 갔다가 적소에서 돌아가니, 부인이 천만 가지 설움을 참고 소저를 데리고 고향 본댁에 돌아와 세월을 보내고 있더니 소저가 모친을 지성으로 봉양하나 출가할 연기를 당하였으되 주혼함이 없고 근심하더니 매파가 들어와 소년 등과한 유한림에게서 청혼이 온 것을 알리니 부인이 유한림의 출중함을 익히 아는 바라 허혼을 하니, 유공이 크게 기뻐하여 택일하니, 유공은 최 부인이 보지 못함을 못내 슬퍼했다.

사씨 이로부터 효도를 다하여 존구를 받들고 공손함으로써 군자를 섬기고, 정성으로서 제사를 받들고 은혜로써 비복을 부리니, 규문이 화락하고, 화기가 애애했다. 하루는 유공이 우연히 병을 얻어 날마다 짙어가니, 한림 부부 밤낮으로 시탕侍湯(어버이의 병환에 약시중을 드는 일)하되 백약이 무효한지라, 공이 일어나지 못하고 마침내 별세하니, 한림 부부 호천 애통함이 비할 데 없고 두 부인도 못내 애통했다.

원전 이해하기

「사씨남정기」는 **숙종이 인현왕후를 폐출하고 장희빈을 중전으로 책봉한 사건을 비판하기 위해서 김만중이 쓴 소설**입니다. 물론 직접적인 비판이 아니라 실제 사건과 비슷한 이야기를 통해 교묘히 비판하고 있습니다. 따라서 「**사씨남정기」는 일종의 풍간風諫소설**이라 할 수 있습니다.

「사씨남정기」는 인물 묘사에 있어서 매우 사실적인 성격을 보여 주고 있습니다. 특히 교씨, 동청, 냉진 등 부정적 인물들을 매우 사실적으로 묘사하고 있습니다. 동청과 냉진은 모두 양반가의 자손들로 주색과 사기, 모략과 아부를 일삼는 패륜아들인 전형적인 악인입니다. 그들은 교씨와 한통속이 되어 음탕한 생활을 하면서 자신들의 욕심을 채우기 위해 수단과 방법을 가리지 않습니다. 작품에서는 이들을 간신 엄 승상과 연계시켜 그들의 성격을 사회관계 속에서 밝히고 있습니다.

하지만 「사씨남정기」는 사씨 부인의 성격을 지나치게 이상적으로 묘사하고 있다는 한계를 지니고 있습니다. **유교적 윤리를 철저히 따라가는 사씨 부인의 성격은 봉건적인 도덕성을 옹호하고자 하는 작가 자신의 가치관이 지나치게 반영된 결과**라 할 수 있습니다.

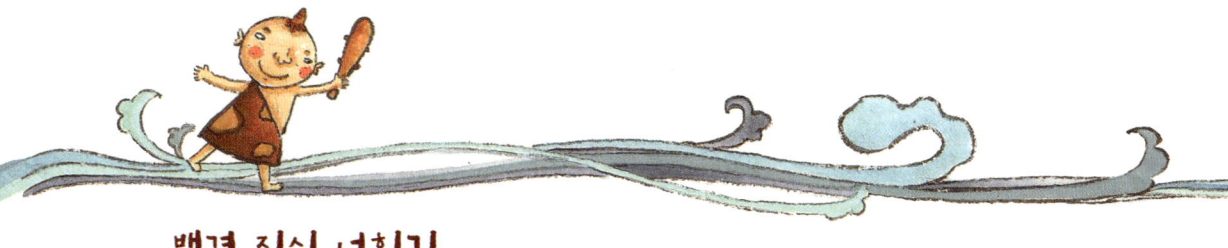

🌱 인현왕후 폐비

인현왕후는 숙종의 계비로 예의가 바르고 덕성이 높아 국모로서 백성들의 추앙을 받았습니다. 하지만 왕자는커녕 자식을 하나도 낳지 못하여 왕의 총애를 받지 못했으며, 당시 소의였던 희빈 장 씨가 왕자 균(훗날 경종)을 출산하자 정비임에도 불구하고 많은 설움을 당해야 했습니다.

숙종은 1689년 왕자 균을 세자로 책봉했는데, 노론의 송시열 등이 이에 반대하는 상소를 올렸다가 숙종의 노여움을 사 사약을 받고 죽게 됩니다. 이른바 기사환국己巳換局으로 불리는 이 사건에서 인현왕후 역시 왕의 미움을 받아 서인으로 강등되어 궁에서 폐출됩니다. 이후 그녀는 안국동 본가에서 지내게 되었고, 희빈 장 씨가 중전의 자리를 이어 받게 됩니다. 그 뒤 숙종이 인현왕후를 폐비한 것을 후회하고 있던 중에 1694년 소론파의 폐비 복위운동으로 남인 세력이 실각하는 갑술옥사가 일어나자 다시 복위하게 됩니다.

복위 후, 그녀는 다시 빈으로 강등된 희빈 장 씨와 화합을 도모하며 지내다가 병을 얻어 1701년 소생 없이 35세를 일기로 세상을 떠나게 됩니다.

갑술옥사　1694년(숙종 20년) 소론 측에서 숙종의 폐비廢妃 민 씨의 복위 운동을 일으키자 이를 계기로 남인이 소론 일파를 제거하려다 실패하여 화를 당한 사건이다.

💜 김만중의 문학관

　서포 김만중은 한문학을 숭상하던 시대에 살았으면서도 우리말의 가치를 높이 인식할 줄 알았던 선각자였습니다. 그는 우리에게도 생각이나 감정을 잘 나타낼 수 있는 훌륭한 글이 있는데, 우리말을 버리고 중국의 말을 쓰는 것은 마치 앵무새가 사람의 말을 흉내 내는 것처럼 불완전하기 짝이 없는 것이라고 여겼습니다. 김만중은 우리말에 대한 이러한 인식을 토대로 학사대부의 시부보다 초동급부(평범한 사람)의 노랫소리가 훨씬 더 진실한 것임을 깨닫습니다. 그는 송강의 가사 중 「후미인곡(속미인곡)」이 특히 아름답다고 했는데 그것은 이 작품이 다른 작품에 비해 순연히 우리말을 구사하여 노래한 작품이었기 때문입니다.

　우리말의 가치를 중시한 서포의 이러한 생각은 국문 문학의 발전에 커다란 영향을 끼쳤습니다. **한문학만이 전부인 것으로 생각하던 당시의 사대부들에게 우리말 문학의 가능성과 그 훌륭함을 일깨워 주었으며,** 천박하게만 여겼던 우리말 문학에 대한 생각을 바로잡고자 했기 때문입니다. 이런 의미에서 **김만중은 우리말 문학의 선각자**였다고 할 수 있습니다.

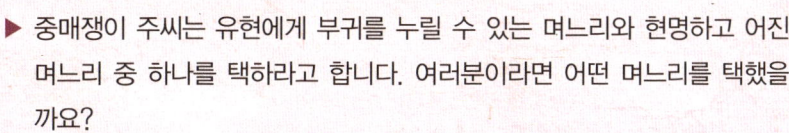

▶ 중매쟁이 주씨는 유현에게 부귀를 누릴 수 있는 며느리와 현명하고 어진 며느리 중 하나를 택하라고 합니다. 여러분이라면 어떤 며느리를 택했을까요?

▶ 사씨는 억울하게 쫓겨나면서도 한 마디 변명도 하지 않습니다. 여러분이라면 어떻게 했을까요?

▶ 사씨는 작품의 처음부터 끝까지 착한 모습을 보입니다. 그리고 결국은 그에 대한 보답을 받습니다. 현실에서도 항상 착하게 살면 보답을 받을까요?

「사씨남정기」는 인현왕후 폐위 사건을 풍자하기 위해 쓴 소설입니다. 김만중은 이 소설을 씀으로써 숙종의 마음을 돌려보고자 했던 것으로 보입니다. 따라서 불특정 다수를 대상으로 하는 일반적인 소설보다 **목적성이 강한 소설**입니다. 아이들에게 인현왕후 폐위 사건에 대해 자세히 알려 주고 소설과 역사적 사건의 공통점을 찾아보게 하면 작품을 이해하는 데 도움이 될 것입니다. 그리고 더 나아가 「사씨남정기」와 같이 특정한 목적을 지닌 문학 작품을 좀 더 찾아보게 하는 것도 좋을 것입니다. 예를 들어 「서동요」 같은 경우 백제 무왕이 신라의 선화공주를 아내로 맞이하기 위해 퍼뜨린 노래(시)입니다. 이처럼 특징한 목적을 지닌 작품을 찾아보게 하거나 예로

들어주고 **문학의 목적성에 관해 이야기해 보면 문학의 기능에 대해 좀 더 깊이 있게 알 수 있을 것입니다.**

작품의 주제적인 측면과 관련해서는 당시 양반 가문에서 일반화되어 있던 축첩제도가 가정에 얼마나 커다란 불행을 가져오고 사회적으로도 문제를 일으켰는지에 대해 토론을 해 보면 좋을 것입니다. 그리고 이와 관련하여 가족 내부에서 벌어지는 갈등을 어떻게 해결하는 것이 좋은지에 대해서도 서로 의견을 나눠 보세요. 아이들에게 부모 혹은 형제들과 어떤 갈등이 있는지 물어보고 그 갈등을 어떻게 해결하면 좋을지 작품과 관련해서 이야기해 보세요.

등장인물 중에서는 주인공 사씨에게 초점을 맞춰 볼 필요가 있습니다. 사실 유교적 덕목을 완벽하게 지켜나가는 사씨의 모습은 아무리 조선시대라 하더라도 비현실적인 모습입니다. 도술만 부리지 않을 뿐이지 영웅소설에 등장하는 완벽한 영웅의 모습과 별 차이가 없다고 할 수 있습니다. 따라서 아이들과 함께 사씨의 성격에 대해 토론해 보는 것도 좋을 것입니다.

6

박씨전

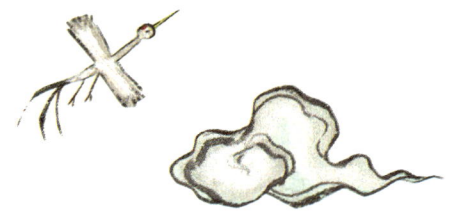

줄거리

세종 대왕 시절 한양에 이득춘이라는 사람이 늦게 시백이라는 아들을 얻었다. 그 아들은 위인이 총명하고 비범했다.

어느 날, 박 처사라는 사람이 찾아와 이득춘과 더불어 재주를 겨루며 놀다가 시백을 보고는 그 자리에서 자기 딸과의 혼인을 청했다. 이득춘은 박 처사의 재주가 범상하지 않음을 알고 쾌히 응낙한다.

이득춘은 정해진 날짜에 시백을 데리고 금강산으로 가서 박 처사의 딸 박씨와 혼인시킨다. 그런데 첫날밤에 박씨가 매우 못생긴 여자임을 알고 실망한 시백은 그날 후로는 박씨를 돌보지 않는다. 가족들도 박씨의 얼굴을 보고는 모두 비웃고 욕을 한다. 이에 박씨는 시아버지에게 후원에다 피화당을 지어 달라고 청하여 그곳에 홀로 생활한다. 박씨는 이득춘이 급히 입어야 할 소복을 하룻밤 사이에 짓는 재수와, 비루먹은 말을 싸게 사서 잘 길러 승국 사신에게 비싼 값에 팔아 가산을 늘리는 영특함을 보인다. 또 시백이 과거를 보러갈 때 신기한 연적을 주어 장원급제하도록 한다.

박씨는 시집 온 지 삼 년이 된 어느 날 시아버지에게 친정에 다녀올 것을 청하여 구름을 타고서 사흘 만에 다녀온다. 이때 박 처사는 딸의 액운이 다하였기에 이 공의 집에 가서 도술로써 딸의 허물을 벗겨 주니, 순식간에 절세미인으로 변한다. 이에 시백을 비롯한 모든 가족들이 박씨를 사랑하게 된다.

한편, 시백은 평안 감사를 거쳐 병조 판서에 이른 뒤, 임경업과 함께 남경에 사신으로 간다. 그곳에서 시백과 임경업은 가달의 난을 당한 명나라를 구한다. 그들은 귀국하여 시백은 우 승상에, 임경업은 부원수에 봉해진다. 이때 호왕이 조선을 침략하기에 앞서 임경업과 시백을 죽이려고 기룡대라는 여자를 첩자로 보내 시백에게 접근하게 한다. 박씨는 이것을 알고 기룡대의 정체를 밝히고 혼을 내어 쫓아 버린다. 두 장군의 암살에 실패한 호왕은 용골대 형제에게 십만 대군을 주어 조선을 치게 한다. 천기를 보고 이를 안 박씨는 시백을 통하여 왕에게 호병이 침공하였으니 방비를 하도록 청하나 간신 김자점의 반대로 받아들여지지 않는다.

마침내 호병의 침공으로 사직이 위태로워지자 왕은 남한산성으로 피난하지만 결국 항복 문서를 보낸다. 많은 사람이 잡혀 죽었으나 오직 박씨의 피화당에 모인 부녀자들만은 무사하였다. 이를 안 적장 용홀대가 피화당에 침입하자 박씨는 그를 죽이고, 복수하러 온 그의 동생 용골대도 크게 혼을 내준다. 용골대는 인질들을 데리고 퇴군하다가 의주에서 임경업에게 또 한 번 대패한다. 왕은 박씨의 말을 듣지 않은 것을 후회하고서 박씨를 충렬부인에 봉한다.

이때 왕은 이시백의 재덕을 사랑하고 벼슬을 돋우어 병조 판서를 제수하시니 시백이 천은天恩(임금의 은덕)을 사례하고 집으로 돌아와서 부친을 뵈옵자 부친이 꾸짖었다.

"너는 지난 일을 생각지 못하느냐? 지금 무슨 면목으로 아내를 보겠느냐? 네 위인이 그렇게 어리석으니 국가의 중임을 어떻게 감당하겠느냐?"

이시백과 박 소저가 부부 화동한 지 수 삭이 못 되어 몸에 태기가 있더니 마침내 십 삭이 되어 소저가 쌍둥이 아들 형제를 순산하였다.

이때 왕은 병조 판서 이시백에게 평안 감사를 제수하셨다가 또다시 조정으로 불러서 곧 상경 벼슬을 내리셨다. 그런데 명나라의 조정이 요란하여 가달 등의 외적이 변경을 침노하매 왕이 심려하시고 이시백으로 상사를 삼으시고 적당한 인물을 군관으로 삼아서 원군발정을 하라고 분부하시었다.

시백은 여러 장수 가운데서 임경업을 정하여 왕께 추천하였다.

북방의 호국에 이르니 호왕이 보고 임경업을 사위 삼기를 원하며 은근히 탄식하였다.

"내가 조선을 쳐 항복받고자 하던 차, 뜻밖에 가달의 침범으로 임경업의 덕을 봄으로써 조선에 뛰어난 명장이 있음을 보고 그만큼 조선의 위세가 장엄함을 알았으니, 앞으로 조선을 깔보고 범하지 못하겠도다."

옆에서 이런 호왕의 말을 들은 공주가 뜻밖의 말을 했다.

"부왕마마는 염려 마십시오. 제가 조선에 나아가서 이시백과 임경업을 없애 버리고 오겠습니다."

호왕이 기뻐하면서 공주로 하여금 자기의 조선 침략의 숙원이 이루어지기를 은근히 바랐다. 공주는 장담하고 조선을 향하여 길을 떠나 조선 남자의 행색으로 한성에 잠입하였다.

박 소저, 하루는 시부모께 저녁 문안을 드리고 침실에 들더니, 시백이 밤이 깊어 들어오거늘, 소저는 판서 이시백을 맞아 좌정하였다. 판서가 아들을 무릎에 앉히고 소저와 더불어 이야기를 하였다. 드디어 밤이 이슥해지자 소저가 정색을 하고 말했다.

"내일 날이 어둑하여, 강원도 원주 기생 설중매라 일컬으며 상공의 서헌書軒(공부방)으로 올 이 있으니 그 아름다움을 탐내어 가까이하시면 큰 화를 당하실 것인즉, 그 계집더러 여차여차 이르시고 내실로 들여보내시면, 첩이 마땅히 여차하리니, 상공은 첩의 말을 허수히 듣지 마소서."

시백이 웃으며 말했다.

"부인의 말씀이 우습도다. 장부가 어찌 한 조그만 계집의 손에 몸을 바치리요?"

"상공이 첩의 말을 믿지 아니하거든, 그 계집을 후원으로 들여보내시고 상공이 그 뒤를 쫓아 들어오사, 그 계집이 말하는 것을 살펴보면 사실을 아시리다."

판서 시백이 응낙하고 다음 날, 부모님께 문안하고 조정에 들어가 공사를 보고 날이 늦은 후에 돌아오니 손들이 모였거늘, 이에 술을 내다 즐기다가 날이 저물어 손이 각각 돌아가거늘, 판서는 저녁을 마치고 서헌에 한가로이 앉아 있었다.

과연 밤이 깊은 후에 한 여자, 문을 열고 들어와 재배再拜(두 번 절함)하거늘, 판서가 눈을 들어 보니 나이 20세쯤 되었는데 그 얼굴이 백옥 같아 천

하의 미인이라 놀라 물었다.

"너는 누구인가?"

그 여자가 대답했다.

"소녀는 원주 사는 설중매이온데, 상공의 위풍이 시골에까지 유명하여 한번 뵙고자 하여 험한 길을 왔사오니, 어여삐 여기심을 바라나이다."

판서가 말하기를,

"너의 말이 기특하나, 여기는 손들의 출입이 잦으니, 후원 부인 있는 곳에 들어가 있으면, 손들이 다 흩어진 후에 너를 부르리라."

하고, 시녀를 불러 후원으로 인도하게 하였다. 설중매가 부인 처소에 들어가 박씨께 뵈니, 박씨가,

"너는 바삐 올라오라."

하니, 설중매 사양하지 아니하고 들어오거늘, 소저는 자리를 주고 계화로 하여금 술과 안주를 가져오게 하여 부어주었다. 설중매가,

"첩은 본디 술을 먹지 못하오나, 부인이 주심을 어찌 사양하리까?"

하고 받아 마시기를 이어 사오 배 하니, 두 눈이 어지러워 술기운을 이기지 못하고 자리에 쓰러져 잠들었다.

원전 이해하기

「박씨전」은 조선 후기에 매우 인기가 있었던 한글소설입니다. 조선 후기에는 「조웅전」, 「임경업전」, 「유충렬전」 등 **군담소설**이 많은 인기를 끌었습니다. 그런데 「박씨전」은 역사 군담에 속하는 작품이기는 하지만 「임진록」이나 「임경업전」과는 다른 모습을 보여 줍니다. 「박씨전」은 역사상 실존 인물이었던 이시백의 부인, 박씨라는 가공인물을 통해 병자호란의 참상과 패배를 설욕하고 있는 작품입니다. 특이한 것은 박씨라는 여자가 남성보다 뛰어난 능력을 가지고 국가 전란에 과감하게 맞서 승리한 것으로 되어 있다는 점입니다. 당시 대부분의 영웅소설이나 군담소설이 남자 영웅을 주인공으로 내세웠다면, 이 작품은 여자 영웅을 주인공으로 내세웠던 것입니다. 이는 **조선 후기에 일부 여성 사회에서 일기 시작했던 남성 사회에 대한 도전의식이 작품에 반영된 결과**라고 유추할 수 있습니다. 더불어 실제로는 패배했던 병자호란을 작품 속에서는 승리하는 것으로 묘사하여 **패배를 극복하기 위한 정신적인 승리 의식을 담고 있다**고 할 수 있습니다.

73

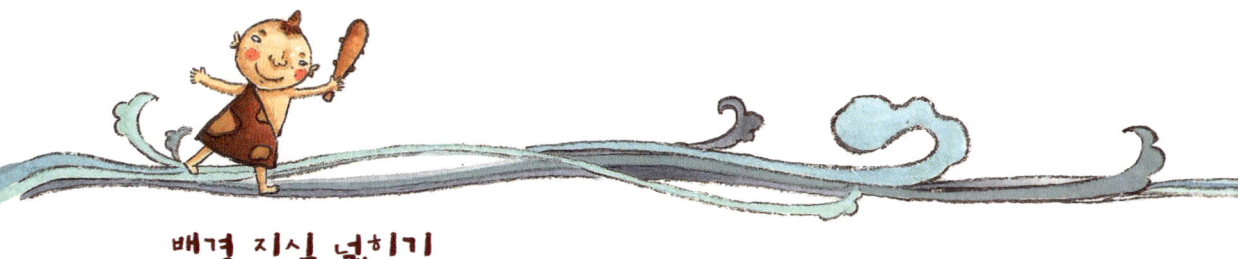

🌿 군담소설

군담소설은 **임진·병자 양란 이후에 발생하여 조선 후기에 유행했던 한글소설의 한 유형**으로 군담, 즉 전쟁 이야기가 주된 줄거리가 되는 소설을 말합니다. 군담소설에는 「박씨전」과 같이 허구적인 주인공과 허구적인 사건으로 꾸며 낸 **창작 군담소설**, 「임경업전」과 같이 역사에 실재한 역사적 인물의 활약상을 서술한 **역사 군담소설**, 「조웅전」과 같이 중국 소설을 번역 혹은 번안한 **번역 군담소설**이 있습니다.

군담소설은 대부분 비슷한 구성을 가지고 있습니다. 주인공은 권문세가의 자제로서 부모의 극진한 치성으로 태어납니다. 그는 난리나 간신의 참소 때문에 부모와 이별하면서 고난을 겪게 되나 도사의 구출로 비범한 능력을 얻게 됩니다. 그리고 국가가 전란으로 위기를 당하게 되면 주인공이 나타나 비범한 능력으로 전란을 평정합니다. 이후 그는 높은 벼슬을 얻으며, 헤어진 가족과 재회하거나 집안을 일으키면서 부귀영화를 누리게 됩니다.

🍃 병자호란

1636년, 만주의 여진족은 후금을 세운 후 명나라를 멸망시키고 청나라를 세웁니다. 그리고는 조선에 신하의 예를 지킬 것을 요구하나, 조선은 이를 거절합니다. 그러자 청나라 태종은, 청·몽골·한인漢人으로 편성한 십만 대군을 스스로 거느리고 압록강을 건너 쳐들어옵니다. 인조는 강화도로 피신하려고 했으나 청나라 군에 의해 길이 막혀 남한산성으로 피신하여 대항했습니다. 조선의 군대는 남한산성이 청나라 대군에 의해 포위당하자 추위와 굶주림에 시달리게 됩니다.

결국 인조는 세자 등 수행원 500명을 거느리고 성문을 나와, 삼전도三田渡에 설치된 수항단受降壇에서 태종에게 굴욕적인 항복을 합니다. 그리고 봉림 대군(효종)이 볼모로 잡혀가게 됩니다.

1645년, 십 년간의 볼모생활 끝에 세자와 봉림 대군은 환국하였으나, 세자는 2개월 만에 죽음을 맞이합니다. 인조의 뒤를 이은 효종은 볼모생활의 굴욕을 되새기며, 북벌계획을 추진했으나 뜻을 이루지 못합니다.

인조가 청 태종에게 삼궤구고두의 예를 행했던 사건으로 삼전도의 굴욕이라 한다. 삼궤구고두란 중국에서 신하가 황제에게 하는 예법으로 세 번 머리를 조아려 절하는데, 한 번 절할 때마다 이마를 땅바닥에 세 번씩 대는 인사법이다.

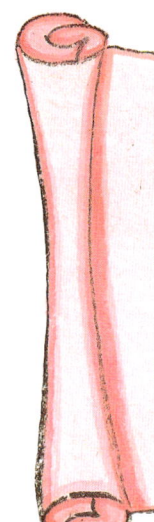

▶ 이 작품의 주인공은 영웅적인 모습을 보이는 여성입니다. 그런데 고전소설 중에서 여성 영웅이 등장하는 소설은 거의 없습니다. 이유가 뭘까요?

▶ 박씨가 아름다운 여자로 변하지 않았어도 이시백이 박씨를 사랑했을까요?

▶ 이 작품은 역사적 사실과 다르게 패배한 전쟁을 승리한 전쟁으로 묘사한 작품입니다. 사실과 다르게 쓴 이유는 무엇일까요?

「박씨전」은 병자호란이라는 실제로 일어났던 역사적 사건을 배경으로 하는 소설입니다. 그렇지만 역사적 사건의 결말과 소설의 결말은 다릅니다. 아이들에게 병자호란에 대해 간략히 설명해 주고 실제 사건과 소설 속 사건의 공통점과 차이점에 대해 이야기해 보세요.

「박씨전」의 가장 큰 특징은 여성 영웅이 등장한다는 점입니다. 그러므로 아이들과 함께 왜 주인공을 여성으로 설정했는지에 대해 토론해 보는 것이 좋습니다. 일반적으로는 남성우월주의가 팽배해 있던 사회구조에 맞서기 위해 여성 영웅을 설정한 것이라고 해석을 하지만 이것을 굳이 정답으로 설명할 필요는 없습니다. 아이들의 다양한 의견을 자연스럽게 유도해 내는 것이 중요합니다. 그리고 한 걸음 더 나아가 오늘날 여성들이 차지하고 있

는 위치에 대해서도 토론을 해 보면 좋을 것입니다. 그리고 이 과정에서 **역사적, 사회적으로 큰 업적을 남긴 여성들에 대해서도 이야기를 나누면 아이들이 좀 더 다양한 지식을 습득할 수 있을 것입니다.**

　마지막으로 **이 작품에서 눈여겨 보아야 할 것이 변신 모티브**입니다. 변신 모티브는 사람이나 동물이 어떤 이유로 형태가 갑자기 변하여 본래의 모습과는 전혀 다른 모습이 되거나 현실세계에서는 보기 힘든 불가능한 형태가 되는 것을 주된 내용으로 삼습니다. 박씨 부인이 추녀에서 아름다운 여인으로 변하게 되는 장면이 이에 해당됩니다. 그런데 여기에서 주목해야 할 점은 변신 자체가 아니라 박씨 부인이 추한 외모 때문에 남편(이시백)에게 푸대접을 받는 모습입니다. 이와 관련하여 아이들에게 '외모'에 대한 생각을 물어보면 좋을 것입니다. 그리고 더 나아가 오늘날 유행처럼 번지고 있는 성형 열풍과 관련해서 자신의 생각을 말해 보게 하는 것도 좋을 것입니다.

7

장끼전

줄거리

　엄동설한이 몰아치는 어느 날이었다. 장끼는 까투리와 함께 먹을 것을 찾아 헤맸다. 아홉 아들과 열두 딸을 거느리고 먹을 것을 찾아 큰 들을 지나던 장끼의 눈에 들어온 것은 붉은 콩이었다. 배가 너무 고팠던 장끼는 붉은 콩을 먹으려고 한다.

　그러나 간밤에 불길한 꿈을 꾸었던 까투리는 먹지 말라고 소리를 쳤다. 잠시 망설였던 장끼는 까투리의 말을 무시하고 콩을 주워 먹다가 덫에 걸리고 만다. 아내의 말을 듣지 않고 현실을 깨닫지 못한 장끼의 어리석음 때문에 벌어진 일이었다. 이제 죽을 수밖에 없다는 것을 깨달은 장끼는 까투리에게 자신이 죽으면 다시 결혼하지 말고 수절해달라고 부탁한다. 까투리는 장끼의 마지막 부탁에 그렇게 하겠다고 대답한다.

까투리는 덫에 임자가 나타나 장끼를 잡아가는 모습을 지켜본다. 그리고 장끼의 깃털 하나를 주워 장례를 치른다.

장례식이 열리자 갈가마귀, 부엉이, 물오리 등등 여기저기서 새들이 찾아온다. 그런데 조문을 온 각종 새들이 까투리의 모습을 보고 반해 청혼을 하지만 까투리는 모두 거절한다.

그런 와중에 홀아비 장끼가 조문을 온다. 그 홀아비 장끼도 까투리의 모습을 보고 청혼을 한다. 까투리는 갑자기 마음이 바뀌어 홀아비 장끼의 청혼을 받아들인다. 시간이 흘러 이들 부부는 아들딸을 모두 혼인시키고 이곳저곳을 구경하다가 큰 물에 들어가 조개가 되었다.

천생만물이 저마다 복이 있으니 일포식一飽食(한 톨의 음식)도 재수라고 점점 주워 들어갈 제, 난데없는 붉은 콩 한 낱이 덩그렇게 놓였거늘, 장끼란 놈 하는 말이,

"어화, 그 콩 소담하다(탐스러워 먹음직하다)! 하늘이 주신 복을 내 어찌 마다하랴? 내 복이니 먹어 보자."

까투리 하는 말이,

"아직 그 콩 먹지 마소. 설상雪上에 유인적有人跡(사람의 자취 있다)할지니 수상한 자취로다. 다시금 살펴보니 입으로 훌훌 불고 비로 싹싹 쓴 자취 심히 괴이하니, 제발 덕분 그 콩 먹지 마소."

장끼 하는 말이,

"네 말이 미련하다. 지금으로 말하자면 동지섣달 설한雪寒이라 첩첩이 쌓인 눈이 곳곳에 덮였으니, 천산千山에 조비절鳥飛絶(새가 나는 것이 끊어짐)이요 만경萬經(만 개의 이랑. 넓은 땅)에 인적멸人跡滅(사람의 자취가 없다)이라 사람 자취 있을쏘냐?"

까투리 이르는 말이,

"시기는 그럴 듯하나 간밤에 꿈을 꾸니 크게 불길하온지라 자량처사自量處事(스스로 헤아려 일을 처리함)하옵시오."

장끼가 또 하는 말이,

"내 간밤에 한 꿈을 얻으니 황학을 빗겨 타고, 하늘에 올라가 옥황상제께 문안드리니 상제께서 나를 산림처사로 봉하시고, 만석고에서 콩 한 섬을

내주셨으니, 오늘 이 콩 하나 그 아니 반가우냐? 옛글에 이르기를 '주린 자 달게 먹고 목마른 자 쉬 마신다' 하였으니 주린 배를 채워 봐야지."

까투리 또 말하기를,

"그대의 꿈은 그러하나 이내 꾼 꿈 해몽해 보면, 어젯밤 2경초에 첫잠이 들어 꿈을 꾸니, 북망산 음지 쪽에 궂은비 흩뿌리며 청천에 쌍무지개 홀연히 칼이 되어 그대의 머리를 뎅강 베어 내리치니, 그대가 죽을 흉몽에 틀림없으니 제발 그 콩은 먹지 마소."

장끼 또한 그대로 있지 아니한다.

"그 꿈 염려 마라! 춘당대 알성과에 문관 장원으로 참례하여 어사화 두 가지를 머리 위에 숙여 꽂고 장안 큰 거리로 왔다 갔다 할 꿈이로다. 과거에나 힘써 보세나."

까투리가 다시 하는 말이,

"3경야에 또한 꿈을 꾸니 천근들이 무쇠 가마 그대 머리 흠뻑 쓰고 만경창파 깊은 물에 아주 풍덩 빠졌기로, 나 홀로 그 물가에서 대성통곡하였으니, 이 아니 그대가 죽는 꿈이 아니겠소. 부디 그 콩 먹지 마소."

장끼 또 하는 말이,

"그 꿈은 더욱 좋구나! 명나라가 중흥할 때, 구원병 청해 오면 이 몸이 대장되어 머리 위에 투구 쓰고 압록강 건너가서 중원을 평정하고 승전대장될 꿈이로다."

까투리는 또 말한다.

"그는 그렇다 하려니와, 4경에 꿈을 꾸니 노인은 당상에 있고 소년이 잔치를 하는데, 스물두 폭 구름차일을 바쳤던 서발 장대가 별안간 우지끈 뚝딱 부러지며 우리늘의 머리를 흠뻑 덮어 버렸으니 어찌 납납한 일을 볼 꿈

이 아니리까? 5경초에 또 꿈을 꾸었는데 낙락장송이 뜰 앞에 가득한데 삼태성 태을성이 은하수를 둘렀는데, 그중 별 하나가 뚝 떨어져 그대 앞에 걸려졌으니 그대 별이 그리 된 듯 삼국 때의 제갈무후가 오장원에서 운명할 때도 장성이 떨어졌다 하옵니다."

"그 꿈도 염려할 게 없느니라. 차일이 덮여 보인 것은 일모 청산 해 저물어 밤이 되면 화초병풍 둘러치고, 잔디 장판에 등걸로 베개 삼아 칡잎으로 요를 깔고 갈잎으로 이불삼아 너와 나와 추켜 덮고 이리저리 궁글을 꿈이요, 별이 떨어져 보인 것은 옛날 헌원씨 대부인이 북두칠성 정기타서 제일 생남하였고, 견우직녀성은 칠월칠석 상봉이라, 네 몸에 태기 있어 귀한 아들 낳을 꿈이로다. 그런 꿈만 많이 꾸어라."

까투리는 또 다른 꿈 이야기를 한다.

"닭 울 때 꿈을 꾸니, 색저고리 색치마를 이내 몸에 단장하고 청산녹수 노니는데, 난데없는 청삽사리 입술을 악물고 와락 뛰어 달려들어 발톱으로 허위치니 경황실색 갈 데 없이 삼밭으로 달아날 때, 신 삼대 쓰러지고 굵은 삼대 춤을 추며 잘록 허리 가는 몸에 휘휘친친 감겼으니 이내 몸 과부되어 상복 입을 꿈이오니, 제발 덕분 먹지 마소. 부디 그 콩 먹지 마소."

이 말을 들은 장끼란 놈은 매우 노해서 까투리를 이리 차고 저리 차며 하는 말이,

"화용월태 저 간나위년 기둥서방 마다 하고, 타인 남자 즐기다가 참바, 올 바, 주황사로 뒤쭉지 결박해서 이 거리 저 거리 종로 네거리를 북치며

궁글을 뒹굴

조리 돌리고, 삼모장과 치도곤으로 난장 맞을 꿈이로다. 그런 꿈 얘기란 다시 말라! 앞정강이 꺾어 논다."

그래도 까투리는 장끼를 아끼는 마음에서 입을 다물지 않는다.

"기러기 물가를 울어 옐 제 갈대를 물고 날음은 장부의 조심이요, 봉이 천 길을 날을 수 있으되 주려도 좁쌀을 쪼아 먹지 아니함은 군자의 염치로다. 그대 비록 미물이나 군자의 본을 받아 염치를 알 것이며, 닷소를 낙으로 삼고 백이숙제 주속을 아니 먹고, 장자방의 지혜 염치 사병벽곡하였으니 그대도 이런 것을 본을 받아 근신을 하려거든 부디 그 콩 먹지 마소."

장끼 또한 그대로 있지 아니한다.

"네 말이 무식하다. 예절을 모르거든 염치를 내 알소냐? 안자님 도학염치로도 삼십밖엔 더 못 살고, 백이숙제의 충절 염치로도 수양산에서 굶어 죽었으며, 장량의 사병벽곡으로도 적송자를 따라 갔으니 염치도 부질없고 먹는 것이 으뜸이다. 호타하 보리밥을 문숙이 달게 먹고 중흥천자 되었고, 표모의 식은 밥을 달게 먹은 한신도 한국대장 되었으니, 나도 이 콩 먹고 크게 될 줄 뉘 알 것이랴?"

「장끼전」은 원래 **판소리로 전승되다가 창唱을 잃어버리고 소설로 정착된 판소리계 소설**입니다. 그리고 인격화된 동물에 의해 사건이 진행되는 의인소설擬人小說로 볼 수 있습니다. 작품 외적 세계에 대한 강한 우의적寓意的 기능을 갖는다는 점에서 우화소설寓話小說로 볼 수도 있습니다. **「장끼전」은 다른 판소리계 소설과 달리 표면적 주제와 이면적 주제로 나누어지지 않고, 우화라는 형식적 제약 탓에 우의적인 주제만 담겨 있다**고 볼 수 있습니다. 「장끼전」이 풍자하고 있는 것은 **남존여비와 개가금지**라는 당시의 완고한 **유교도덕**이라고 볼 수 있습니다. 더불어 양반 사회의 모순을 폭로하고 있으며, 인간의 본능을 충실히 표현하고 있는 작품입니다. 그리고 이 소설의 창작 연대를 동물을 의인화하여 소설을 많이 지은 조선 후기 영·정조 때로 추정한다면 허세와 형식을 떠나서 실질적인 면을 중시한 **실학파의 사상이 드러나고 있다**고도 볼 수 있습니다. 이본異本에 따라서는 주인공 장끼가 죽자 아내인 까투리도 따라 죽는 비극적인 결말을 가진 것들도 있습니다.

이본 문학 작품 등에서 기본적인 내용은 같지만 부분적으로 차이가 있는 책을 뜻한다.

🍃 장끼타령

「장끼전」은 판소리로 전승되다가 소설로 정착이 된 판소리계 소설입니다. 따라서 소설의 바탕이 된 판소리에 대해서도 알아야 할 필요가 있습니다. 판소리 「장끼타령」은 판소리 열두마당 가운데의 하나로 일명 「자치가雌雄歌」라고도 합니다. 장끼가 까투리의 만류에도 불구하고 탁 첨지가 덫에 놓은 콩을 먹고 죽게 되자, 까투리는 참새, 소리개와 혼담을 하다가 홀아비 장끼를 만나 재혼하고 자손이 번창했다는 내용입니다. 송만재의 「관우희」와 이유원의 「관극시」에 「장끼타령」이 보이는 것으로 보아 조선시대에 널리 불린 것으로 보이나, 조선 말기에 전승이 끊어졌습니다.

정노식의 「조선창극사」에도 「장끼타령」을 판소리 열두마당으로 꼽고 있으며 헌종–고종 때 판소리 명창 한송학이 잘 부른 것으로 알려져 있습니다. 현재는 판소리 「장끼타령」 사설이 「장끼전」, 「자치가」, 「화충전」이라는 소설로 남아 있습니다. 일제 강점기에 판소리의 명창 김연수가 「장끼전」 사설을 가지고 소리를 붙여 「장끼타령」을 복원해 오케 유성기판에 취입한 것

오케 일제 강점기에 우리나라 사람이 창업한 음반회사다.

86

이 남아 있으나 안타깝게도 이것을 이어받은 명창이 없다고 합니다. 1970년대 박동진이 「장끼타령」 사설에 곡을 붙여 발표, 공연한 바가 있으나 이를 배운 사람 역시 없다고 합니다.

🍃 조선시대 여성들의 개가 금지

조선시대의 여자들은 도덕적인 관습상 재가를 할 수 없었지만 원래 고려시대부터 조선시대 초기까지는 여성들이 재혼을 할 수 있었다고 합니다. 조선 초기에 미망인들의 재가를 막는 법이 제정되어 있기는 했으나 그것이 사회적으로 뿌리를 내리는 데는 상당한 시간이 걸렸기 때문에 초기의 여자들은 재혼을 할 수 있었던 것입니다. 그러나 조선 후기에 들어서면서 여성들은 수절을 강요받게 됩니다. 하지만 수절에 대한 강요는 여러 가지 부작용을 낳게 됩니다. 특히 젊은 미망인들의 경우 남자 종과 사랑에 빠져 도망을 치기도 했습니다. 혹은 계를 조직하여 젊은 남자들을 납치하거나 돈을 주고 고용을 해서 자신들의 욕구를 해소하는 경우까지 생겨났습니다. 결국 **여성들의 개가 금지는 인간의 본성을 억압함으로써 다양한 문제를 일으킨 제도**였다고 할 수 있습니다.

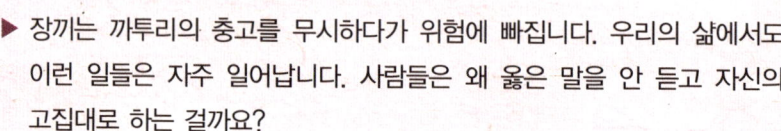

▶ 장끼는 까투리의 충고를 무시하다가 위험에 빠집니다. 우리의 삶에서도 이런 일들은 자주 일어납니다. 사람들은 왜 옳은 말을 안 듣고 자신의 고집대로 하는 걸까요?

▶ 장끼는 죽어가면서 자신의 가족들을 걱정하기보다는 까투리가 재혼을 할까 걱정합니다. 만약 여러분이 그런 상황이었다면 까투리에게 무엇을 부탁했을까요?

▶ 까투리는 장끼의 유언을 무시하고 재혼을 합니다. 만약 여러분이 까투리와 같은 입장이었다면 어떤 선택을 하겠습니까?

「장끼전」에서 가장 핵심적으로 다뤄지고 있는 문제는 과부의 개가입니다. 이 문제는 오늘날까지도 알게 모르게 남아 있습니다. 그렇지만 아이들과 이야기를 나누기에는 껄끄러운 것이 사실입니다. 그러나 아이들과 이야기를 나눠 보면 예상외로 아이들의 수준이 높다는 것을 알게 될 것입니다. 그러니 **과부의 개가 문제를 단순히 또 다른 사랑을 찾을 권리 정도로만 다루지 말고 인간의 근본적인 욕망이라는 것으로 범위를 확대해 본다면** 좀더 알찬 토론이 될 수 있을 것입니다.

「장끼전」에서 비판적으로 다루고 있는 또 하나의 문제는 바로 **가부장적 권위**에 대한 것입니다. 「장끼전」은 까투리의 말을 전적으로 무시하고 자신

의 마음대로 해석하고 행동하는 장끼의 모습을 우스꽝스럽게 다룸으로써 가부장적 권위에 대해 비판하고 있습니다. 그런데 이런 문제는 아직도 남아 있습니다. 최근에 와서야 호적법이 폐지되고 가족관계등록제도로 변경된 사실만 보더라도 우리 사회가 그동안 얼마나 가부장적 권위에 얽매여 있었는지 쉽게 알 수 있습니다. 아이들에게 호적법에 관해 간략히 설명해 주고 각자의 가정, 혹은 사회에서 가부장적 권위를 경험한 적이 없는지 이야기를 나눠 보면 좋을 것입니다.

　이밖에도 장끼 일가가 먹이를 구하려고 눈 덮인 들판을 떠돌다가 결국 장끼가 죽음을 맞이하는 모습은 **조선 시대 유랑민들의 비참한 모습을 드러내는 장면**입니다. 집과 땅을 잃고 여기저기를 떠도는 유랑민의 모습은 오늘날 우리 사회의 빈곤층의 모습과 많이 닮아 있습니다. 따라서 **이 장면이 무엇을 의미하는지 아이들에게 설명한 후** 오늘날 왜 빈곤층이 발생하는지, 그리고 빈곤층을 돕기 위해서는 어떻게 해야 하는지 등등 **사회적인 문제와 연관시켜 살펴보는 것도 좋습니다.**

8

호질

줄거리

산중에 밤이 찾아왔다. 호랑이 왕이 다른 호랑이들과 저녁거리로 무엇을 잡아먹을까 의논을 하기 시작했다. 결국 청렴하면서도 맛 좋은 선비를 잡아먹기로 결정이 되어 호랑이는 청렴한 선비를 잡아먹기 위해 마을로 향했다.

한편 정지읍鄭之邑에 사는 도학자 북곽北郭 선생은 열녀 표창까지 받은 이웃의 동리자東里子라는 청상과부 집에서 정을 통하고 있었다. 과부에게는 성이 각각 다른 아들이 다섯이나 있었는데, 이들이 엿들으니 이상한 소리가 들렸다. 북곽 선생의 목소리에 필시 이는 여우의 둔갑이라 믿고 아들들은 몽둥이를 휘두르며 방으로 뛰어들었다.

너무나 놀란 북곽 선생은 황급히 도망치기 시작했고, 주변이 너무 어두워 똥구렁에 빠지고 말았다. 겨우 구덩이에서 기어 나온 북곽 선생은 그 자리에 커다란 호랑이 한 마리가 입을 벌리고 있는 것을 발견했다. 북곽 선생은 머리를 땅에 박고 목숨만은 살려달라고 빌고 또 빌었다. 그 모습에 호랑이는 똥으로 범벅이 된 북곽 선생의 위선과 아부 등을 크게 꾸짖고 가버렸다. 그런 줄도 모르고 북곽 선생은 계속해서 살려달라고 빌고 또 빌었다.

날이 새어 북곽 선생을 발견한 농부들이 놀라서 이유를 물었다. 엎드려 있던 북곽 선생은 그때서야 호랑이가 가버린 것을 알고 변명을 늘어놓으며 줄행랑을 쳤다.

범은 착하고도 효성스러우며, 문채롭고도 싸움을 잘한다. 인자하고도 용맹하며 슬기롭고도 어질다. 씩씩하고도 날래며, 세차고도 사납다. 그야말로 천하에 대적할 자가 없다.

그러나 비위는 범을 잡아먹고, 범우도 범을 잡아먹는다. 박駮도 범을 잡아먹고, 오색사자는 큰 나무가 선 산꼭대기에서 범을 잡아먹는다. 자백도 범을 잡아먹고, 표견은 날면서 범과 표범을 잡아먹는다. 황요는 범과 표범의 염통을 꺼내어 먹는다. 활猾은 범과 표범에게 일부러 삼켜졌다가 그 뱃속에서 간을 뜯어 먹고, 추이酋耳는 범을 만나기만 하며 곧 찢어서 먹는다. 범이 맹용을 만나면 눈을 꼭 감고, 감히 뜨지도 못한다. 그런데 사람이 맹용을 두려워하지 않으면서도 범은 두려워 하니, 범의 위풍이 얼마나 엄한가.

범이 개를 먹으면 취하고, 사람을 먹으면 조화를 부리게 된다. 범이 한 번 사람을 먹으면, 그 창귀倀鬼(먹을 것이 있는 곳으로 범을 인도한다는 나쁜 귀신)가 굴각屈閣이 되어 범의 겨드랑이에 붙어 산다. 굴각이 범을 남의 집 부엌으로 이끌어 들여서 솥전을 핥으면, 그 집주인이 갑자기 배고픈 생각이 나서 한밤중이라도 아내더러 밥을 지으라고 시키게 된다. 범이 두 번째로 사람을 먹으면, 그 창귀가 이올彛兀이 되어 범의 광대뼈에 붙어 산다. 이올은 높은 데 올라가서 사냥꾼의 움직임을 살피는데, 만약 깊은 골짜기에 함정이나 묻힌 화살이 있으면 먼저 가서 그 틀을 벗겨 놓는다. 범이 세 번째로 사람을 먹으면, 그 창귀가 육혼이라는 귀신이 되어 범의 턱에 붙어 산다. 육혼은 자기가 평소에 알던 친구들의 이름을 자꾸만 불러댄다.

하루는 범이 창귀들에게 분부를 내렸다.

"오늘도 해가 저무니, 어디서 먹을 것을 얻을까?"

굴각은 이렇게 말하였다.

"제가 아까 점을 쳐 보았더니 뿔 있는 놈도 아니고 날짐승도 아닌, 검은 머리를 한 놈이 나왔습니다. 눈 위에 발자국이 있는데, 비틀비틀 성긴 걸음이었습니다. 뒤통수에 꼬리가 붙고, 꽁무니를 감추지 못하는 놈이었습니다."

이올은 이렇게 말하였다.

"동문東門에 먹을 것이 있는데, 이름은 의원醫員이라고 합니다. 그는 입에다 온갖 풀을 머금어서 살과 고기가 향기롭습니다. 서문에도 먹을 것이 있는데, 이름은 무당이라고 합니다. 그는 온갖 귀신에게 아양 부리느라고 날마다 목욕재계하기 때문에 고기가 깨끗합니다. 이 두 가지 가운데 골라서 잡수시지요."

범이 수염을 거스르고 얼굴빛을 붉히면서 말하였다.

"의醫는 의疑다. 자기도 의심스러운 처방을 가지고 여러 사람들에게 시험해서, 해마다 남의 목숨을 끊은 것이 몇 만이나 된다. 무巫는 무誣다. 귀신을 속이고 인민들을 미혹시켜, 해마다 남의 목숨을 끊은 것이 몇 만이나 된다. 그래서 뭇 사람들의 노여움이 뼛속까지 스며들어 금잠金蠶으로 화하였으니, 독이 있어서 먹을 수가 없다."

그러자 육혼이 이렇게 말하였다.

"저 숲속에 어떤 고기가 있는데, 인자한 염통과 의로운 쓸개를 지녔습니다. 충성스러운 마음을 간직하고 순결한 지조를 품었으며, 머리에는 악樂을 이고 발에는 예禮를 신었습니다. 입으로는 백가百家의 말을 외우며 마음속으

93

로는 만물의 이치를 통달했으니, 그의 이름은 석덕지유碩德之儒라고 합니다. 등살이 오붓하고 몸집이 기름져서, 오미五味를 갖추어 지녔습니다."

범이 눈썹을 치켜세우고 침을 흘리다가, 하늘을 쳐다보고 웃으면서,

"짐이 더 듣고 싶으니 어떠하냐?"

하였다. 창귀들이 다투어서 범에게 추천하였다.

"일음―陰 일양―陽을 도道라고 하는데, 그 유儒가 이를 꿰뚫었습니다. 오행五行이 서로 낳고 육기六氣가 서로 조화를 이루는데, 그 유儒가 이를 이끌어 줍니다. 그러니 먹는 것 가운데 이것보다 더 맛있는 것은 없습니다."

범이 이 말을 듣고는 문득 걱정스럽게 얼굴빛이 달라지면서 반갑지 않은 말투로 말하였다.

"음양이라는 것은 한 기운이 죽고 사는 것인데, 그들이 둘로 나뉘었으니 그 고기가 잡될 것이야. 오행도 제 바탕이 있어서 애당초 서로 낳는 것은 아니었는데, 이제 그들을 구태여 자子, 모母로 가르고 심지어는 짜고 신맛까지 들여서 분해하였으니, 그 맛이 순하지 못할 거야. 육기六氣도 제각기 행하는 것이라서 남이 이끌어 주기를 기다릴 것도 없었는데, 이제 그들이 망령되게 '재성財成 보상輔相'이라고 일컬으며 사사롭게 자기 공을 세우려고 한다. 그러니 그런 고기를 먹다가는 너무 딱딱해서 체하거나 구역질나지 않겠느냐?"

정鄭 땅의 어느 고을에 벼슬을 좋아하지 않는 선비가 살고 있었으니, 북곽 선생이라고 불렸다. 나이 마흔에 손수 교정한 책이 만 권이요, 구경九經의 뜻을 부연해서 다시 지은 책이 일만 오천 권이나 되었다. 천자가 그의 의義를 아름답게 여기고, 제후들이 그의 이름을 사모하였다.

그 고을 동쪽에는 아름다운 청상과부가 살았는데, 동리자라고 불렸다.

천자가 그의 절개를 갸륵하게 여기고, 제후들도 그의 어진 마음을 흠모하였다. 그래서 그 고을 사방 몇 리의 땅을 봉하여, 동리과부지려東里寡婦之閭라고 하였다. 동리자는 이렇게 수절 잘 하는 과부였지만, 다섯 아들을 둔 것이 저마다 다른 성을 지녔다. 어느 날 밤 그 아들 다섯 놈이,

"강 건너 마을에서 닭이 울고 강 저편 하늘에 샛별이 반짝이는데, 방안에서 흘러나오는 말소리는 어찌도 그리 북곽 선생의 목청을 닮았을까."

하고 차례로 문틈으로 들여다보았다.

동리자가 북곽 선생에게,

"오랫동안 선생의 덕을 연모하였습니다. 오늘밤에는 선생님께서 글 읽으시는 음성을 듣고 싶습니다."

라고 청하였다. 북곽 선생이 옷깃을 가다듬고 꿇어앉아서 시를 읊었다.

병풍에는 원앙새가 있고,
반딧불은 반짝이네
가마솥과 세발솥은
무얼 본따서 만들었나
흥겨워라

원전 이해하기

「호질」은 박지원이 지은 「열하일기熱河日記」의 「관내정사關內程史」 속에 수록되어 있는 작품입니다. 원래 중국의 어느 무명작가의 글에 연암 박지원이 약간 덧붙인 글이라는 말이 있습니다. **「호질」은 조선 후기 사정에 비추어 두 가지 주제의 설정이 가능**합니다. 하나는 북곽 선생으로 대표되는 **유자儒者들의 위선을 비꼰 것**이고, 다른 하나는 동리자로 대표되는 **정절부인의 가식적 행위를 폭로한 것**입니다.

따라서 이 작품에서 도덕과 인격이 높다고 소문난 북곽(양반 계급)은 결국 '여우' 같은 인물이요, 온몸에 똥을 칠한 더러운 인간이며, 끝까지 위선과 허세를 부리는 이중적인 인간임을 고발하고 있습니다. 그리고 정절로써 천자와 제후들에게까지 우러름을 받는 동리자에겐 성이 다른 아이들이 다섯이나 있었으니, 그녀는 실재로는 부도덕한 여자였고, 과부의 다섯 아들이 모두 성이 다르다고 비꼬고 있습니다. 이는 **겉모습, 혹은 세상의 평판만으로 사람을 평가할 수 없음을 통렬히 풍자한 것**입니다.

「호질」은 동음어를 교묘하게 활용하고 민담과 전설을 삽입하면서 생략과 압축으로 완성된 작품입니다. 이 글은 연암 스스로 절세기문絶世奇文이라 평가하기도 했습니다.

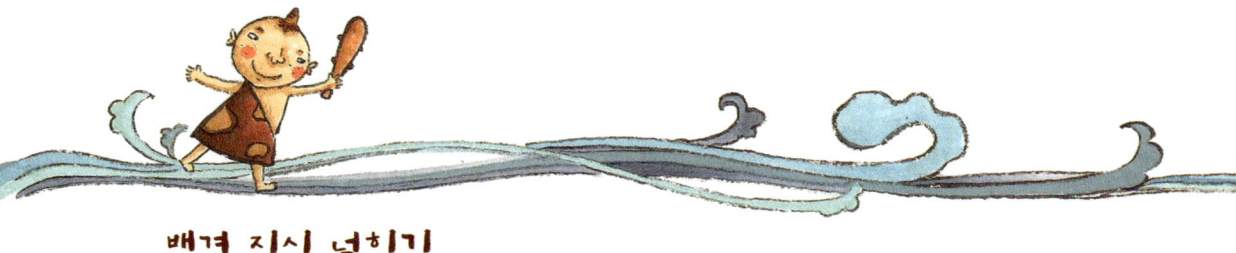

배경 지식 넓히기

🌀 박지원의 한문소설

연암은 당시 사대부들이 숭상하던, 당송 팔대가의 문장을 본뜬 고문의 문체를 거부했습니다. **시대적 변화를 전제로 현실을 중시하는 문학을 추구했던 그의 소설적 특징은 풍자적이고 사실주의적인 성격을 가지고 있다는 것**입니다. 시대는 변화하고 있는데 그 흐름에 발맞추지 못하는 위정자 및 학자들을 비판적으로 바라보았던 연암은 그들을 깨우칠 수 있는 방법으로 풍자를 선택한 것입니다. 그리하여 연암의 소설에 등장하는 수많은 지배계급들은 소설 속에서 매우 우습게 그려집니다.

서민들의 삶에도 깊은 관심을 보여 그들의 살아가는 모습을 생생하게 묘사했던 연암은 현재의 비평 수준으로 보더라도 뛰어난 여러 편의 소설을 완성시켰습니다.

「호질」의 작품성

〈호질〉의 구성을 살펴보면 현대소설의 구성과 견주어서 결코 떨어지지 않는 구성미를 보이고 있습니다. 우선 연암 박지원은 부도덕한 곳의 대명사가 된 정鄭나라를 소설적 배경으로 삼고, 시간의 흐름에 따라 산에서 집으로, 집에서 다시 들판으로 장소를 옮기고 있습니다. 사건의 흐름도 자연스럽습니다. 황혼이 되자 호랑이들이 모여 음험한 계략을 꾸미고, 밤이 되자 북곽 선생과 동리자의 부도덕한 행위가 벌어지며, 새벽이 되자 삶과 죽음의 경계에 서는 극적인 상황으로 이어집니다. 아울러 아침이 오면 다시 일상의 모습으로 돌아가는 상황을 연출하고 있습니다. 이처럼 기승전결의 완벽한 구성수법을 사용하고 있을 뿐만 아니라 산에서 한 호랑이가 선비를 추천한 것은 들판에서 북곽 선생과 호랑이가 만날 수밖에 없는 복선으로 작용하고 있고, 들판의 똥구덩이는 호랑이가 북곽 선생을 잡아먹을 수 없는 필연성을 제공하고 있습니다. 이 작품을 무명의 중국 작가가 썼다는 의견이 우세하지만 창작 기법이나 소재가 박지원의 다른 작품과 유사하기 때문에 연암의 창작으로 보는 의견도 있습니다.

독서지도 포인트

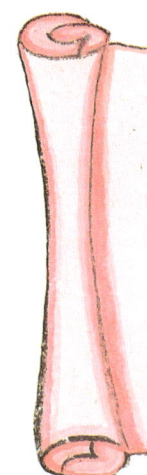

▶ 호랑이는 우리나라의 옛이야기나 소설에 자주 모습을 보입니다. 여러분이 생각하기에 우리의 이야기 속에서 호랑이는 어떤 이미지로 그려지는 것 같습니까?

▶ 북곽 선생은 겉과 속이 다른 사람입니다. 겉과 속이 다른 사람은 무엇을 보고 알 수 있을까요?

「호질」은 아이들이 이해하기에는 조금 어려운 소설입니다. 그러므로 독서지도를 할 때는 자세한 설명이 필요합니다. 우선 「호질」을 이해하기 위해서는 작품에서 비판하는 대상이 누구인가를 알아야 합니다. 조금 어렵더라도 아이들에게 비판의 대상을 찾아보게 한 뒤 자세한 설명을 곁들여 주는 방식으로 진행을 하면 좋을 것입니다. 「호질」에서 가장 중점적으로 비판하고 있는 것은 가식적인 유학자인 북곽 선생과 역시 가식적으로 정절을 지키는 동리자입니다. 그리고 이외에도 작품의 앞부분에서 의사, 무당, 선비를, 뒷부분에서는 진실을 파악하지 못하는 어리석은 대중들을 비판하고 있습니다.

그런데 이 모든 비판의 대상들을 큰 틀에서 보면 「호질」에서 비판하고 있는 것은 겉과 속이 다른 인간, 즉 표리부동한 인간입니다. 아이들과의 토론 포인트는 여기에 맞추는 것이 좋습니다. 아이들에게 자신의 속마음과는 나

르게 행동한 적이 있는지 물어보고 그런 행동이 어떤 결과를 가져왔는지 토론을 해 봄으로써 작품에 대한 이해를 더욱 높일 수 있을 것입니다. 그리고 반대의 경우도 얘기를 나누어 보면 좋습니다. 속마음에 따라 행동했을 때 어떤 일이 있었는지 물어보고 속마음과 다른 행동을 했을 때와 비교해 본다면 좀 더 알찬 토론이 될 것입니다.

「호질」은 내용이 어렵기는 하지만 형식적인 측면에서 본다면 사람들에게 쉽게 다가갈 수 있는 '우화' 형식을 가지고 있습니다. 아이들에게 우화의 개념에 대해 간단히 알려주고 **왜 직접적으로 말하지 않고 동물을 등장시켜 말을 하는지에 대해 토론해 보면 좋습니다.** 그리고 좀 더 확장을 시켜 호랑이, 토끼, 여우 등 **우화에 등장하는 동물들이 일반적으로 어떤 유형의 사람들을 대표하는지에 대해서도 토론을 해 보면 아이들이 '우화'라는 형식을 이해하는 데 도움이 될 것입니다.**

9

유충렬전

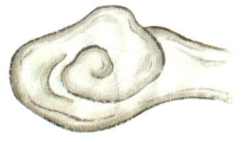

줄거리

명나라 영종 황제 때 개국 공신의 13대손인 유심은 벼슬이 정언주부로서 사람됨이 정직하고, 성정이 민첩하면서도 마음이 충정해서 국록은 점점 늘고 가산은 비할 데 없이 부유했다. 그에게 다만 섭섭한 것이 있다면 슬하에 일점혈육이 없는 점이었다. 그러던 차에 부인 장씨의 기도로 꿈에 선관이 나타나 태몽을 알린다. 유심은 모처럼 얻은 아들의 이름을 충렬이라 했다.

충렬은 일곱 살이 되자 벌써부터 골격이 뛰어나고, 총명은 만인을 넘고, 필법은 왕희지요 문장은 이태백이며 무예지략은 손오에 견줄 만했다.

이때 마침 조정에 간신 둘이 있었다. 하나는 도총대장 정한담이요, 또 하나는 병부상서 최일귀라는 자였다. 이들은 자신의 실력에 교만해져, 언젠가는 천하를 도모하려는 모반의 마음을 갖고 있었다. 그런데 정언주부 유심의 직간이 있고 다른 자들의 상소가 계속되자 두 간신은 이들을 제거할 기회를 노리던 중 마침내 기회가 왔다. 영종 황제가 즉위하자 열국이 제각기 앞을 다투어 사신을 보내고 조공을 바치는데 오직 토번(티베트)과 가달(오랑캐의 한 종족)만이 조공을 바치지 아니했다. 그러자 두 간신은 그들을 정벌할 것을 천자께 아뢰지만 정언주부 유심이 나서서 극구 반대한다. 이에 정한담과 최일귀는 유심이 오랑캐와 내통하고 있다고 모함을 하게 되고 결국 유심은 귀양을 가게 된다. 귀양 도중 유심은 투신자살을 시도하지만 호송하던 포졸들의 만류로 살아남아 연경에 도착한다.

한편 두 간신은 옥관 도사를 찾아 드디어 천하를 도모하기로 작정하지만 충렬이 방해될 것이라고 하자 충렬 모자를 해치기로 결심한다.

장씨 부인은 꿈에 나타난 백발노인의 계시로 간신히 살아 도망치고 이들 모자의 생존을 확인한 두 간신은 군사를 풀어 뒤쫓는다. 도망치던 장씨 부인은 뱃사공으로 행세하는 도적들에게 붙잡혀 아들과 헤어진다.

물에 빠져 떠내려가던 충렬은 남경 상인들에게 구조되지만 방황을 계속하게 된다. 초나라 땅까지 들어간 충렬은 굴원이 빠져 죽은 '회사정'의 벽에서 아버지의 유언을 발견하고 함께 죽으려던 중에 강희주라는 사람의 도

왕희지　　중국 진晉나라의 서예가(307~365). 자는 일소逸少. 우군 장군右軍將軍을 지냈으며 해서 · 행서 · 초서의 3체를 예술적 완성의 영역까지 끌어올려 서성書聖이라고 불린다.

이태백　　당나라 때 시인으로 두보와 함께 중국 최고의 시인으로 추앙되며 시선詩仙으로 불린다.

손오　　중국 춘추 전국 시대의 병법가인 손무와 오기를 아울러 이르는 말이다

움으로 살아나 친아들처럼 그의 집에서 지낸다. 또한 강희주의 딸과 결혼하지만 관군이 잡으러 오자 화를 피해 집을 떠나 산으로 들어간 후 출가를 결심한다. 그리고 광덕산 백룡사에서 노승을 만나 신술 비법을 배운다.

한편 세력이 강성해진 남북의 오랑캐들이 합세하여 명나라를 침공하자 역적 정한담과 최일귀는 천자를 배신하고, 명나라를 공격하는 오랑캐의 선봉장 노릇을 한다. 결국 명나라가 패전을 거듭하여 항복할 수밖에 없는 상황에 처해 있을 때, 신기한 용인갑과 장성검으로 무장한 유충렬이 천사마를 타고 나타나 도술과 무예로 이들을 제압하고 목숨이 경각에 달린 천자를 구출한 뒤, 잡혀 간 황후와 황태자를 구출한다. 또한 생사를 알 수 없었던 어머니와 아내를 돌아오는 길에서 되찾는다.

영웅이 된 충렬은 황제와 의형제를 맺고 승상의 지위에 오르며 한평생 부귀영화를 누리게 된다.

이때 조정에 한 신하 있으되 성은 유요, 명은 심이니 전일 선조황제 개국 공신 유기의 십삼대 손이요 전병부상서 유현의 손자라, 세대명가 후예로 공후 작록_{爵祿}이 떠나지 아니하더니 유심의 벼슬이 정언주부에 있는지라, 위인이 정직하고 성정이 민첩하며 일심이 충성하여 국록_{國祿}이 중중하니 가산이 요부하고, 작법이 화평하니 세상 공명은 일대에 제일이요, 인간 부귀는 만민이 칭송하되 다만 슬하에 일점혈육이 없어 매일로 한탄하여 일 년 일 도에 선영_{先塋} 제사 당하면 홀로 앉아 우는 말이,

"슬프다! 나의 몸이 무슨 죄 있어 국록_{國祿}을 먹거니와 자식이 없으니 세상이 좋다 한들 좋은 줄 어찌 알며 부귀가 영화롭되 영화된 줄 어찌 알리. 나 죽어 청산에 묻힌 백골 뉘라서 거두오며, 선영향화_{先塋香火}(조상에 제사 지냄)를 뉘라서 주장하리."

하염없는 눈물이 옷깃을 적시는지라. 이렇듯 설워하니 부인 장씨는 이부상서 장윤의 장녀라. 주부 곁에 앉았다가 일심이 비감하여 왈,

"상공의 무후(자녀가 없음)함은 소첩의 박복함이라 첩의 죄를 논지컨대 벌써 버릴 것이로되 상공의 음덕으로 지금까지 부지하오니 부끄러운 말씀을 어찌 다 하오리까. 듣사오니 천하에 절승한 산이 남악형 산이라 하오니 수고를 생각지 말고 산신께 발원하여 정성이나 드려보사이다."

주부 이 말을 듣고 대왈,

"하늘이 점지하사 팔자에 없었으니, 빌어 자식을 낳을진대 세상에 무자한 사람이 있으리오."

장부인이 여쭈오되,

"대체를 생각하면 그 말씀도 당연하되 만고 성현 공부자도 이구산에 빌어 났고 정나라 정자산도 우성산에 빌어 보사이다."

주부 이 말을 듣고 삼칠일 재계를 정히 하고 소복을 정제하여 제물을 갖추고 축문을 별도로 지어 가지고 부인과 함께 남악산을 찾아가니, 산세 웅장하여 봉봉이 높은 곳에 청송은 울울하여 태고시를 띄고 있고, 강수는 잔잔하여 탄금성을 돋우었다. 칠천십이 봉은 구름밖에 솟아 있고 층암절벽상에 각색 백화 다 피었고, 소상강 아침안개 동정호로 돌아가고 창오산 저문 구름 호산대로 돌아들며 강수성을 바라보며, 수양가지 부여잡고 육칠리를 들어가니 연화봉이 중계로다. 상대에 올라서서 사방을 살펴보니, 옛날 하우씨가 구년지수 다스리고 층암절벽 파던 터가 어제하듯 완연하고 산천이 심히 엄숙한 곳에 천제당을 높이 묻고 백마를 잡던 곳이 완연하였고, 추연(웅덩이)을 돌아보니, 옛날 위 부인이 선동 오륙 인을 거느리고 도학하던 일층 단이 무너졌다.

일층 단 별로 모아 노구밥(산천의 신령에게 제사하기 위하여 노구솥에 지은 밥)을 정결히 담아 놓고 부인은 단하에 궤좌跪坐(꿇어앉음)하고 주부는 단상에 궤좌하여 분향 후 축문을 내어 옥성으로 축수할 제, 그 축문祝文에 하였으되,

"유세차갑자년 갑자월 갑자일에 대명국 동성문 내에 거하는 유심은 형산 신령 전에 비나이다. 오호라 대명 태조 창국공신지손이라 선대의 공덕으로 부귀를 겸전하고 일신이 무양하나 연광年光(나이)이 반이 넘도록 일점혈육이 없었으니 사후 백골인들 뉘라서 엄토하며 선영 행화를 뉘라서 봉사하리오. 인간에 죄인이요, 지하에 악귀로다. 이러한 일을 생각하니 원한이 만심이라 이러한 고로 너러운 정성을 신령 진에 발원히오니 황천은 감동하와 자

식 하나 점지하옵소서."

기를 다함에 지성이면 감천이라 황천인들 무심할까. 단상의 오색구름이 사면에 옹위하고 산중에 백발 신령이 일제히 하강하여 정결케 지은 제물 모두 다 흠향歆饗(신명神明이 제물을 받아서 먹음)한다. 길조가 여차하니 귀자貴子가 없을쏘냐.

빌기를 다한 후에 만심 고대하던 차에 일일은 한 꿈을 얻으니, 천상으로서 오운이 영롱하고, 일원 선관이 청룡을 타고 내려와 말하되,

"나는 청룡을 차지한 선관仙官이더니 익성이 무도한 고로 상제께 아뢰되 익성을 치죄治罪하야 다른 방으로 귀양을 보냈더니 익성이 이 길로 합심하여 백옥루 잔치시에 익성과 대전한 후로 상제 전에 득죄하여 인간에 내치심에 갈 바를 모르더니 남악산 신령들이 부인 댁으로 지시하기로 왔사오니 부인은 애휼愛恤(사랑하고 불쌍히 여김)하옵소서."

하고 타고 온 청룡을 오운간에 방송하며 왈,

"일후 풍진(전쟁) 중에 너를 다시 찾으리라."

하고 부인 품에 달려들거늘 놀라 깨달으니 일장춘몽一場春夢 황홀하다.

원전 이해하기

「유충렬전」은 영웅의 일생을 소설로 엮은 전형적인 군담소설입니다. 작품의 전개는 주인공의 신이神異한 출생, 성장 과정에서의 시련과 극복, 그리고 영웅적 투쟁과 화려한 승리로 이어져 영웅소설의 구조를 충실히 따르고 있습니다.

「유충렬전」은 명나라를 배경으로 삼고 있기는 하지만, 충신과 간신의 대립을 통하여 조선 시대의 충신상을 표현한 작품입니다. 그러나 무능한 왕권에 대한 규탄과 역경에 처한 왕가의 비굴성이 나타나고 있어, 권력을 빼앗긴 계층의 권력 탈환의 꿈을 투영하고 있음 또한 알 수 있습니다.

두 번에 걸쳐 호국을 정벌하고 호왕을 처벌한다는 점에서, 병자호란 이후 호국 청나라에 대한 강한 적개심을 표현한 작품으로도 볼 수 있습니다.

저작 연대는 정확히 알 수 없으나 오늘날 전하는 판본이 모두 19세기 이후에 이루어진 것이고, 정한담을 생포하는 과정과 유충렬이 강 소저와 결혼하는 과정이 중국 소설 「설인귀전」과 일치하고 있다는 점으로 보아 18세기 후반 이후에 창작된 소설로 추측하고 있습니다.

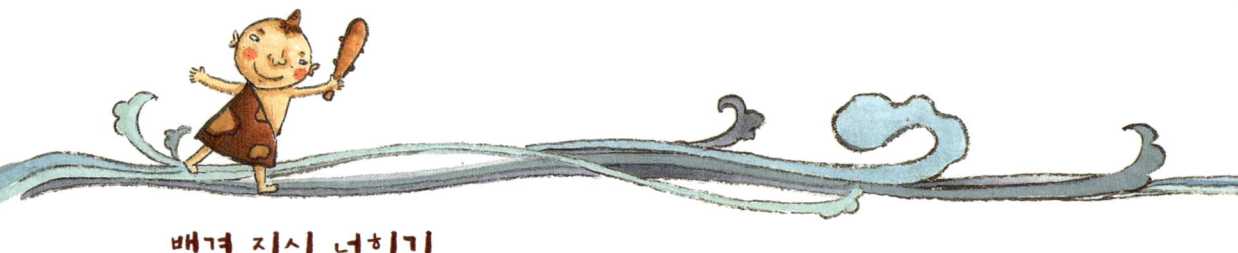

배경 지식 넓히기

🐾 설인귀전

「설인귀전」은 「유충렬전」에 영향을 준 것으로 알려진 중국소설입니다. 「설인귀전」은 원래 연작 소설로 「설인귀정동」과 「설정산정서」로 되어 있습니다. 이것이 우리나라에 들어와서 전자는 「백포소장설인귀전」으로, 후자는 「서정기」, 「설정산실기」, 「번리화정서전」으로 번역되어 연작소설의 형태를 띠게 됩니다. 「설인귀전」은 18세기 중엽 혹은 그 직후에 우리나라에 들어온 것으로 추정됩니다.

「백포소장설인귀전」은 고전소설 가운데 이른바 영웅소설 혹은 군담소설에 속하는 「유충렬전」, 「소대성전」, 「장익성전」, 「장국진전」 등에 그 영향력을 미친 것으로 평가됩니다. 그리고 속편인 「서정기」, 「설정산실기」, 「번리화정서전」 등은 고전소설들 가운데 이른바 여걸소설 혹은 여장군소설에 해당하는 「홍계월전」, 「정수정전」, 「황운전」, 「옥루몽」 등에 그 영향력을 미친 것으로 평가됩니다.

「유충렬전」에 반영된 시대상

「유충렬전」은 거듭되는 위기와 그 극복 과정이 흥미진진하게 전개되어 많은 인기를 얻은 대표적인 군담소설입니다. 그런데 **이 소설의 성공 배경에는 병자호란의 경험이 자리 잡고 있다는 견해가 일반적**입니다. 「유충렬전」에 반영된 병자호란의 실상은 대략 세 가지 정도로 요약할 수 있습니다.

첫째, 병자호란 당시의 주전主戰, 주화主和의 대립입니다. 「유충렬전」에서 토번과 가달의 정벌을 둘러싸고 정한담은 정벌을 주장하고 유심이 그것을 반대하는 장면에서 드러납니다.

둘째, 강도江都(강화도) 함락의 실상입니다. 「유충렬전」에서 황후, 태후, 태자 등이 호국胡國의 포로가 된 것은 병자호란 때 강도江都 함락으로 궁중 비빈과 대군大君이 포로가 된 것과 일치합니다.

셋째, 외적에 대한 복수 의식입니다. 유충렬이 호국胡國을 정벌하고 통쾌한 복수전을 벌이는 모습은 병자호란으로 인한 수난과 수모를 소설을 빌어 복수하고자 하는 의식의 표현으로 볼 수 있습니다.

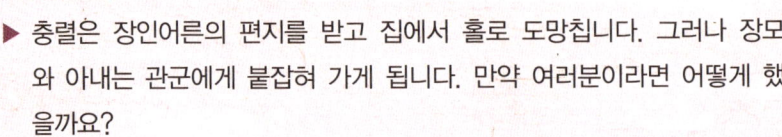

▶ 충렬은 장인어른의 편지를 받고 집에서 홀로 도망칩니다. 그러나 장모와 아내는 관군에게 붙잡혀 가게 됩니다. 만약 여러분이라면 어떻게 했을까요?

▶ 충렬은 간신의 모함을 믿은 황제 때문에 아버지를 잃게 되지만 황제가 위험에 처하자 황제를 돕습니다. 만약 여러분이라면 어떻게 했을까요?

▶ 결국 나쁜 일을 저지른 간신들은 모두 벌을 받게 됩니다. 그러나 간신의 말에 넘어가 잘못된 결정을 내렸던 황제는 아무런 벌을 받지 않습니다. 황제는 왜 벌을 받지 않았을까요?

「유충렬전」은 다른 영웅, 군담소설들과 마찬가지로 **'신이한 탄생-고난-구출-양육-승리'**라는 **'영웅의 일생'**을 잘 보여 주고 있습니다. 그러나 다른 영웅, 군담소설들과 달리 신이한 출생으로 태어나지는 않았습니다. 유충렬은 유심과 부인 장씨가 자식이 없음을 근심하다가 남악 형산에 들어가 아들을 달라고 비는 행위를 통해 태어납니다. 이런 행동을 '기자정성祈子精誠'이라고 합니다. 즉, 유충렬은 탄생 자체에는 아무런 고난이 없으며 고귀한 혈통만 보여 줄 뿐입니다. 아이들에게 영웅의 일생 구조를 설명해 주고 「유충렬전」이 다른 영웅, 군담소설과 어떻게 다른지 찾아보게 하세요. 그리고 더 나아가 각자의 태몽을 조사해서 발표해 보는 것도 재미있

을 것입니다.

　다음으로 「유충렬전」에서 가장 중심을 이루는 갈등은 간신과 충신의 갈등입니다. 그리고 이런 갈등에서 충신은 고난을 받다가 결국에는 승리하게 됩니다. 이것을 크게 확대해 보면 고전소설의 가장 일반적인 특징인 **'권선징악**勸善懲惡**'**적 요소로 볼 수 있습니다. 그런데 군담소설에서는 항상 착한 사람이 승리하지는 않습니다. 물론 현실에서도 마찬가지입니다. 아이들과 함께 이러한 **고전소설과 현대소설의 차이점**에 대해 이야기를 나눠 보고 왜 현실에서는 꼭 착한 사람이 승리를 거두지 못하는지에 대해서도 의견을 교환하면 아이들이 우리 사회를 이해하는 데 도움이 될 것입니다.

　이외에도 유충렬의 경우 일반 사람들보다 뛰어난 모습을 보여 주기는 하지만 홍길동처럼 신기한 도술을 많이 보여 주지는 않습니다. 말 그대로 좀 더 현실에 가까운 영웅입니다. 아이들과 함께 남보다 뛰어난 한 가지 능력을 가지게 된다면 어떤 것을 가지고 싶은지 물어보고 그 이유에 대해서 이야기를 나눠 보는 것도 재미있을 것입니다.

10

심청전

줄거리

송나라 말년 황주 도화동이란 곳에 심학규라는 봉사가 곽씨 부인과 살고 있었다. 심학규와 곽씨 부인은 불전에 지성으로 불공을 드린 끝에 딸 심청을 낳았으나 산후 조리를 잘못하여 청을 낳은 후 7일 만에 곽씨 부인이 죽고 만다. 마을 사람들은 부인의 인품을 기려 장례를 치러주고, 젖동냥을 다니는 심봉사를 측은히 여겨 청에게 젖을 먹여 준다.

심청은 잔병 없이 성장하여 인물과 효행이 인근에 자자할 정도였으며, 십오 세에 이르러서는 길쌈과 삯바느질로 아버지를 극진히 공양한다. 인물이 뛰어나고 재질이 비범한 청을 장 승상 부인은 수양딸로 삼고자 하나 청은 아버지를 생각하고 거절한다. 어느 날 이웃집에 방아를 찧어 주러 갔다가 늦어지는 청을 찾아 나선 심봉사는 발을 헛디뎌 그만 웅덩이에 빠지는 봉변을 당한다. 이때 마침 그곳을 지나던 몽은사 화주승이 그를 구해 주고 공양미 삼백 석을 시주하면 눈을 뜰 수 있다고 하자, 심봉사는 앞뒤 가리지 않고 시주하겠노라고 서약한다. 그 뒤 자신의 어리석은 약속을 남몰래 후회하는 심봉사의 고민을 알게 된 심청은 마침 인신공양을 구하러 다니는 남경 상인들에게 자신의 몸을 팔고 그 대가로 받은 공양미 삼백 석을 몽은사에 시주한다.

아버지가 걱정하지 않도록 장 승상 댁 수양딸로 가게 되었다고 거짓말을 하던 심청은 배에 타는 날이 되어서야 사실을 고하며 하직 인사를 한다. 뒤늦게 전후 사정을 알게 된 심학규는 통곡하며 실신한다.

남경 상인들의 배를 타고 인당수에 도착한 심청은 마지막으로 아버지를 걱정하면서 인당수에 뛰어든다.

바닷속에서 청은 용궁으로 모셔지며, 후한 대접을 받고 자신의 전생과 현세, 미래를 알게 되며, 꿈에도 그리던 어머니 곽씨 부인도 만난다. 용궁에서 하루를 지낸 청은 연꽃 속에 들어가 다시 인간계로 돌아오며, 남경 상인들은 귀국하던 중 바다에 떠 있는 연꽃을 이상히 여겨 송의 천자에게 바친다. 천자는 연꽃 속에서 나온 청을 아내로 맞이하고, 왕후가 된 심청은 아버지를 찾기 위해 맹인 잔치를 벌인다.

심청이 떠나고 난 뒤 뺑덕어멈과 같이 살던 심학규는 잔치 소문을 듣고 황성으로 향한다. 도중에 뺑덕어멈의 농간으로 우여곡절을 겪은 끝에 겨우 상경한 심학규는 맹인 잔치에서 황후가 된 청을 만나 크게 감격하여 눈을 뜨게 된다.

하루는 아버지께 여쭈었다.

"까마귀 같은 새짐승도 저녁이 되면 먹을 것을 물어다가 제 어미를 먹일 줄 아는데 하물며 사람이 새짐승만 못하겠어요? 아버지 눈 어두우신데 밥 빌러 가시다가 높은 데 깊은 데, 좁은 길로 여기저기 다니다가 엎어져서 상하기 쉽고, 비바람 부는 궂은 날과 눈서리 치는 추운 날이면 병이 나실까 밤낮으로 염려됩니다. 제 나이 예닐곱이나 되었는데 낳아서 길러 주신 부모 은덕을 이제 갚지 못하면 후에 불행하신 날에 애통한들 갚겠어요? 오늘부터 아버지는 집이나 지키시면 제가 나서서 밥을 빌어다가 끼니 걱정 덜게 해드리겠어요."

심봉사가 웃으며 하는 말이,

"네 말이 기특하구나. 인정은 그러하나 어린 너를 내보내고 앉아 받아먹는 내 마음은 어찌 편하겠느냐, 그런 말 다시 마라."

심청이 다시 여쭈었다.

"자로는 어진 사람으로 백 리 길에 쌀을 져다 부모를 봉양했고, 제영이는 어진 여자였지만 낙양 감옥에 갇힌 아버지를 제 몸 팔아 구해냈다는데, 그런 일을 생각하면 사람이 예나 지금이 다르겠어요, 고집하지 마셔요."

심봉사가 옳게 여겨,

"기특하다 내 딸아, 효녀로다 내 딸아. 네 말대로 그리 하여라."

하고 허락했다. 심청이 이날부터 밥빌러 나설 적에 먼 산에 해 비치고 앞마을에 연기나면, 헌 버선에 대님치고 말기만 남은 베치마, 앞 섶 없는 겹

116

저고리 이렁저렁 얽어메고, 청목 휘양 둘러쓰고 버선 없어 발을 벗고, 뒤축 없는 신을 끌고 헌 바가지 옆떼 끼고 노끈 매어 손에 들고, 엄동설한 모진 날에 추운 줄을 모르고 이집 저집 문앞 문앞 들어가서 간절히 비는 말이,

"어머니는 세상 버리시고 우리 아버지 눈 어두워 앞 못 보시는 줄 뉘 모르시겠어요? 십시일반이오니 밥 한 술 덜 잡수시고 주시면 눈 어두운 저의 아버지 시장을 면하겠습니다."

보고 듣는 사람들이 마음에 감동하여 밥 한 술, 김치 한 그릇을 아끼지 않고 주며 먹고 가라 하는 사람이 있으면, 심청이 하는 말이,

"추운 방에 늙으신 아버지가 기다리고 계실 텐데 저 혼자만 먹겠습니까? 어서 바삐 돌아가서 아버지와 함께 먹지요."

이렇게 얻어서 두세 집 밥을 모아서 넉넉하면 급히 돌아와서 방문 앞에 들어서며,

"아버지 춥고 시장하지 않으셨어요, 오래 기다리셨지요, 여러 집을 다니다 보니 이렇게 더디었어요."

심봉사가 딸을 보내고 마음 둘 데 없어 탄식하다가 이런 소리를 얼른 반겨 듣고 문을 펄쩍 열고 두 손 덥석 잡고,

"손 시렵지,"

하며 손을 입에 대고 훌훌 불며, 발도 차다고 어루만지며, 혀를 끌끌 차고 눈물을 글썽이며,

"애고 애고, 애닯구나 너의 어머니, 무정하다 내 팔자야. 너를 시켜 밥을 빌어먹고 사잔 말이냐? 애고 애고, 모진 목숨 구차히 살아서 자식 고생만 시키는구나."

심청의 극진한 효성, 아버지를 위로하기를,

"아버지 그런 말씀 마셔요. 부모를 봉양하고 자식의 효도 받는 게 이치에 떳떳하고 사람의 도리에 당연하니, 그런 걱정일랑 마시고 진지나 잡수셔요."

하며 아버지 손을 잡고,

"이것은 김치고, 이것은 간장이어요, 시장하신데 많이 잡수셔요."

이렇듯이 공양하며 춘하추동 사시절 없이 동네 거지 되었더니, 한해 두해 너댓 해 지나가니 천성이 재빠르고 바느질 솜씨가 능란하여 동네 바느질로 공밥 먹지 아니하고, 삯을 주면 받아와서 아버지 의복과 반찬 하고, 일 없는 날은 밥을 빌어 근근이 연명해갔다.

세월이 물 흐르듯 흘러가서 심청의 나이 열다섯 살이 되었다. 얼굴이 빼어나고 효행이 뛰어나며 행동이 침착하고 하는 일이 비범하니 타고난 성품이지 가르쳐서 될 일인가? 여자 중의 군자요, 새 중의 봉황이었다.

이러한 소문이 온 이웃에 자자하니, 하루는 월명 무릉촌 장 승상 댁 시비侍婢가 들어와서, 부인이 심소저를 부른다 하기에 심청이 아버지께 여쭈었다.

"어른이 부르시니 시비를 따라 다녀오겠습니다. 제가 가서 더디더라도 잡수실 진지상을 보아 두었으니 시장하시거든 잡수셔요. 부디 저 오기를 기다려 조심하셔요."

시비를 따라가며 손을 들어 가리키는 데를 바라보니, 문 앞에 심은 버들 아늑한 마을을 둘러 있고, 대문 안에 들어서니 원편에 벽오동은 맑은 이슬이 뚝뚝 떨어져 학의 꿈을 놀래 깨우고, 오른편에 선 늙은 소나무는 청풍이 건듯 부니 늙은 용이 꿈틀거리는 듯, 중문 안에 들어서니 창 앞에 심은 화초 일년초 봉미장은 속잎이 빼어나고, 높은 누각 앞에 부용당은 갈매기가 날고 있는데 연잎은 물 위에 높이 떠서 동실넓적하고, 진경이는 쌍쌍, 금붕어 둥둥, 안중문 들어서니 규모도 굉장하고 대문과 창문에는 무의가 찬란한데, 머리가 반쯤 센 부인이 옷매무새 단정하고 살결이 깨끗하여 복스럽게 보였다. 심소저를 보고 반겨하여 손을 쥐며,

"네가 과연 심청이냐? 듣던 말과 같구나."

하며 자리에 앉게 한 뒤에 가련한 처지를 위로하고 자세히 살펴보니, 타고난 미인이었다. 옷깃을 여미고 앉은 모습은 비 개인 맑은 시냇가에 목욕하고 앉은 제비가 사람보고 놀라는 듯, 황홀한 저 얼굴은 하늘 가운데 돋은 달이 수면에 비치었고, 바라보는 저 눈길은 새벽빛 맑은 하늘에 빛나는 샛별 같고, 두 뺨에 고운 빛은 늦은 봄 산자락에 부용이 새로 핀 듯, 두 눈의 눈썹은 초생달 정신이요, 흐트러진 머리털은 새로 자란 난초 같고, 가지런한 귀밑머리는 매미의 날개라. 입을 벌려 웃는 양은 모란화 한 송이가 하룻밤 비 기운에 피고자 벌어지는 듯, 흰 이를 드러내어 말을 하니 농산의 앵무였다.

원전 이해하기

「심청전」은 「춘향전」, 「흥부전」, 「토끼전」 등과 같은 판소리계 소설입니다. 이 소설은 **거타지**居陀知, **인신공희**人身供犧, **맹인득안**盲人得眼, **효녀지은**孝女知恩 등의 전래 설화가 창唱의 판소리 사설로 구전되어 오다가 영·정조에 이르러 소설화한 것으로 보입니다. 「심청전」은 동양 도덕의 근본사상인 효를 강조한 것이지만 「심청전」의 소재가 불교적인 설화인 만큼 불교적인 인과응보가 내용의 주된 구성입니다. 심청이가 눈먼 아버지를 위해 뱃사람에게 몸을 팔아 죽음을 택하는 것은 유교적인 지극한 효를 나타내는 것이지만 마지막 장에서 불교 사상이 두드러지게 표현되고 있으므로 이 작품은 **효의 유교사상과 인과응보의 불교사상이 복합적으로 묘사되고 있다**고 볼 수 있습니다.

「심청전」은 특히 여성층에게 많은 사랑을 받은 작품입니다. 이는 부녀간의 혈연적 사랑을 바탕으로 한 효녀 심청의 희생을 보며 동정과 슬픔을 절감하다가 종말의 소원성취에 이르러 희열과 통쾌함을 맛볼 수 있었기 때문입니다. 「심청전」은 개화기에는 이해조에 의해 「강상련」이라는 신소설로 개조되기도 합니다.

배경 지식 넓히기

🍃 효녀 지은 설화

효종랑이 남산 포석정에서 놀고 있을 때 그 문객들이 거기로 달려왔는데 오직 두 사람만이 뒤늦게 왔다. 랑이 그 까닭을 물으니 가로되, 분황사의 동쪽 마을에 한 이십 세 됨직한 여자가 눈먼 어미를 껴안고 서로 소리쳐 울고 있으므로, 동리 사람들에게 그 이유를 물었더니 이르되, 그 여자 집이 가난해서 걸식하여 그 어미를 몇 해 동안 봉양하였는데, 마침 흉년을 만나 집에서는 어찌할 수 없어 남의 집에 품을 팔아 곡식 삼십 석을 얻어 큰 부잣집에 맡겨 두고 복역하면서, 날이 저물면 쌀을 싸 가지고 집에 와서 밥을 짓고 같이 자고, 새벽이면 그 부잣집에 가서 일하기를 수일 동안 했다. 하루는 그 어미가, "전일의 거친 음식은 마음이 편하더니, 요사이 좋은 음식은 속을 찌르는 것 같아 마음이 편하지 않으니 어찌된 일이냐?" 하니, 여자가 사실대로 말하였다. 어미가 통곡하매 딸이 단지 음식 봉양할 줄만 알고 마음을 편하게 해 드리지 못함을 한탄하며 서로 붙잡고 울어 이것을 보느라고 늦었다고 하였다. 랑이 듣고 측은하여 곡식 백 곡을 보내니 랑의 양친 또한 의복을 보냈고, 랑의 모든 무리가 조 천 석을 거두어 주었다. 이 일이 왕에게 알려지자 그때 진성왕이 곡식 오백 석과 집 한 채를 하사하고, 병졸을 보내어 집을 호위하여 도둑을 막게 하였다. 또 그곳에 정문을 세워 효양리라고 하다가 후에 그 집을 희사하여 절을 세우고 양존사라고 했다.

💜 거타지 설화

　신라 제51대 진성여왕이 등극한 지 몇 해 안 되었을 때 여왕의 아들 양패가 당나라에 사신으로 가게 되었는데, 이때 거타지는 양패를 수행한 궁사 중의 한 사람이었다. 사신 일행이 서해로 항해 중 배가 곡도에 이르렀을 때, 풍랑으로 뱃길이 막혀 십여 일을 묵게 되었는데, 그때 양패의 꿈에 한 노인이 현몽하여 섬에 궁사 한 사람을 두고 가면 뱃길이 무사하리라고 말하였다. 제비를 뽑아 거타지만 남고 다른 사람들은 항해를 계속하였다.

　거타지는 홀로 섬에 남아 근심에 싸여 있었더니 홀연 한 노인이 못 속에서 나와 거타지에게 말하기를, 해 뜰 무렵이 되면 사미승沙彌僧(수행중인 어린 남자 중)이 하늘에서 내려와 우리 자손들의 간을 빼 먹어 모두 죽고 우리 부부와 딸 하나만 남게 되었으니 활로 쏘아 달라고 간청하였다. 그는 노인의 간청을 쾌히 승낙하고 다음날 아침에 그 사미승을 쏘아 죽였는데 그 사미승은 늙은 여우가 변신한 것이었다. 이에 노인이 다시 나타나 거타지에게 치사하고, 그의 딸과 혼인할 것을 청하므로 그는 그녀와 결혼하였다. 노인은 그의 딸을 꽃가지로 변하게 하여 거타지가 품에 품고 가게 하였다. 그 노인은 바로 서해 용왕이었다. 용왕은 곧 두 용을 시켜, 거타지를 모시고 사신의 배를 따라가게 하고 그 배를 호위하여 당나라에 이르게 하였다. 그리하여 거타지는 당나라 왕에게 비범한 인재로 환대를 받고 귀국하여 다시 꽃가지가 여자로 변한 용녀와 행복하게 살았다.

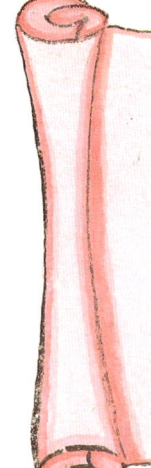

▶ 심봉사는 능력도 없으면서 공양미 삼백 석을 바칠 것을 약속합니다. 여러분도 지키지 못할 약속을 한 적이 있나요?

▶ 뱃사람들은 자신들의 안전을 위해서 다른 사람을 희생시킵니다. 한 사람을 희생해서 여러 사람을 지킬 수 있다면 그것은 옳은 일일까요?

▶ 심봉사를 속인 뺑덕어미와 무턱대고 뺑덕어미를 믿은 심봉사 중 누구에게 더 잘못이 있을까요?

　고전소설은 설화를 바탕으로 창작된 소설이 많습니다. 특히 「심청전」과 같은 판소리계 소설들은 대부분 근원설화를 가지고 있습니다. 아이들에게 **「심청전」과 관련된 근원설화를 알려주고 심청전의 어떤 부분과 구조가 비슷한지 찾아보게 하면 설화가 어떻게 소설로 발전했는지를 이해하는 데 도움이 될 것입니다.**

　「심청전」을 읽고 이야기를 나눌 때 빠지지 않고 등장하는 문제가 '심청은 과연 효녀인가?'하는 문제입니다. 일반적으로 아버지를 위해 목숨을 바친 심청은 효녀의 대명사로 불립니다. 그러나 부모보다 먼저 죽는다는 점, 심청이가 없으면 심봉사는 생활을 하는 데 불편함이 많다는 점, 심봉사가 눈을 뜬다는 확실한 보장도 없는데 목숨을 바쳤다는 점 등에서 심청이를 과연 효녀로 보아야 하는가 하는 문제가 생깁니다. 사실 모든 것을 떠나 부

모보다 자식이 먼저 죽는다는 사실 하나만으로도 심청의 목숨을 바친 아버지에 대한 효가 옳바른지 의견이 분분합니다.

그러나 이런 비판을 하기 전에 기본적으로 심청이 심봉사에게 보여 준 효에 대해서 이야기해 보세요. 심청이는 자신의 몸을 희생함으로써 자식이 부모에게 할 수 있는 가장 큰 효를 실천했다고 볼 수 있습니다. 요즘에도 부모님께 자신의 장기를 이식한 이야기가 뉴스에 종종 소개됩니다. 물론 이런 경우들은 상당히 극단적인 경우에 속합니다.

아이들에게 각자가 처한 상황에서 부모님께 할 수 있는 효도는 무엇이 있는지 생각해 보게 하면 좋을 것입니다. 그리고 자신이 심청이와 같은 상황이었다면 어떻게 문제를 해결했을지에 대해서도 물어보세요.

11

흥부전

줄거리

충청, 전라, 경상 3도의 어름에 연 생원의 두 아들이 살고 있었다. 같은 어미의 소생이었지만, 형 놀부는 심술이 사납고 둘도 없는 악한 사람이었고, 아우 흥부는 동기간의 우애가 넘치는 착한 사람이었다.

어느 날 동생과 같이 살던 형 놀부는 부모에게서 물려받은 전답과 재산을 혼자 차지하고 흥부에게는 나가서 빌어먹으라고 하며 쫓아낸다. 흥부 가족은 하는 수 없이 언덕 위에 움집을 짓고 들어앉았으나 앞으로 살 길이 아득했다. 하루는 흥부가 견디지 못하여 형의 집으로 쌀을 얻으러 갔다. 그러나 형 내외에게 죽도록 매만 얻어맞고 온갖 욕설과 구박만 당하고 돌아왔다. 흥부 내외는 아무리 품팔이를 하여도 도저히 살아갈 수가 없었다.

어느덧 겨울이 가고 봄이 돌아왔다. 강남에서 제비들이 돌아와 집을 지었다. 흥부집 처마에도 제비가 집을 짓고 새끼를 키우고 있었다. 하루는 뱀이 제비집에 들어가 새끼를 잡아먹으려고 하자, 불쌍히 여긴 흥부가 뱀을 칼로 치려할 때 제비 새끼 한 마리가 땅에 떨어져 다리가 부러졌다. 흥부가 당사실로 동여 주자, 제비 새끼는 죽지 않고 살아났다. 그 제비가 강남으로 가 제비 왕에게 사실을 고하고, 흥부의 은혜를 갚아 달라고 부탁하자 제비 왕은 박씨 하나를 주며 흥부에게 갖다 주라고 한다. 이듬해 봄에 제비가 흥부의 집에 박씨 하나를 떨어뜨려 줬다. 그 박씨를 심은 흥부는 가을이 되어 먹으려고 박을 하나씩 타 보니, 온갖 귀한 것들이 쏟아져 나왔다.

놀부는 아우 흥부가 벼락부자가 되었다는 소문을 듣고 찾아와서, 행복하게 사는 것을 보고는 시기와 질투가 나 이것저것 빈정대다가, 부자가 된 이유를 물었다. 그리고는 이듬해 봄 제비 새끼를 잡아서 일부러 다리를 부러뜨리고는 실로 동여 주었다. 이번에도 제비는 박씨 하나를 가져다 주었다. 놀부는 그 박씨를 심고 가을이 되기를 기다렸다가 하인을 시켜 박을 타게 하니, 박을 탈 때마다 돈을 빼앗기고 마지막 박에서는 누런 똥이 쏟아져 나와 놀부의 집은 똥바다가 됐다.

형이 패가망신했다는 소문을 듣게된 아우 흥부는 형 내외를 자기 집으로 데려가 지성으로 섬기며, 자기 집과 똑같은 집을 지어 살게 했다. 그러자 악독한 놀부도 자신의 잘못을 깨닫고 착한 사람이 되어 형제가 화목하게 살았다.

충청, 전라, 경상 3도 어름에 사는 박가 두 사람이 있었으니, 놀보는 형이요 흥보는 아우인데, 같은 부모 소생이지만, 성정이 아주 달라 서로 떨어져 관계가 멀었다. 사람마다 오장육부였지만 놀보는 오장칠부인 것이 심술보 하나가 왼편 갈비 밑에 병부주머니 찬 듯하여 밖에서 보아도 알기 쉽게 달려 있어, 심사가 말할 것 없고, 일망무제—望無際(한눈에 바라볼 수 없을 정도로 아득하게 멀고 넓어서 끝이 없음)로 나오는데 똑 이렇게 나오는 것이었다.

본명방에 벌목하고, 잠사각에 집짓기며, 오귀방에 이사를 권하고, 삼재 든데 혼인하며, 동내 주산 팔아먹고, 남의 선산에 묘지쓰기, 길 가는 과객 양반 재울 듯이 붙들어다 해가 지면 내쫓고, 일 년 품팔이 외상 사경私耕에 농사지어 추수하면 옷을 벗겨 내쫓고, 초상난 데서 노래하고, 역신 든 데서 개를 잡고, 남의 노적에 불 지르고, 가뭄 농사 물꼬 빼기, 불 붙는 데 부채질하기, 야장할 제 왜장하기, 혼인 발에 바람 넣고, 시앗 싸움에 덩달아 싸우기, 길 가운데 허방 놓고, 외상 술값에 억지 쓰기, 전동다리에 딴죽치고, 소경 의복에 똥칠하기, 배 앓는 사람에게 살구 주고, 잠든 사람 뜸질하기, 내달리는 사람에게 발 내치고, 곱사등이 잦혀놓기, 열리는 호박 덩굴 끊고, 패는 곡식 모가지 뽑기, 술 먹으면 주정부리고 욕설 퍼부으며, 장터에서 억지로 물건 팔기, 좋은 망건은 편자 끊고, 새 갓 보면 땀대 떼기, 가난한 양반 보면 관을 찢고, 걸인 보면 자루 찢기, 상인 잡고 춤추기와 여승 보면 겁탈하기, 새 초분에 불 지르고, 소대상의 제청 치우기, 애 밴 여자의 배통 차고, 우는 아이에게 똥 먹이기, 민 길손의 노비 도적, 급주군 잡고 신랑이질,

관차사의 전령 도적, 진영 장병의 막대 뺏기, 지관 보면 패철 뺏고, 의원 보면 침 도적질, 물동이 인 여자에게 입 맞추고, 상여꾼에게 형문치기, 만만한 놈 뺨치기와 고단한 놈 험담하기, 채소밭에 물똥 싸고, 수박밭에 외손질과 소목장인 대패 뺏고, 초라니패 탈짐 도적, 옹기짐에 작대기 차고, 장독간에 돌 던지기, 소매치기 벌금 돈과 잔 도적의 끝돈 먹기, 다담상에 흙덩이질, 이장할 때 뼈 감추기, 어린아이 불알 발라 말총으로 호아매고, 약한 노인 엎어뜨리고 마른 항문 비역하기, 제주 병에 개똥 넣고, 사주병에 비상 넣기, 곡식밭에 우마 몰고, 부형별 사람과 벗질하기, 귀먹은 이 욕하기와 소리할 때 잔말하기, 날이 새면 행악질, 밤이 들면 도적질을 평생에 일삼으니, 제 어미 붙을 놈이 삼강을 아나, 오륜을 아나. 굳기가 돌덩이요, 욕심이 족제비라. 네 모난 소롯으로 이마를 비비어도 진물 한 점 날 리 없고, 대장장이 불집게로 불알을 꽉 집어도 눈도 아니 깜짝이는 사람이었다.

흥보의 마음씨는 저의 형과 아주 달라, 부모에게 효도하고, 어른에게 존경하며, 이웃 간에 화목하고, 친구에게 믿음이 있어, 굶어서 죽을 사람 먹던 밥을 덜어주고, 얼어서 병든 사람 입었던 옷 벗어주기, 노인이 짊어진 짐 자청하여 져다 주고, 장마 때 큰 물가에 삯 안 받고 건네주기, 남의 집에 불이 나면 세간살이 지켜주고, 길에 보물이 빠졌으면 지켜 섰다 임자 주기, 청산에서 백골을 보면 깊이 파고 묻어주며, 수절 과부 보쌈하면 쫓아가서 빼어 놓기, 어진 사람 모함하면 대신 나서서 변명하고, 불쌍한 사람의 횡액을 보면 달려들어 구원하기, 길 잃은 어린아이는 저의 부모 찾아주고, 주막에 병든 사람 본집에 기별 전하기, 막 깨어난 벌레 죽이지 않고 자라는 초목 꺾지 않으며, 남의 일만 하느라고 한 푼 돈도 벌지 못 하니 놀보가 오죽 미워하겠는가.

하루는 놀보가 흥보 불러 하는 말이,

"사람이라 하는 것이 믿는 것이 있으면 아무 일도 안 되는 법이다. 너도 나이 장성하여 계집자식 있는 놈이 사람 생애 어려운 줄을 조금도 모르고서, 나 하나만 바라보고 놀고 먹고 놀고 입는 모양 보기 싫어 못 살겠다. 부모의 세간살이가 아무리 많아도 장손의 차지될 것인데, 하물며 세간은 나 혼자 장만하였으니, 네게는 돌아갈 것이 없다. 네 처자를 데리고서 어서 멀리 떠나거라. 만일 지체하였다가는 살육지환이 날 것이니, 어서 급히 나가거라."

하니 가련한 흥보 신세에 지성으로 비는 말이,

"제발 빕니다. 형님 전에 빕니다. 형제는 일신이라, 한 조각을 베어내면 둘 다 병신 될 것이니, 그 수모를 어찌하리. 동생 신세는 고사하고, 젊은 아내와 어린 자식을 뉘 집에 가서 의탁하며, 무엇을 먹여 살리겠어요. 당나라 장공예는 아홉 세대가 함께 살았다 하는데, 아우 하나 있는 것을 나가라 하십니까. 할미새는 짐승이지만 벗 사이의 정이 두텁고, 상체는 한갓 꽃이지만 즐겁게 사귀는 깊은 정을 품었으니 형님 어찌 모르십니까. 오륜의 뜻을 생각하여 십분 통촉하십시오."

원전 이해하기

「흥부전」은 작자와 연대 미상의 판소리계 소설로, **설화와 판소리 등의 과정을 거쳐 정착된 소설**입니다. 때문에 「흥부전」 역시 다른 판소리계 소설들처럼 다양한 근원설화를 지니고 있습니다. 「흥부전」의 근원설화로는 첫째 고유설화, 둘째 고유설화와 외래설화와의 혼합, 셋째 몽골설화, 넷째 불교설화의 네 가지 갈래로 추측됩니다. 그중에서도 몽골의 '박타는 처녀 설화' 가 「흥부전」과 내용이 비슷하여 가장 가까운 근원설화로 지목되어 왔습니다. 이 작품은 단순히 형제간의 우애라는 도덕적 주제를 강조한 작품이라기보다는 당대의 퇴락하는 양반가와 서민의 생활상에 대한 풍속사적인 보고라 할 수 있습니다. 시대적으로 조선 후기의 신분 변동에 따라 나타난 유랑 농민과 신흥 부농富農과의 갈등상이 반영되어 있는 점이 그러한 특징을 말해 줍니다. 특히 조선 후기 서민사회에서 광대와 가객 등 예능인들에 의해 형성된 작품인 만큼, 당시 사회의 서민의식이 잘 드러나고 있습니다. 따라서 이 소설에 나타난 대중적이며 통속적인 권선징악은 아주 자연스럽게 해학과 풍자적인 표현을 통해서 독자에게 감명을 주고 있습니다.

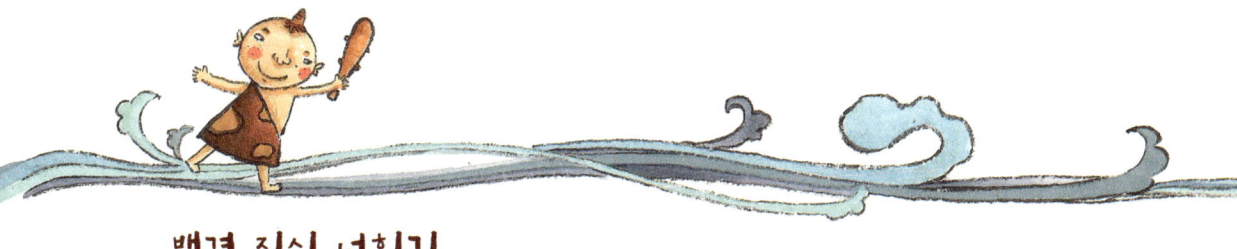

배경 지식 넓히기

🌱 몽골의 〈박타는 처녀 설화〉

옛날에 처녀 하나가 있었다. 하루는 바느질을 하고 있노라니까, 무슨 이상한 소리가 들리는데, 나가 본즉 처마 기슭에 집을 짓고 있던 제비 한 마리가 땅에 떨어져서 버둥거리며 애를 쓰고 있었다. 에그 불쌍해라 하고 집어 살펴본즉, 부둥깃이 부러져 있었다. 처녀는 오냐 네 상처를 고쳐 주마 하고, 바느질하던 오색 실로 감쪽같이 동여매어 주었더니, 제비가 기쁨을 못 이기는 듯이 날아갔다.

얼마 뒤에 그 제비가 평소와 같이 튼튼한 몸이 되어서 날아오더니, 고마운 인사를 하는 듯이 하고 날아갔다. 날아간 자리를 본즉, 씨앗이 하나 떨어져 있었다. 이상한 일도 있다, 무엇이 나는가 보리라고 뜰 앞에 심었더니 그것이 점점 커지더니 커다란 박이 하나 열렸다. 엄청나게 크니까, 희한한 마음에 굳기를 기다려 타 보았다. 타자마자 그 속에서 금은주옥과 기타 갖은 보화가 쏟아져 나왔다. 이 때문에 처녀는 큰 부자가 됐다.

그런데 그 이웃에 마음이 바르지 못한 색시가 하나 있었다. 이 색시가 박 타서 부자가 된 이야기를 듣고, 옳지 나도 그 색시처럼 제비 상처를 고쳐 주리라 했다. 그래서 제집 처마 기슭에 집 짓고 사는 제비를, 일부러 떨어뜨려서 부둥깃을 부러뜨리고, 오색 실로 찬찬 동여매어 날려 보냈다. 얼마 지나니까 과연 이 제비 또한 박씨 하나를 가져왔다. 너무나 기뻐서 얼른 뜰에 심었더니,

역시 커다란 박이 하나 열렸다. 이웃 색시는 오냐, 금은주옥 갖은 보화가 네 속에 들었느냐 하고 그 박을 탔다. 그런데 그 속에서 무시무시한 독사가 나와서 색시를 물어 죽였다.

🍃 흥부는 실존 인물?

흥부의 출생지로 알려진 남원시 인월면 성산리는 전북 남원시와 경남 함양군이 나누어지는 팔령재 아래에 있습니다. 흥부의 고향인 탓인지 이 마을에는 흥부와 관련된 지명이 많습니다. 연비봉, 화초장 바위, 흥부네 텃밭, 연하다리 등인데, 성산리가 흥부의 출생지라는 사실을 가장 결정적으로 뒷받침하는 것은 그 무엇보다도 이 마을에서 전래되고 있는 '박첨지 설화'입니다. '박첨지 설화'는 '흥부전'과 내용이 비슷합니다.

한편 가난으로 방황하던 흥부가 정착하여 복을 받게 된, 흥부 정착촌으로 알려진 아영면 성리에도 화초장 바위며 허기재 등 흥부전 내용과 관련된 지명들이 남아 있습니다. 또한 복덕촌福德村으로 추정되는 복성리가 복성이재 너머에 있고, 복성리가 흥부 정착촌임을 뒷받침하는 것으로는 이 마을에 전해 오는 '춘보春甫 설화'가 있습니다. 남원시 인월면 성산리의 '박첨지 설화' 나 아영면 성리의 '춘보 설화'는 흥부의 출생지와 흥부 정착마을을 뒷받침하는 것으로 학문적인 고증을 받았습니다. 그러나 흥부가 실존인물이라는 명확한 증거는 없습니다. 사실 흥부가 실존인물이냐 아니냐가 중요한 것이 아니라, 동기간의 돈독한 우애와 사랑을 보여 주는 흥부의 마음씨가 중요한 것 아닐까요?

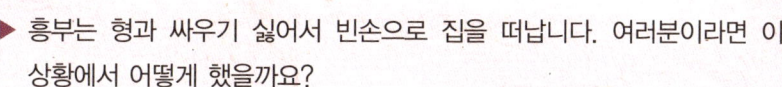

▶ 흥부는 형과 싸우기 싫어서 빈손으로 집을 떠납니다. 여러분이라면 이 상황에서 어떻게 했을까요?

▶ 흥부는 가족을 먹여 살리기 위해 죄를 짓지 않았으면서도 매를 맞아 돈을 벌려 합니다. 가족을 먹여 살리기 위해서라면 어떤 일이라도 해야 할까요?

▶ 놀부는 자기 동생이 부자가 되자 몹시 질투합니다. 이것은 자연스러운 감정일까요? 아닐까요?

▶ 놀부는 박을 탈 때마다 안 좋은 일이 생기는데도 계속 박을 탑니다. 놀부는 왜 계속 박을 탄 걸까요?

「흥부전」 하면 떠오르는 것은 당연히 '형제간의 우애'일 것입니다. 핵가족화 시대를 맞이하여 아이들이 점점 자기만을 생각하는 경향이 짙어지는데 「흥부전」을 통하여 형제, 자매 나아가 가족 간의 사랑에 대해서 이야기를 나눠 보면 좋을 것입니다. 한편, 최근에 들어와서 가장 많이 다루어지고 있는 것은 '오늘날의 사회에 비추어 보았을 때 흥부는 과연 바람직한 인간형인가?' 하는 문제입니다. 경제적 가치를 중요하게 여기는 오늘날의 관점에서 보면 경제적 관념이 없는 흥부보다는 오히려 놀부가 더 긍정적인 인

간이라고 얘기하기도 합니다. 사실 아무런 대책 없이 자식을 많이 낳는 흥부의 모습은 무능력하다는 평가를 받게 합니다. 그렇지만 이것은 어디까지나 경제적인 관점에서 봤을 때의 문제입니다. 아이들과 이야기를 나눌 때는 경제적인 관점뿐만 아니라 다양한 관점에서 인물분석을 할 필요가 있습니다.

「흥부전」을 읽는 묘미 중의 하나는 우리 조상들의 재치와 해학을 느낄 수 있다는 것입니다. 그런데 「흥부전」에서 드러나는 해학은 남다른 면이 좀 있습니다. 흥부가 놀부의 집에서 쌀을 구하는 대신 주걱으로 뺨을 맞는 장면, 매품을 팔려고 하는 장면, 박을 타다 오랜만에 진수성찬을 먹는 장면 등 실제로는 굉장히 가슴 아픈 장면을 웃음으로 포장하고 있습니다. 즉, **우리 조상들은 아무리 삶이 힘들더라도 좌절하지 않고 오히려 웃음으로써 고난을 극복했다고 볼 수 있습니다.**

아이들에게 「흥부전」에서 웃겼던 장면이나 표현을 찾아보게 하고 「흥부전」에서 웃음이 어떤 역할을 하고 있는지 설명해 주면 아이들이 우리 조상들의 삶을 이해하는 데 큰 도움이 될 것입니다.

12

춘향전

줄거리

숙종 대왕 초 전라도 남원부에 월매라는 퇴기가 있었다. 그녀는 아기 갖기를 소원하여 성 참판과 동거한 후 춘향이라는 딸을 낳았다. 생김새가 천하일색인 춘향은 얼굴뿐만 아니라 글쓰기와 시짓기도 뛰어났다.

어느 화창한 봄날 남원 부사의 아들 이몽룡은 방자를 데리고 광한루에 올라 춘흥에 겨워 시를 읊고 있었다. 이때 춘향은 향단이를 데리고 광한루 앞 시냇가 버들 숲에서 그네를 뛰며 놀고 있었다.

우연히 춘향을 발견한 이 도령은 한눈에 반하여 방자를 시켜 춘향을 불러오게 했다. 두 사람은 상봉하여 서로의 마음을 확인했다. 이 도령은 헤어지면서 밤에 집으로 찾아가겠노라고 언약하고 밤이 되자 방자를 앞세워 춘향의 집을 찾아갔다. 그는 춘향과 백년가약을 맺고자 월매에게 자신의 결심을 밝히지만, 월매는 난봉꾼의 수작 정도로 여기고 옥신각신하다가 결국 두 사람의 혼약을 받아들였다.

이 도령은 밤마다 춘향을 찾아 사랑을 속삭였다. 그런데 이 도령의 아버지인 이 부사가 내직으로 전출하게 되어 이 도령 역시 상경하지 않을 수 없는 처지가 됐다. 이 도령이 뒷날을 약속하고 서울로 떠나자 춘향은 이 도령으로부터 기쁜 소식이 오기를 학수고대하며 하루하루를 지냈다.

이때 새로 부임한 신관 사또 변학도는 호색한답게 정사는 돌보지 않고 기생점고부터 시작했다. 춘향에게 반한 변학도가 수청을 강요하지만 거절당하자 크게 노하여 태형을 가하나 춘향은 죽기를 결심하고 마음을 바꾸지 않았다. 변학도는 자신의 생신연에 마지막으로 춘향의 의중을 들어 보기로 하고 만약 그때도 거절하면 처형하겠다고 했다.

서울로 올라간 이 도령은 춘향과의 재회만을 생각하며 열심히 공부해 장원 급제하여 암행어사가 된 뒤 전라도로 내려갔다. 그는 하루라도 빨리 춘향을 만나보고 싶은 생각에 남원으로 향하던 도중에 농부로부터 춘향이 봉변을 당하고 있다는 이야기를 들었다. 이 도령은 걸인 복색을 하고 춘향의 집으로 가서 월매를 만났다. 월매는 딸을 구해 줄 이 도령이 걸인 복색으로 나타나자 실망하여 딸이 죽게 됐다면서 신세타령을 늘어놓았다. 이 도령이 옥중으로 춘향을 찾아갔지만 춘향은 이 도령이 어사임을 알아보지 못했다.

드디어 변학도의 생신연이 열리는 날, 각 읍의 관장들이 모여들었다. 생신연은 성대했다. 이 어사는 연회에 걸인의 행색을 하고 참석해 차운次韻을 제의하여 높을 고高에 기름 고膏 두 자를 운으로 시를 지어 탐관오리의 학정을 비판했다. 이어서 어사또가 출도하여 탐관오리 변학도를 봉고파직하고 춘향을 구했다. 수절했던 춘향은 정렬부인으로 봉해져 3남 2녀를 두고 행복하게 살며, 이 어사는 후에 좌우영상까지 지냈다.

근읍近邑(가까운 고을) 수령이 모여든다. 운봉 영장營將,('진영장鎭營將'의 준말: '진영장'은 각 진영의 군사를 통솔하던 무관) 구례, 곡성, 순창, 옥과, 진안, 장수 원님이 차례로 모여든다. 좌편에 행수 군관行首軍官(한 무리의 우두머리), 우편에 청령 사령聽令使令(조선 시대 관아에서 심부름을 하던 사람), 한가운데 본관本官(자기 고을의 수령)은 주인이 되어 하인 불러 분부하되,

"관청색官廳色(수령의 음식물을 맡아보던 사령) 불러 다담茶啖(손님 접대를 위하여 내 놓는 다과)을 올리라. 육고자肉庫子(관청에 육류를 바치던 육고 소속의 관노, 육지기, 육직) 불러 큰 소를 잡고, 예방禮房 불러 고인鼓人(본디 공인工人으로서, 옛날에 악기를 연주하던 사람)을 대령하고, 승발承發(지방 관아의 구실아치 밑에서 잡무에 종사하던 사람) 불러 차일遮日(볕을 가리도록 천으로 만든 천막형의 가리개)을 대령하라. 사령 불러 잡인雜人을 금하라."

이렇듯 요란할 제, 기치旗幟(군대에서 쓰이는 깃발) 군물軍物(군대에서 쓰는 무기, 깃발 등 물품의 총칭)이며 육각풍류六角風流('육각'은 북, 장구, 해금, 피리, 대평소 한 쌍의 여섯 악기를 가리키며, '풍류'는 피리, 대금 등의 관악 합주나 거문고와 같은 현악기가 중심이 되는 관현합주管絃合奏를 이르는 말) 반공半空(그리 높지 않은 허공)에 떠 있고, 녹의홍상綠衣紅裳(연두색 저고리에 다홍치마라는 뜻으로 젊은 여자의 고운 옷차장을 이르는 말) 기생들은 백수나삼白手羅衫('백수'는 하얀 손, '나삼'은 얇고 가벼운 비단으로 만든 적삼) 높이 들어 춤을 추고, 지야자 두덩실(노래하고 춤추는 소리) 하는 소리 어사또 마음이 심란하구나.

"여봐라, 사령들아. 네의 원 전前에 여쭈어라. 먼 데 있는 걸인이 좋은 잔치에 당(맞았으니)하였으니 주효酒肴(술과 안주) 좀 얻어먹자고 여쭈어라."

저 사령 거동 보소.

"어느 양반이관대, 우리 안전案前(하급 관리가 상급 관리를 일컫던 말)님 걸인 혼금(혼禁, 잡인 출입을 금하는 것)하니 그런 말은 내도 마오."

등 밀쳐 내니 어찌 아니 명관名官인가. 운봉이 그 거동을 보고 본관에게 청하는 말이,

"저 걸인의 의관은 남루襤褸(옷 따위가 해어져 지저분함)하나 양반의 후예인 듯하니, 말석末席에 앉히고 술잔이나 먹여 보냄이 어떠하뇨?"

본관 하는 말이,

"운봉(지명으로 사람을 가리킴) 소견대로 하오마는……."

하니 '마는' 소리 훗입맛이 사납겠다(기분이 개운치 못하다). 어사 속으로, '오냐, 도적질은 내가 하마. 오라(도적 또는 중죄인을 포박하는 데 쓰던 붉은 포승)는 네가 져라.'

운봉이 분부하여,

"저 양반 듭시래라."

어사또 들어가 단좌端坐(단정히 앉아서)하여 좌우를 살펴보니, 당상堂上의 모든 수령 다담(다과류)을 앞에 놓고 진양조(길고 느린 음조의 가락) 양양洋洋(우렁차고 씩씩하여 널리 퍼짐)할 제 어사또 상을 보니 어찌 아니 통분하랴. 모 떨어

네의   너의 또는 네의 고어이다.

원 전   원 전은 원님 앞이란 뜻이다.

진 개상판(개다리소반)에 닥채 저붐(닥나무의 연한 가지로 만든 젓가락), 콩나물, 깍두기, 막걸리 한 사발 놓았구나. 상을 발길로 탁 차 던지며 운봉의 갈비를 직신(몸을 슬슬 건드리며 치근치근 조르는 모양),

"갈비 한 대 먹고지고."

"다라도 잡수시오."

하고 운봉이 하는 말이,

"이러한 잔치에 풍류로만 놀아서는 맛이 적사오니(흥이 적어서 싱거우니) 차운次韻(남의 시에 쓰인 운韻을 사용하여 시를 짓는 일) 한 수씩 하여 보면 어떠하오?"

"그 말이 옳다."

하니 운봉이 운韻을 낼 제, 높을 고高자, 기름 고膏자 두 자를 내어놓고 차례로 운을 달 제 어사또 하는 말이

"걸인도 어려서 추구권抽句卷('추구'는 잘 된 구절을 뽑아 적은 것. '권'은 그러한 책이 복수로 몇 됨을 가리키는 말)이나 읽었더니, 좋은 잔치 당하여서 주효를 포식하고 그저 가기 무렴無廉(염치가 없음)하니 차운 한 수 하사이다."

운봉이 반겨 듣고 필연筆硯(글을 쓸 도구)을 내어 주니 글 두 귀句를 지었으되, 민정民情(백성의 사정)을 생각하고 본관의 정체政體를 생각하여 지었것다.

"금준미주金樽美酒는 천인혈天人血이요, 옥반가효玉盤佳肴는 만성고萬姓膏라. 촉루낙시燭淚落時 민루낙民淚落이요, 가성고처歌聲高處 원성고怨聲高라."

이 글 뜻은, "금동이의 아름다운 술은 일만 백성의 피요, 옥소반의 아름다운 안주는 일만 백성의 기름이라. 촛불 눈물 떨어질 때 백성 눈물 떨어지고, 노랫소리 높은 곳에 원망 소리 높았더라."

「춘향전」은 이본이 120여 종이나 됩니다. 이본이 이처럼 많다는 것은 그만큼 인기가 있었다는 말로, 이러한 인기는 오늘날에도 이어져 패러디한 소설들뿐만 아니라 영화, 뮤지컬 등 다양한 방법으로 재탄생되고 있는 중입니다.

「춘향전」은 청춘남녀의 아름다운 사랑, 신분을 뛰어넘는 사랑(평등사상)을 통해 반봉건적인 모습을 보여 주고 있습니다.

춘향전의 표면적인 주제는 열녀 의식입니다. 그러나 춘향이 이 도령과 결연을 이루려는 것은 기생 신분을 벗어나 사대부가의 일원이 되겠다는 신분 상승의 의지를 표현한 것이라고도 볼 수 있습니다. 따라서 **신분 상승이 작품의 이면적 주제**라 할 수 있습니다.

인물 면에서 살펴보면, 주인공인 춘향은 여타 고전소설의 수동적인 여성 주인공과는 달리 주관이 뚜렷하고 실리를 추구하는 성격으로 묘사되고 있습니다. 그리고 변학도가 춘향의 성취 욕구에 대항하는 반동적 인물이라면 이몽룡은 구원자 혹은 보조자로서의 기능을 수행하고 있습니다. 즉, 변학도와 이몽룡은 둘 다 춘향이라는 인물을 돋보이게 하는 기능을 수행하고 있다고 볼 수 있습니다.

🦋 조선시대의 기생

춘향은 기생으로 살아가지는 않았지만 어머니 월매가 관기였기 때문에 신분상으로 천민이었습니다. 기녀는 삼국시대의 유녀遊女에서 비롯된 것으로 일찍부터 우리 역사에 나타났습니다.

조선은 개국과 함께 중앙집권체제를 마련하면서 중앙과 지방의 관아에 관청의 행사와 관리의 노고를 위로하도록 기녀를 배치했습니다. 따라서 조선시대의 기생은 관기가 대부분으로, 기녀들이 독립적으로 기방을 차린 뒤 손님을 받는 일은 조선 후기의 일입니다. 기생제도는 조선시대에 발전하여 자리를 굳게 되어 기생이라 하면 일반적으로는 조선시대의 기생을 지칭합니다. 사회계급으로는 천민에 속하지만 시와 서에 능한 교양인으로서 대접받는 등 특이한 존재였던 기생은 격이 높아 '천민의 몸, 양반의 머리'라 일컬었습니다. 비록 신분은 천민이었지만 상대하는 이의 격에 맞게 가무歌舞, 시詩, 서書, 화畵의 재능과 지조志操, 지략智略, 의협義俠의 덕목을 두루 갖춘 교양인이었던 만큼 역대의 왕이나 왕족 중 기생과의 만남을 흥겨워했던 이로는 성종, 수양 대군, 연산군, 양녕 대군, 안평 대군 등을 꼽을 수 있습니다.

💜 도미설화와 「춘향전」

'도미설화'는 관탈민녀官奪民女설화 또는 열녀烈女설화로 분류되는 것이 일반적입니다. '관탈민녀설화'란 지배 권력을 가진 관리가 민간 여자의 정절을 빼앗으려는 이야기를 말합니다. 이 설화를 관탈민녀설화로 분류하는 것은 주인공인 도미 부부는 신분이 낮은 백성이고, 반동 인물인 개루 왕은 권력의 최상층에 위치한 신분이기 때문입니다.

반면에 지배 계층과 피지배 계층 간의 갈등보다는 계속되는 시련과 협박을 도미의 아내가 어떻게 극복하는가에 초점을 두면 열녀설화로 분류할 수 있습니다. 이 설화가 「춘향전」의 근원설화로 널리 인식되고 있는 것은 **「춘향전」의 핵심적 줄거리가 '도미설화'와 같이 관탈민녀, 즉 권력을 가진 관리가 민간의 여인을 탈취하려는 행위와 그에 맞서 고통을 당하면서도 정절을 지키는 열녀의 의지가 갈등을 이루는 구조이기 때문입니다.**

▶ 몽룡은 춘향이에게 첫눈에 반해 부부의 연을 맺자고 합니다. 단 한 번만 보고 결혼을 하는 것이 가능한 일일까요?

▶ 월매는 춘향과 몽룡이 사귀는 것을 은근히 좋아합니다. 몽룡이 양반집 아들이 아니었어도 그랬을까요?

▶ 춘향은 변사또에게 죽을 위기를 당면서도 끝까지 절개를 굽히지 않습니다. 이 세상에서 목숨을 버리면서까지도 지켜야 할 가치가 있는 것들은 무엇일까요?

「춘향전」의 주제는 '신분을 뛰어넘는 사랑'이라고 할 수 있습니다. 이러한 주제는 우리나라의 문학뿐만 아니라 전 세계적으로도 널리 퍼져 있습니다. '사랑'이라는 소재는 인류에게 있어 보편적인 소재이기 때문입니다. 따라서 이 소설에서는 사랑에 초점을 맞추기보다는 신분에 초점을 맞춰 보는 것이 좋습니다. 아이들에게 조선 시대의 신분제도에 대해 간략히 설명해 주고 만약에 내가 춘향 또는 몽룡의 입장이었다면 어떻게 했을지 생각해 보도록 합니다. 그리고 신분을 뛰어넘는 사랑이 과연 현실적으로도 가능한지에 대해 토론을 이끌어 내는 것이 좋습니다.

　또한 다양한 상황과 조건을 이야기해 보고 춘향의 태도가 어떠했을지 상상하게 해 보는 것도 좋습니다. 예를 들어 이몽룡이 평민이거나 천민이었다면 춘향의 태도는 어떠했을까? 변학도가 이몽룡보다 더 멋진 남자였다면 어떠했을까? 이몽룡이 과거에 낙방했다면 어떠했을까? 등등 다양한 상황을 제시하여 춘향과 몽룡의 사랑을 분석해 보는 것도 재미있을 것입니다.

　「춘향전」에서 가장 통쾌한 장면은 아마도 이몽룡이 변학도의 생일잔치에서 시를 지어 탐관오리의 부패한 모습을 꼬집는 장면이 아닐까 합니다. 이몽룡이 제시된 글자를 가지고 시를 지은 것처럼 아이들에게도 글자를 몇개 제시해 주고 **우리 사회의 문제점을 풍자하는 시를 지어 보게 하면 작품을 이해하는 것뿐만 아니라, 시의 기능을 이해하는 데에도 도움이 될 것입니다.**

13

구운몽

줄거리

　중국 당나라 때의 이야기다. 육관대사六觀大師가 법당을 짓고 불법을 베풀었는데 동정호의 용왕도 이 자리에 참석했다. 주인공 성진性眞은 육관대사의 제자였으나 용왕의 후한 대접을 받고 술에 취해 돌아오다가 마침 돌아가던 8명의 선녀와 석교에서 마주치자 잠시 서로 말을 주고받으며 희롱한다.

　선방으로 돌아온 성진은 팔선녀의 미모에 도취되어 불문佛門의 적막함에 회의를 느끼고 결국 유가儒家의 입신양명을 꿈꾸다가 8선녀를 희롱한 죄로 양소유楊少游라는 이름으로 인간 세상에 유배되어 태어난다. 8선녀 또한 각기 진채봉, 계섬월, 적경홍, 정경패, 가춘운, 이소화, 심요연, 백능파로 인간 세상에 태어난다. 양소유는 소년의 나이에 등과하여 하북의 삼진과 토번의 난을 평정하고 그 공을 인정받아 승상이 된 뒤 다시 위국공에 책봉되고 부마가 되었다. 그동안 8선녀의 후신인 8명의 여자들과 차례로 만나 아내로 삼고 영화롭게 살던 양소유는 만년에 인생무상을 느끼고 호승胡僧의 설법을 듣고 크게 깨달아 8선녀와 함께 불문佛門에 귀의한다.

당나라 시절에 한 노승이 서역 천축국에서 와 연화봉 경치를 사랑하여, 제자 오륙백 인을 데리고 연화봉 위에 법당을 크게 지었으니, 혹 육여화상이라 하기도 하고 혹 육관대사라 하기도 하였다.

그 대사가 대승법大乘法으로 중생을 가르치고 귀신을 다스리니 사람이 다 공경하여 생불生佛이 세상에 나왔다 하였다. 무수한 제자 가운데 성진이라 하는 중이 삼장경문三藏經文을 모르는 것이 없고 총명한 지혜를 당할 사람이 없으니, 대사가 극히 사랑하여 입던 옷과 먹던 바리때를 성진에게 전하고자 하였다.

대사가 매일 모든 제자와 함께 불법을 강론하는데 동정洞庭 용왕이 백의白衣 노인으로 변하여 법석法席에 참예해 경문을 들었다.

대사가 제자를 불러 말하였다.

"나는 늙고 병들어 산문山門 밖에 나가지 못한 지 십여 년이니 너의 제자 중에 누가 나를 위하여 수부水府에 들어가 용왕께 보답하고 돌아오겠는가?"

성진이 두 번 절하며 말하였다.

"소자가 비록 불민不敏하오나 명을 받아 가겠나이다."

천축국 불교의 발상지 인도를 말하는 것으로 당시 지식인이나 승려들은 불교를 공부하고 불경을 구하기 위해 인도를 다녀오기도 했다.

대사가 크게 기뻐 성진을 명하여 보내니 성진이 일곱 근이나 되는 가사袈裟를 떨쳐입고 육환장六環杖을 둘러 짚고 표연히 동정을 향하여 갔다. 얼마 후에 문을 지키는 도인道人이 대사께 고하여 말하였다.

"남악 위 부인衛夫人이 여덟 선녀를 보내어 문밖에 왔습니다."

대사가 명하여 부르시니 팔 선녀가 차례로 들어와 인사하고 꿇어 앉아 부인의 말씀을 여쭈어 말하였다.

"대사는 산 서편에 계시고 저는 산 동편에 있어 떨어진 거리가 멀지 아니하지만 자연히 일이 많아 한 번도 법석에 나아가 경문을 듣지 못하오니, 사람을 대하는 도리도 없고, 또한 이웃과 교제하는 뜻도 없기에 시비를 보내어 안부를 묻고, 하늘 꽃과 신선의 과일 그리고 칠보문금七寶紋錦으로 구구한 정성을 표합니다."

하고, 각각 선과仙果와 보배를 눈 위에 높이 들어 대사께 드리니, 대사가 친히 받아 시자侍子를 주어 불전에 공양하고, 또 합장하여 사례하며 말하였다.

"노승이 무슨 공덕이 있기에 이렇듯 상선上仙의 풍성한 선물을 받겠는가?"

하며, 이어서 큰 재齋를 베풀어 팔 선녀를 대접하여 보냈다.

팔 선녀가 대사께 하직하고 산문 밖에 나와 서로 손을 잡고 말하였다.

"이 남악의 물 하나 산 하나가 다 우리 집 경계인데 육관 대사가 거처 기거하신 후로는 동서로 분명히 나뉘게 되어 연화봉 아름다운 경치를 지척에 두고도 구경하지 못한 지 오래되었다. 이제 우리 부인의 명을 받아 이 땅에 왔으니 만나기 힘든 좋은 기회라, 또 봄빛이 좋고 해가 저물지 아니 하였으니 이 좋은 때를 맞아 저 높은 대에 올라 흥을 타며 시를 읊어 풍경을 구경하고 돌아가 궁중에 자랑하는 것이 어떠한가?"

하고, 서로 손을 이끌고 천천히 걸어올라 폭포에 나아가 흐름을 보고 물을 쫓아 내려가 돌다리 위에 쉬니 이때는 바로 춘삼월이었다. 화초는 만발하고 구름과 안개는 자욱한데 봄새 소리에 춘흥이 호탕하고 물색이 사람을 붙잡는 듯하여, 팔 선녀가 자연 몸과 마음이 산란하고 춘흥이 일어나 차마 떠나지 못하여 편안히 웃고 말하며 돌다리에 걸터앉아 경치를 희롱하니, 낭랑한 웃음은 물소리에 어울리고 아름답고 고운 얼굴은 물 가운데 비치어 완전히 한 폭의 미인도라 하면 미인도를 잘 그린 주방周昉의 손아래에 갓 나온 듯하였다.

원전 이해하기

「구운몽」은 조선 숙종 때 김만중이 지은 소설입니다. 이규경의 「오주연문장전산고」에 의하면 김만중이 귀양지에서 어머니 윤씨 부인의 한가함과 근심을 덜어주기 위하여 하룻밤 사이에 이 작품을 지었다고 합니다. 혹은 중국에 사신으로 가게 된 김만중이 중국 소설을 사오라 한 어머니의 부탁을 잊어 버려 돌아오는 길에 부랴부랴 이 작품을 지어 드렸다는 이야기가 그의 집안에서 전해지고 있습니다. 어느 경우든 어머니를 위하여 지었다는 점은 마찬가지인 「구운몽」은 구성이나 문체 면에서 고전소설의 모범이 되고 있는 소설입니다. 실제로도 후대의 「옥루몽」, 「옥련몽」과 같은 '환몽소설'에 큰 영향을 미칩니다. 사실 한국의 고전소설이 중국 소설을 모방, 표절, 번안하여 중국 소설의 아류로 취급받을 만큼 수준이 떨어지는 소설이 많았습니다. 그러나 「구운몽」은 「서유기」, 「삼국지연의」, 「태평광기」 등의 설화들을 빌려오면서도 이를 능가하는 모습을 보여 줌으로써 높은 평가를 받고 있습니다.

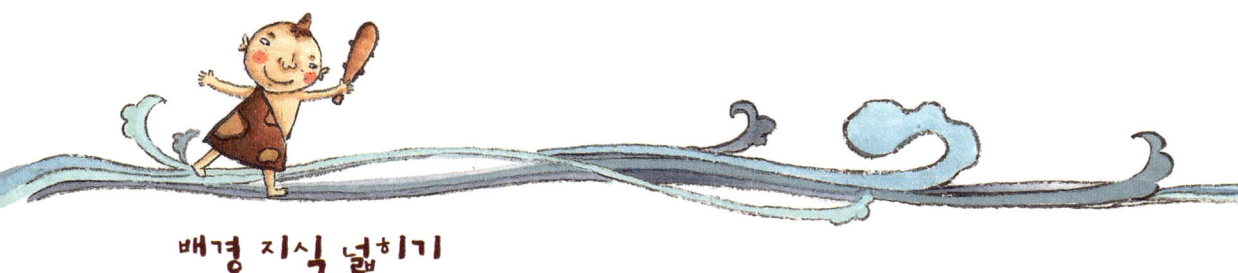

배경 지식 넓히기

「구운몽」은 한글소설인가 한문소설인가?

「구운몽」은 학교에서 일반적으로 한글소설로 가르치고 있습니다. 그러나 이에 대해서는 약간의 논란이 있습니다. 송성욱 교수는 "구운몽은 현재 한문으로 쓰인 것과 한글로 쓰인 것이 모두 존재한다. 그리고 필사본, 목판본, 구활자본으로 간행되었다. 그만큼 많은 이본異本들이 존재한다는 말이다. 이중에서 내용이 가장 충실하면서도 시기적으로 가장 오래된 것으로 주목받는 것이 한글 필사본과 한문 필사본이다. 한글본에 없는 내용이 한문본에 있는 경우도 있으며, 한문본에 없는 부분이 한글본에 있는 경우도 있다. 이들 모두가 김만중의 원작은 아닌 탓에 아직까지 김만중이 창작할 당시의 구운몽이 어떠했는지는 알 수가 없다. 따라서 구운몽이 애초에 한문으로 창작되었는지 한글로 창작되었는지도 확언할 수 없는 형편이다"라고 말합니다. 다만 김만중이 한글을 사랑했고, 「사씨남정기」의 경우 한글로 창작되었기 때문에 「구운몽」 역시 한글로 창작된 것이 아닐까 짐작할 따름입니다.

🦋 구운몽의 배경사상

구운몽은 **유교와 불교, 도교가 혼합된 배경사상**을 가지고 있습니다. 그런데 이중에서 가장 중심이 되는 사상은 불교입니다. **김만중은 불교 사상을 중심으로 자신이 바라던 이상적인 세계를 묘사하고 있습니다.** 김만중은 '유복자로 태어나서 부친의 얼굴조차 보지 못한 것을 전생의 죄악'이라고 생각했습니다. 바로 불교의 인과응보 사상이지요. 이와 같은 불교적인 사상은 「구운몽」의 결말 부분에서 잘 드러납니다. '보살 대도를 얻어 모두 극락세계로 갔더라'라는 구절이 이를 말해 주고 있습니다. 유교적인 부분은 작품 속에서 입신양명, 부귀공명을 다루고 있는 모습에서 알 수 있습니다. 그리고 일부다처제의 모순에도 불구하고 그것을 이상적으로 묘사함으로써 조선조 귀족 사회의 이상을 반영하고 있습니다. 도교적인 부분은 작품 곳곳에서 보이고 있는 비현실적인 모습들에서 드러납니다. 그리고 신선 사상이라든가 부귀영화 끝의 허무함을 묘사하고 있는 부분은 도교적인 발상에서 비롯된 것이라 할 수 있습니다.

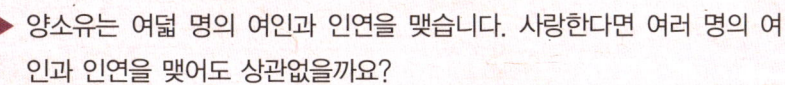

▶ 양소유는 여덟 명의 여인과 인연을 맺습니다. 사랑한다면 여러 명의 여인과 인연을 맺어도 상관없을까요?

▶ 양소유는 외모도 뛰어나고, 머리도 좋고, 악기도 잘 다루는 등, 무엇 하나 못하는 것이 없습니다. 여러분은 양소유가 가진 재능 중 무엇이 가장 부러운가요?

▶ 결말에서 성진은 세상의 부귀영화가 쓸데없다는 것을 깨닫고 도를 닦는 데 전념합니다. 여러분은 부귀영화와 마음을 다스리는 것 중에서 어떤 것을 선택하겠습니까?

「구운몽」은 인생에 대해 진지하게 생각할 수 있는 계기를 마련해 주는 소설입니다. 역으로 말하면 아이들에게는 다소 버거운 주제가 될 수 있습니다. 특히 **구운몽이 말하고자 하는 것은 '인생무상', 즉 세속적인 욕망에 대한 절제**입니다. 이러한 주제를 가지고 아이들과 얘기를 나누기는 조금 힘들 것입니다. 따라서 **인생의 가치 쪽에 초점을 맞추어 보는 것이 좋습니다.** 아마 솔직하게 말해 보라고 하면 대부분의 아이들은 인생의 가장 큰 가치를 '돈'이라고 할지도 모릅니다. 이때 '돈'이 과연 인생에서 최고 가치가 될 수 있느냐 없느냐를 따지기보다는 왜 '돈'을 인생의 최고 가치로 생각하느냐에 초점을 맞추어 토론을 이끌어 가야 합니다. 그럼으로써 아이들에게 바른 경제관념을 심어줄 수 있을 것입니다.

조금 민감한 문제이기는 하지만 양소유가 여덟 명의 여인과 인연을 맺는 것에 대해서도 토론을 해 보는 것이 좋을 듯합니다. 작품의 전체적인 주제가 인생무상이기는 하지만 양소유의 삶만을 따로 떼어 놓고 보면 일부다처제에 대해 긍정적으로 바라보고 있습니다. 특히 양소유와 인연을 맺는 여덟 명의 여인들이 모두 사이좋게 지낸다는 설정은 다소 억지스러운 면이 있습니다. 아이들과 함께 과연 여덟 명의 여인들이 사이좋게 지내는 것이 가능할지, 더 나아가 일부다처라는 제도가 과연 긍정적인 것인지에 대해 이야기를 나눠 볼 필요가 있습니다. 그리고 좀 더 토론을 진행시킬 수 있다면, **오늘날 왜 대부분의 나라에서 일부일처제도를 취하고 있는지에 대해서도 이야기를 해 보면 좋을 것입니다.**

14

창선감의록

줄거리

　명나라의 병부상서 화욱은 심씨, 요씨, 정씨 3명의 부인이 있었다. 그
중, 요씨는 딸 태강을 낳은 뒤, 정 부인은 아들 진을 낳고 일찍 죽는다. 심
씨 역시 장남 춘을 낳았지만 화욱은 똑똑하지 못한 춘보다 총명한 진을 더
욱 사랑한다. 이에 심씨는 불만이 있어도 시누이 성 부인 때문에 드러내지
못한다.

　한편 간신 엄숭이 권력을 손에 넣자 화욱은 고향으로 내려간다. 이때 춘
은 마음씨 고운 임 소저와 혼인한다. 그 뒤 안타깝게도 화욱은 진의 배필로
윤 소저와 남 소저를, 태강의 신랑으로 유 공자를 정해 놓고 결혼하는 것을
보지 못한 채 죽고 만다. 심씨는 화욱이 죽고 성 부인이 집을 비우자 진과
태강을 못살게 군다. 그러나 진과 태강은 전혀 원망하지 않는다.

잠시 떠났던 성 부인은 집으로 돌아오자 진과 태강을 각각 결혼시킨다. 그러자 심씨는 진의 부인인 윤 소저와 남 소저를 괴롭힌다. 그리고 춘은 방탕해져서 불량배 범한, 장평과 사귀면서 임 소저를 내쫓고 간사한 조씨를 정실로 삼는다.

심씨는 조씨와 짜고 남 소저를 독살하려 하나 실패하고, 진은 춘의 거짓 말로 옥에 갇히게 된다. 춘은 조씨가 범한과 정을 통하자 장평과 짜고 그들을 없앤다. 그리고 윤 소저를 엄숭의 아들에게 주려 한다. 그러나 다행히 윤 소저의 동생이 어사가 되어 악당들을 처벌한다.

한편 유배지의 진은 도사 곽공은 만나 도술과 병법을 배워 해적의 반란을 평정하는 무공을 세운 뒤 그 공로로 정남대원수에 봉해지고 남방까지 평정한다.

결국, 심씨와 춘은 지난날의 잘못을 뉘우치고, 흩어졌던 가족들이 무사히 돌아와 집안은 다시 평화를 되찾고 사랑이 넘치게 된다.

윤혁은 화진의 인물에 매우 감탄한 듯하더라. 그는 어린 화진을 칭찬하며 화욱에게 또 이렇게 말하더라.

"영랑이 이미 정혼함이 있나뇨?"

"아직 정한 곳이 없노라."

그러자 윤혁은 잠시 무언가 깊이 생각하는 듯이 상대방을 지켜보다가, 마침내 입을 떼어 말하기를,

"소제 나이 40에 이르도록 슬하에 한낱 자식이 없더니, 하늘이 어여삐 여기시어 일태에 자식을 쌍득하니, 지금 나이 12세라. 그다지 범용치 않기로 저의 배필을 정코자 하되 합의한 곳이 없더니, 아자는 진평중의 딸과 정혼하였고, 여아는 천하를 주유하여 아름다운 사위를 널리 구하더니, 금일 다행히 영랑을 만나 보게 되니 어찌 천행이 아니리요. 아지 못하겠노라. 형의 의향이 어떠하뇨?"

"아자의 나이 약관에 이르되, 궁향벽처에 청하여 어진 규수를 얻지 못하여 주야 초심하더니, 형이 돈아를 더럽다 아니하시고 동상을 허하시니, 어찌 감사함을 금치 않으리요."

하고, 화욱은 즉석에서 기쁜 듯이 허락해 버리더라. 화진은 불려 들어와 이 장래 장인에게 인사를 드리고, 장인은 또 사위의 손을 잡고 한동안 기쁨과 찬미와 애정을 금하지 못하더라. 그러자 그는 또 말하기를,

"소제 구구한 정회 있으니, 혹시 들어 주시리이까?"

"무슨 정회이온지 어서 말씀하오시라."

하고 화욱이 재촉하니,

"남자평이 악주로 귀양하다가 수적을 만나 가중 상하가 모두 해를 입고 홀로 화를 면하였는지라. 소제 거두어 의녀로 정하여 이제 산동에 있으니, 나이 또한 여아와 동갑이요. 그 재품은 비록 예전 숙녀라도 미치지 못할까 하노라."

"슬프다! 자평이 필경 독한 해를 입었도다!"

하고, 화욱은 복받쳐 오르는 눈물을 금할 수 없어서, 상대방의 이야기를 다 듣지도 못하고 슬픈 듯이 이렇게 외치기를,

"성상이 한낱 엄숭을 위하사, 그릇 직신을 죽이시되, 노신이 일찍 벼슬이 보도하는 위에 있어 마침내 일이 이에 미치게 하였더니, 더욱 죽을죄를 면치 못하리로다.

"소제의 여아는……."

하고, 윤혁은 자기의 이야기를 계속 하니라.

"남씨의 자양한 색덕을 사랑할 뿐 아니라, 또한 그 정경을 측은히 여겨 잠시 서로 떠나지 않아 화복길흉을 같이 하려 하고, 소제 역시 생각건대 저와 같은 아름다운 배필을 구하여 적이 자평의 수중 원혼을 위로할까 하나, 천하에 어찌 다시 영윤과 같은 자를 얻으리요. 이제 영랑의 상을 보니, 준수하여 반드시 귀히 될지라. 족히 두 아내를 거느릴지니, 원컨대 형의 소제의 양녀를 한가지로 맞아 소제로 하여금 망우에게 낯이 있게 하고, 버금 여아의 원을 좇게 함이 어떠하뇨?"

화욱은 이러한 윤혁의 요구도 들어 주더라.

남자평의 불행한 딸이라니, 더구나 그러한 특별한 요구를 아니 들을 수도 없는 일이더라. 이렇게 해서 화진의 배필은 한꺼번에 둘이나 간단히 결

정되더라. 지금 같으면 매우 곤란한 이야기이나, 만고의 성군으로 존경을 받는 세종 대왕조차도 부인이 열 손가락을 죄다 꼽아야 될 정도였으니, 당시의 이런 일쯤은 아무것도 아닌 이야기라.

윤혁은 장래가 유망한 천재 사위를 이토록 손쉽게 얻어 놓고 화욱과 두어 날을 같이 보냈고, 그런 중에도 서로는 사돈의 예의를 정중히 갖추고, 화진과는 벌써부터 사위니 장인이니 부르면서, 서로는 대단한 친절과 애정과 존경을 쏟기 시작하더라. 눈꼴사납다고 할 정도로 그것은 지극히 애정에 쌓인 것이더라. 돌아갈 때 그는 사돈에게 말하기를,

"소제, 형의 후은을 입어 두 딸을 영랑에게 맡겼으니 마음이 족한지라. 그러나 길이 머니, 소식이 쉽지 못할지라. 혼인을 정하고, 영랑의 신물을 받아 돌아가서 두 딸에게 주고자 하노라."

화욱은 그렇게 대답하고, 아들을 시켜서 홍옥 팔찌와 청옥 패물을 상자에서 내어 윤 사랑에게 전하라 분부터라.

"이 물건이 소제의 세전지물이니, 영애 양인에게 나누어 주소서"

그리고 그는 아들의 손에서 기쁜 듯이 신물을 받아 드는 윤혁을 지켜보며 미소를 띠고 말하더라.

윤혁이 만족해서 돌아간 이날 밤, 화욱은 부중으로 돌아와 성 부인과 정 부인을 만났더라. 그리하여 이 두 여자에게 아들의 정혼한 이야기를 설명해서 들려주더라. 그러자 성 부인이 먼저 말하기를,

"가군이 계실 때에 항상 윤 사랑의 위인을 일컬었으니, 이제 그 딸이 반드시 덕성이 있음을 알 것이요, 또 남 어사는 맑은 이름, 곧은 절개가 있으니, 그 딸이 어찌 심상하리요."

정 부인온 아무 말도 없었으며, 이 숙덕 높은 총명한 부인은 잠시 그대로

묵묵히 앉아 있는 듯했으나, 마침내 이런 말을 하더라.

"이제 태강이 또한 비녀 꼽기에 이르렀거늘, 상공이 구혼할 뜻이 없고, 먼저 진이의 혼사를 정하시니, 첩의 마음이 미안하고, 또 첩이 순녀 이래로 정신이 혼미하니, 차생의 불구함을 스스로 알 것이요. 매양 요 부인의 임종 시 부탁을 행각하면 두려워하건대 지하에 돌아가 서로 대할 낯이 없을까 하나이다."

눈앞에 닥친 아들의 행복을 제쳐놓고 그 기쁨에는 일언반구의 언급도 없이 이토록 남의 소생에 대해서 먼저 근심한다고 하는 것은, 어쨌든 그 여자의 관후한 덕의 소치가 아닐 수 없더라. 화욱은 감격 때문에 성 부인도 감격하고, 아내를 더욱 존경하고 싶어진 화욱은 즉시 몇몇 매파를 동원하여 신랑감을 찾기 시작하더라.

원전 이해하기

　「창선감의록」은 14회장回章의 한문소설로, 작품의 구성과 묘사가 치밀하여 「사씨남정기」에 버금가는 소설로 꼽히기도 합니다. 이 작품은 조정을 중심으로 한 권력 쟁탈이나 변경에서 해적과 싸우는 전쟁 등의 사건이 있으나, 내용의 중심무대는 화진의 가정입니다. 따라서 **'군담소설'로 보기보다는 '가정소설'로 보는 것이 맞습니다.** 「창선감의록」에서 가문이라는 문제가 크게 부각되어 있는 것은 17세기에 대두하기 시작한 가문의식 때문이라 할 수 있습니다. 양란 이후 정권을 장악한 사람들에 의해 봉건 지배 체제의 모순을 극복하려는 이론적 무장이 활발하게 일어나 예론이 성숙되었고, 이러한 예론은 예송으로 이어져 환국과 같은 정치적 대결로 치달았습니다. 이에 이러한 정치적 대결에 효과적으로 대처하거나 정치적 대결에 의해 파괴된 가문을 회복하기 위해 가문의 결속을 다지려는 의식이 강화되었던 것입니다. 「창선감의록」에서 가문의 위기와 다른 가문의 구성원에 의한 극복을 문제 삼고 있다는 것은 **가부장적 질서의 확립을 지향하면서도 그것이 안고 있는 위험 부담에 대한 고민과 아울러 그 해결 방식에 대한 고민을 진지하게 보여 주고 있는 것**이라 할 수 있습니다.

양란　임진왜란과 병자호란을 뜻한다.

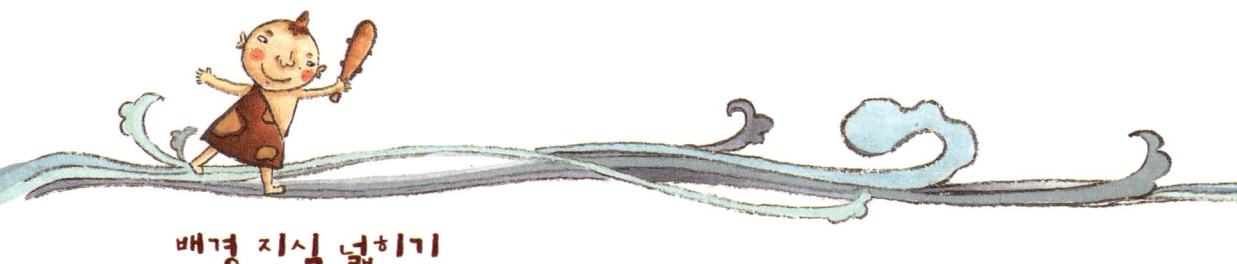

🐚 「창선감의록」의 작자 문제

김태준(국문학자, 1905~1949)은 그의 저서 「조선소설사」에서 「창선감의록」의 작자로 정준동, 김도수 등을 기록한 바 있습니다. 그리고 뒤에 나온 증보판에서는 조재삼의 「송남잡지」에 선조 졸수공(拙修公)이 어머니를 위하여 「창선감의록」과 「장승상전」을 저작하였다는 기록을 들어 조성기가 지었다는 설을 첨가했습니다.

하지만 김태준이 김도수 저작설을 제시하게 된 근거를 밝힌 바 없고, 또 저작과 관련된 기록이 발견되지 않았으므로 믿기는 어렵습니다. 정준동 저작설의 근거는 한남서림본의 머리말에서 나온 듯하나, 그 머리말이 저작 당시의 것이 아니고 활자본으로 출판될 때 쓴 것이므로 확정적이지는 않습니다. 이처럼 김도수, 정준동의 저작설은 믿기 어렵기 때문에 조성기의 저작으로 보는 것이 일반적인 견해입니다.

1830년에 필사된 한문본이 전하고 있는 것으로 미루어볼 때 저작연대는 1830년 이전임을 알 수 있습니다.

조성기

「창선감의록」의 작자로 추정되는 조성기(1638~1689)는 조선 후기의 학자입니다. 조성기는 어려서부터 학문에 힘써 일찍이 성리학을 깊이 연구하였고, 아버지의 뜻에 따라 과거에 응시하여 사마시에 여러 번 합격하였으나, 몸에 병이 생겨 학문에만 마음을 두게 됩니다. 그래서 사람들과 접촉을 끊고 골방에 들어앉아 공부하기를 30년간이나 계속하여 천지만물과 우주의 이치에 통관하였다고 합니다. 그는 어렸을 때 이미 「이기설理氣說」을 지어 이理와 기氣에 대한 고차원적인 정의를 내려 이기는 서로 혼합되어 분리할 수 없음을 주장했습니다. 20세에는 「퇴율양선생사단칠정인도이기설후변退栗兩先生四端七情人道理氣說後辨」을 지어 이황과 이이의 학설을 논변한 바 있습니다.

조성기는 박지원이 「옥갑야화玉匣夜話」에서 허생의 입을 통해 "적국에 사신으로 보낼 만한 인물이었건만 베잠방이로 늙어 죽었다"고 애석해 할 만큼 뛰어난 재능을 가진 인물이기도 합니다. 저서로는 한문소설인 「창선감의록」과 문집 「졸수재집」이 있습니다.

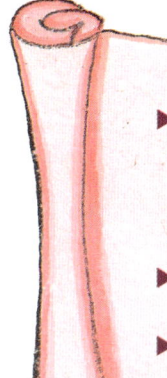

▶ 화진은 심씨와 화춘이 자신을 모함해도 변명하지 않습니다. 이처럼 효도와 형제 간의 우애를 지키기 위해서라면 잘못된 일이라도 받아들이는 것이 옳을까요?

▶ 가정이 화목하기 위해서 필요한 것은 무엇일까요?

▶ 심씨와 화춘이 끝까지 자신의 잘못을 뉘우치지 않았다면 화진은 이들을 어떻게 했을까요?

「창선감의록」에 대해 아이들과 이야기를 할 때는 우선 작품의 제목이 무엇을 의미하는지부터 시작하면 좋습니다. 제목에서 '창선彰善'은 '착한 행실을 드러낸다'는 뜻이며, '감의感義'는 '의리에 감복한다'는 뜻입니다. 이 작품에서 심씨나 그 아들 춘은 한때 악행을 저지르지만 나중에는 잘못을 스스로 뉘우칩니다. 이것은 작가가 사람의 성품이 본래 선하다는 관점을 취한 결과입니다. 따라서 「창선감의록」이라는 제목은 사람이 본래 가지고 있는 착한 마음으로 의로움에 감복하도록 하기 위한 기록이라는 뜻이 됩니다. 이렇게 제목의 뜻과 내용을 관련지어 이야기하고 나서 '성선설'과 '성악설'에 대해서도 얘기를 나눠 보면 좋습니다. 이 작품에서 드러난 작가의 입장은 성선설입니다. 따라서 '인간의 본성은 이기적이고 악하므로 선善 행위는 후천적 습득에 의해서만 가능하다'는 성악설의 입장을 설명해 준 후

아이들에게 성선설과 성악설 중 어느 것이 더 타당한 이론인지 물어보면 좋을 것입니다. 그런데 **성선설이나 성악설은 서로 반대되는 개념이라기보다는 환경이 중요하다는 것을 공통적으로 주장하고 있습니다.** 그러므로 굳이 어느 한쪽이 옳다고 결론 내릴 필요는 없습니다.

　「사씨남정기」를 읽었다면 「사씨남정기」와 「창선감의록」을 비교해 보는 것도 좋습니다. 두 작품 모두 명나라 때 명문거족의 가문이라는 배경을 갖고 있습니다. 인물도 비슷한 점이 많습니다. 누이로써 안주인 역할을 하는 두 부인과 성 부인, 아내로써의 덕을 잘 갖춘 사씨와 임 소저, 정실부인을 쫓아낸 간교한 첩 교씨와 조씨 등이 비슷한 인물입니다. 정실부인이 간교한 첩 때문에 모함을 받고 쫓겨났다가 다시 지위를 회복한다는 중심 사건도 비슷합니다. 또한 「창선감의록」이나 「사씨남정기」 모두 가장의 역할이 가정에서 얼마나 중요한지를 알려주고 있습니다.

　아이들에게 한 가정에서 가장은 어떤 역할을 해야 하는지 물어보는 것도 작품을 이해하는 데 큰 도움이 될 것입니다.

15

운영전

줄거리

어느 날 유영이라는 선비가 수성궁에서 홀로 술을 마시다가 취해 잠이 든다. 그런데 술이 깨어 보니 어떤 청년이 아름다운 여인과 말을 주고받고 있었다. 유영이 그들에게 다가가니 그들은 반갑게 맞이하며 자신들의 가슴 아픈 이야기를 들려 주었다.

안평 대군은 풍류를 즐기는 사람이었다. 그는 아름답고 재주가 뛰어난 궁녀 10명을 수성궁에 모아 놓고 시와 서예 등을 가르치며 시간을 보냈다.
그런데 어느 날 김 진사가 수성궁을 방문하게 된다. 김 진사와 운영은 첫 눈에 반해 사랑에 빠지게 되지만 드러내놓고 사랑을 나눌 수 없는 입장이 었기 때문에 눈치만 보고 있었다. 그러다가 김 진사가 안평 대군을 만나러 왔을 때 운영은 사랑을 담은 시 한 수를 김 진사에게 몰래 전한다. 김 진사 역시 궁에 출입하는 무녀를 통해 자신의 마음을 전한다.

그리고 마침내 궁녀들이 개울로 빨래를 하러 가는 날 운영은 무녀의 집에서 김 진사를 만나 서로의 마음을 확인한 뒤 궁에서 다시 만날 것을 약속한다. 이에 김 진사는 하인 특의 도움으로 궁궐의 담장을 넘나들며 운영과 만나다 특의 배신으로 안평 대군에게 들키게 된다.

크게 화가 난 안평 대군은 궁녀들을 모두 불러 문초를 한다. 운영은 자신 때문에 다른 궁녀들이 고통을 당하자 이를 견디지 못하고 스스로 목숨을 끊고 운영의 죽음을 접한 김 진사 역시 운영의 명복을 빈 후 목숨을 끊는다.

유영이 이야기를 다 듣고 그들을 위로하자 김 진사는 자신들의 이야기를 후세 사람들에게도 전해 달라고 당부한다. 유영이 문득 잠에서 깨니 김 진사와 운영의 일을 기록한 책만 남아 있었다. 유영은 그것을 가지고 돌아와 상자에 감춘 뒤 명산대천을 두로 돌아다녔는데, 이 책의 끝이 어찌 되었는지 누구도 알지 못했다.

　노래를 마치고 나선 한숨을 '후유' 쉬면서 흐느껴 우니, 구슬 같은 눈물이 얼굴을 덮는지라 유영은 이상히 여겨 일어나 절을 하고 묻기를,

　"내 비록 양가의 집에 태어난 몸은 아니오나, 일찍부터 문묵文墨에 종사하여 조금 문필文筆의 공을 알고 있거니와, 이제 그 가사를 들으니, 격조가 맑고 뛰어나시나, 시상이 슬프니 매우 괴이하구려. 오늘밤은 마침 월색이 낮과 같고 청풍이 솔솔 불어오니 이 좋은 밤을 즐길 만하거늘, 서로 마주 대하여 슬피 울음은 어인 일이오. 술잔을 더함에 따라 정의가 깊어졌어도 성명을 서로 알지 못하고, 회포도 펴지 못하고 있으니 또한 의심하지 않을 수 없소"

　하고 유영은 먼저 자기의 성명을 말하고 강요하더라. 이에 소년은 대답하기를, "성명을 말하지 아니함은 어떠한 뜻이 있어서 그러하온데, 당신이 구태여 알고자 할진대 가르쳐 드리는 것이 어려우리까마는, 그러나 말을 하자면 장황합니다." 하며 수심 띄운 얼굴을 하고, 한참 있다가 입을 열어 말하기를,

　"나의 성은 김이라 하오며, 나이 십 세에 시문詩文을 잘하여 학당學堂에서 유명하였고, 나이 십사 세에 진사 제이과에 오르니, 일시에 모든 사람들이 김 진사로서 부릅디다. 제가 나 어린 호협한 기상으로 마음이 호탕함을 능히 억누르지 못하고, 또한 여인으로 하여 부모의 유체를 받들고서 마침내 불효의 자식이 되고 말았으니 천지간 한 죄인의 이름을 억지로 알아서 무엇하리까? 이 여인의 이름은 운영이오, 저 두 여인의 이름은 하나는 녹주

요, 하나는 송옥이라 하는데, 다 옛날 안평 대군의 궁인이었습니다."

"말을 하였다가 다하지 아니하면 처음부터 말을 하지 않은 것만 같지 못하옵니다. 안평 대군의 성시盛時의 일이며 진사가 상심하는 까닭을 자상히 들을 수 있겠소?"

진사는 운영을 돌아보면서 말하기를,

"성상星霜이 여러 번 바뀌고 일월이 오래 되었으니, 그때의 일을 그대는 능히 기억하고 있소?"

"신중에 쌓여 있는 원한을 어느 날인들 잊으리까? 제가 이야기해 볼 것이오니, 낭군님이 옆에 있다가 빠지는 것이 있거든 덧붙여 주옵소서."

하고는 이야기를 시작하더라.

세종 대왕의 왕자 팔 대군 중에서 셋째 왕자인 안평 대군이 가장 영특하였지요. 그래서 상이 매우 사랑하시고 무수한 전민과 재화를 상사하시니, 여러 대군 중에서 가장 나았사옵더니, 나이 십삼 세에 사궁에 나와서 거처하시니 수성궁이라 하였습니다.

유업儒業으로써 자임自任하고, 밤에는 독서하고 낮에는 시도 읊으시고 또는 글씨를 쓰면서 일각이라도 허송치 아니하시니, 때의 문인재사들이 다 그 문門에 모여서 그 장단을 비교하고, 혹 새벽닭이 울어도 그치지 않고 담론談論을 하였지마는, 대군은 더욱 필법筆法에 뛰어나 일국에 이름이 났지요. 문종대왕이 아직 세자로 계실 적에 매양 집현전 여러 학사와 같이 안평 대군의 필법을 논평하시기를,

"우리 아우가 만일 중국에 났더라면 비록 왕희지에게는 미치지 못하겠지만, 어찌 조맹부에 뒤지리오."

하면서 칭찬하시기를 마지않았사옵니다.

하루는 대군이 저희들을 보고 말씀하시기를,

"천하의 모든 재사才士는 반드시 안정한 곳에 나아가서 갈고 닦은 후에야 이루어지는 법이니라. 도성 문밖은 산판이 고요하고, 인가에서 좀 떨어졌을 것이니 거기에서 업을 닦으면 대성할 수 있을 것이다."

하시고는 곧 그 위에다 정사精舍 여남은 간을 짓고, 당명을 비해당匪懈堂이라 하였으며, 또한 그 옆에다 단을 구축하고 맹시단이라 하였으니, 다 명名을 돌아다보고 의義를 생각한 뜻이었지요. 때의 문장文章과 거필巨筆들이 단상에다 모이니, 문장에는 성삼문이 으뜸이었고, 필법에는 최흥효가 으뜸이옵니다. 비록 그러하오나 다 대군의 재주에는 미치지 못하였사옵지요.

하루는 대군이 취함을 타서 궁녀 보고 말씀하시기를,

"하늘이 재주를 내리심에 있어서, 남자에게는 풍부하게 하고 여자에게는 적게 하였으랴. 지금 세상에 문장으로 자처하는 사람이 많지마는, 능히 다 상대할 수 없고, 아직 특출한 사람이 없으니. 너희들도 또한 힘써서 공부하여라."

하시고는 대군께서는 궁녀 중에서 나이가 어리고 얼굴이 아름다운 열 명을 골라서 「소학」, 「중용」, 「대학」, 「맹자」, 「시경」, 「통감」, 「송서」 등을 차례로 가르쳐 5년 이내에 모두 대성하였지요. 열 명의 이름은 금련, 은섬, 자란, 보련, 운영이니, 운영은 바로 저였어요.

그리고 항상 영을 내리시기를, "시녀로서 한 번이라도 궁문을 나가는 일이 있으면 그 죄는 죽음을 당할 것이며, 또 외인이 궁녀의 이름을 아는 이가 있다면 그 죄도 또한 죽음을 면치 못할 것이다"라고 말씀하셨습니다.

원전 이해하기

「운영전」은 「수성궁몽유록」 또는 「유영전」이라고도 합니다. 한문본과 한글본이 있는데, 부분적인 차이는 있으나 대체의 줄거리는 동일합니다. 한문본이 원본이고 한글본은 한문본을 번역하는 과정에서 파생된 이본이라 여겨지고 있습니다.

「운영전」은 안평 대군의 궁궐인 수성궁을 배경으로 벌어지는 운영과 김 진사의 사랑을 다룬 애정 소설로 분류할 수 있습니다. 그런데 고전소설에서는 보기 드문 비극적 성격을 지니고 있습니다. 이처럼 신분적인 제약을 넘어서 사랑을 하다가 희생된 주인공의 비극적 운명은 봉건사회의 붕괴를 촉구하는 의미를 가지고 있다고 볼 수 있습니다.

「운영전」은 구성상 몽유록의 형식을 취했으며, 분량 면에서 8할 이상이 꿈속의 일을 다루고 있습니다. **서술자 유영이 꿈속에서 김 진사와 운영의 말을 듣는 액자형 구성을 택하여 작품 내부를 구성하고 있는 점이 특징**으로, 몽유소설 안에 다시 액자소설이 들어 있는 점을 기억해 두면 좋습니다.

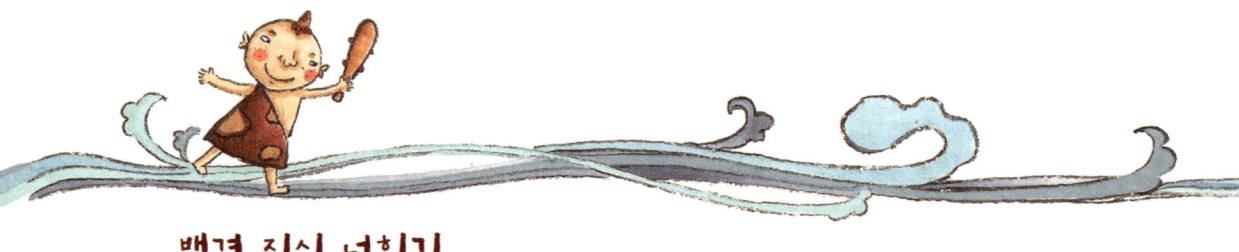

♥ 수성궁과 정청궁

수성궁은 조선 전기에 문종文宗이 승하한 뒤 문종의 후궁後宮만을 모아 거처하게 하던 별궁別宮입니다. 따라서 일종의 소설적 장치일 뿐 소설 속에서처럼 안평 대군이 재주가 뛰어난 궁녀들을 모아 놓고 가르치던 곳은 아닙니다. 수성궁은 연산군 때 그곳에 살던 다른 왕의 후궁들을 자수궁으로 옮기고 성종의 후궁들만 살게 했습니다. 그리고 정청궁으로 이름을 바꾸게합니다. 이후 왕명으로 수성궁에 자수궁이 이전해 옵니다. 그래서 수성궁이란 이름은 없어진 것으로 보입니다.

「연산군일기」 10년(1504) 11월 14일의 기록에는 왕명으로 "정청궁은 50칸을 건축하되 매 1칸에 4인을 수용할 만하게 하라"고 했습니다. 연산군 12년(1506) 9월 2일 중종반정으로 쫓겨난 연산군의 왕비 신씨가 폐비의 신분으로 정청궁에 거처하다가 친정아버지 신승선의 집으로 옮기고 있음을 「중종실록」 1년(1506) 9월 2일, 9월 24일 기록에서 확인할 수 있습니다. 이후 「실록」에 정청궁에 관한 기록이 없는 것으로 보아 정청궁은 곧 폐궁된 것으로 보입니다.

🦋 안평 대군

안평 대군은 세종의 셋째 아들로 어머니는 소헌 왕후昭憲王后 심씨입니다. 1428년, 안평 대군에 봉해지고 다음해 좌부대언左副大言 정연鄭淵의 딸과 결혼했습니다. 1430년, 성균관에 입학하였고, 함경도에 육진이 신설되자 북변 경계임무를 맡아 야인들을 토벌했습니다. 또한 황보인, 김종서 등과 손을 잡고 수양 대군 측의 무신 세력과 맞서 인사행정의 하나인 황표정사黃票政事를 장악한 뒤 측근의 문신들을 요직에 앉혀 조정의 배후실력자로 등장했습니다. 1452년 단종이 즉위하자 수양 대군은 황표정사를 폐지합니다. 그 뒤 안평 대군은 권력 회복에 힘썼으나 1453년 계유정난으로 황보인과 김종서 등이 살해된 뒤 강화도에 유배되었다가 교동喬桐에서 사약을 받습니다.

그는 어려서부터 학문을 좋아하고 시문, 서예, 그림, 가야금에 모두 능하여 삼절三絶이라 칭해졌으며, 식견과 도량이 넓어 당대인의 명망을 받았습니다. 특히 시문과 서예에 뛰어나 당대 제일의 서예가로 유명합니다.

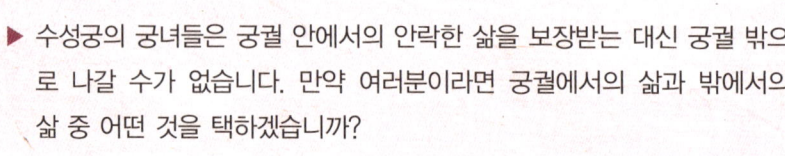

▶ 수성궁의 궁녀들은 궁궐 안에서의 안락한 삶을 보장받는 대신 궁궐 밖으로 나갈 수가 없습니다. 만약 여러분이라면 궁궐에서의 삶과 밖에서의 삶 중 어떤 것을 택하겠습니까?

▶ 운영은 김 진사와 함께 도망을 가려다가 자란이 여러 사람들에게 피해를 주는 일이라며 말리자 결국 도망가는 것을 포기합니다. 만약 여러분이 이런 상황이었다면 어떤 결정을 내렸을까요?

　「운영전」에서 가장 주목할 부분은 '금지된 사랑'입니다. 고전소설이든 현대소설이든 사랑과 관련된 소설에서는 주인공의 사랑을 가로막는 여러 가지 제약이 등장합니다. 고전소설과 현대소설이 다른 점이 있다면 고전소설의 경우 사랑을 가로막는 벽이 현실적으로 좀더 극복 불가능하다는 점입니다. 예를 들어 「금오신화」에서는 인간과 귀신의 사랑을, 「춘향전」에서는 천민과 양반의 사랑을, 「운영전」 같은 경우에는 궁녀와 외부인의 사랑을 다루고 있습니다. 그런데 이렇게 사랑을 가로막는 벽이 높으면 높을수록 그 사랑은 더욱 애틋하고 간절해 보이는 효과가 있습니다. 그러므로 무턱대고 비현실적이라고 치부해 버리기보다는 사랑의 숭고함에 초점을 맞추는 것이 작품을 이해하는 데 도움이 될 것입니다. 하지만 그 전에 천민과 양반 사이의 신분의 벽이나 궁녀의 위치에 대해 설명해 주는 것이, 왜 극복하기

힘든 사랑인지 이해하는 데 도움이 될 것입니다.

아이들과 이에 대해 이야기를 나눌 때는 우선 운영과 김 진사의 사랑을 가로막는 장애물이 무엇인지에 대해 물어보고 그 장애물을 현실적으로 극복할 수 있는 방법은 없었는지 토론해 보면 좋을 것입니다.

또 작품 속에서 묘사되고 있는 궁녀들의 삶에 대해 다시 한 번 살펴보도록 하고 궁녀들의 갇힌 생활과 그 때문에 발생하는 괴로움에 대해서도 이야기를 나누면 작품을 깊이 있게 이해하는 데 도움이 될 것입니다. 더불어 자신의 삶도 궁녀들의 삶처럼 갇혀 있다는 느낌이 든 적은 없는지, 그런 생각이 들었다면 왜 그런지, 그리고 그런 문제를 어떻게 헤쳐 나가면 좋은지에 대해서 이야기를 나눠 보면 자신의 삶을 진지하게 마주하는 기회가 될수 있을 것입니다.

그리고 '비극적 결말'과 '행복한 결말'에 대해서 토론하는 것도 재미있습니다. 고전소설의 경우 대부분 행복한 결말로 끝나는데 이 작품은 비극적 결말로 끝이 납니다. 아이들에게 어떤 결말이 더 좋은지 그 이유에 대해서 물어보고 비극적 결말과 행복한 결말의 장단점을 이야기해 보면 좋을 것입니다.

16

광문자전

종로에서 구걸을 하며 살아가는 걸인 광문을 다른 걸인들이 우두머리로 삼아 그들이 지내는 곳을 지키게 했다. 그런데 어느 겨울밤 걸인 하나가 병이 들어 죽자 걸인들은 광문이 죽였다고 의심하여 쫓아낸다.

한밤중에 쫓겨난 광문은 갈 곳이 없어 마을에 들어갔다가 어느 집 주인에게 도둑으로 몰리지만 광문이 착한 사람인 것을 알아본 집 주인은 그를 풀어준다. 광문은 주인에게서 거적을 하나 얻어 수표교 밑에 버려졌던 걸인의 시체를 잘 싸서 장례를 치러준다.

광문을 몰래 따라가 이를 지켜보던 집주인은 광문의 사람됨을 알아보고 약방에 추천하여 일자리를 구해 준다.

그런데 약방에서 돈이 없어져 광문이 의심을 받게 된다. 다행히 며칠 뒤에 약방 주인의 처조카가 돈을 가져갔음이 밝혀져 누명을 벗게 되고 약방 주인이 이 사실을 널리 알리자 사람들은 약방 주인과 광문을 칭송한다.

어느 날 광문은 장안에 이름난 기생 은심을 찾아간다. 광문이 나타나자 방에 있던 사람들은 광문의 몰골을 보고 낯을 찡그린다. 그런데 조금 전까지 다른 사람들은 거들떠보지도 않던 은심이 광문이 장단을 맞추자 춤을 춘다. 사람들은 그 모습을 보고 광문에게 벗이 되어 줄 것을 요청한다.

  광문은 비렁뱅이다. 그는 예전부터 종루鐘樓 시장 바닥에 돌아다니며 밥을 빌었다. 길거리의 여러 비렁뱅이 아이들이 광문을 두목으로 추대하여, 구멍집을 지키게 하였다.

  하루는 날씨가 춥고 진눈깨비가 흩날렸는데, 여러 아이들이 서로 이끌고 밥을 빌러 나갔다. 한 아이만 병에 걸려 따라가지 못했다. 얼마 뒤에 그 아이가 더욱 추워하더니, 신음소리마저 아주 구슬퍼졌다. 광문이 그를 매우 불쌍히 여겨, 직접 구걸하러 나가서 밥을 얻었다. 병든 아이에게 먹이려고 하였지만, 아이는 벌써 죽어 버렸다.

  여러 아이들이 돌아와서는, '광문이 그 아이를 죽였다'고 의심했다. 그래서 서로 의논하여 광문을 두들기고는 내쫓았다.

  광문이 밤중에 엉금엉금 기어서 동네 안으로 들어가, 그 집 개를 놀래 깨웠다. 집주인이 광문을 잡아 묶자, 광문이 이렇게 외쳤다.

  "나는 원수를 피해서 온 놈이유. 도둑질할 뜻은 없어유. 영감님이 내 말을 믿지 않는다면, 아침나절 종루 시장 바닥에서 밝혀드리겠어유."

  그의 말씨가 순박하였으므로, 주인 영감도 마음속으로 광문이 도둑이 아닌 것을 알아챘다. 그래서 새벽에 풀어 주었다. 광문은 고맙다고 인사한 뒤에, 거적때기를 얻어 가지고 사라졌다. 주인 영감이 그런 그를 괴이하게 여겨 뒤를 밟았다. 마침 여러 거지 아이들이 한 시체를 끌어다가 수표교에 이르더니, 그 시체를 다리 아래에 던지는 것이 보였다. 광문이 다리 아래에 숨었다가 그 시체를 거적때기에 싸더니, 남몰래 지고 갔다. 서문 밖 무덤

사이에 묻고 나서는, 울면서 무슨 말인지 중얼거렸다.

집주인이 광문을 잡고서 그 영문을 물었다. 광문이 그제야 앞서 있었던 일과 어제 한 일들을 다 말해 주었다. 주인 영감은 마음속으로 광문을 의롭게 여겨서, 그와 함께 집으로 돌아왔다. 광문에게 옷을 주고는 잘 대접했다. 그리고 광문을 약방 부자에게 추천하여, 고용살이를 시켰다.

오래 뒤에 부자가 문 밖으로 나섰다가 자꾸만 돌아왔다. 다시 방 안에 들어와 자물쇠를 살펴보고는, 문 밖으로 나갔다. 그의 얼굴빛은 자못 불쾌한 듯하였다가 돌아와 깜짝 놀라더니, 광문을 물끄러미 바라보았다. 무엇인가 말하려다가, 얼굴빛이 바뀌더니 그만두었다.

광문은 그 이유를 정말 몰랐다. 날마다 잠자코 일했을 뿐이지, 감히 하직하고 떠나지도 못했다. 며칠이 지나자 부자의 처조카가 돈을 가지고 와서 부자에게 돌려주며 말했다.

"지난번 제가 아저씨께 돈을 꾸러 왔더니, 마침 아저씨가 계시지 않았어요. 그래서 제가 스스로 방에 들어가 돈을 가지고 갔었지요, 아마 아저씨께서는 모르고 계셨겠지요."

그제야 부자는 광문에게 매우 부끄러워하면서 사과했다.

"나는 소인이야. 이 일 때문에 점잖은 사람의 마음을 상하게 하였네 그려. 내 이제 자네를 볼 낯이 없네."

그리고는 자기의 모든 친구와 다른 부자나 큰 장사치들에게까지 '광문은 의로운 사람'이라고 두루 칭찬했다. 그는 또 종실宗室의 손님들과 공경公卿의 문하에 다니는 이들에게 이르는 곳마다 광문을 칭찬하였다. 그래서 공경의 문하에 다니는 이들과 종실의 손님들이 모두 광문을 이야깃거리로 삼아, 밤마다 그들의 베갯머리에서 들려주었다. 그리하여 몇 달 사이에 사대부들

이 광문의 이름을 모두 옛날 훌륭한 사람의 이름처럼 알게 되었다. 그래서 한양 사람들이 모두들,

"광문을 우대하던 중인영감이야말로 참으로 어질고도 사람을 잘 알아보는 분이지." 칭찬하였고, 더욱이,

"약방 부자야말로 정말 점잖은 사람이야." 하고 칭찬했다.

이때 돈놀이꾼들은 대체로 머리 장식품이나 구슬 비취옥 따위 또는 옷, 그릇, 집, 농장, 종 등의 문서를 전당 잡고서 밑천을 계산해서 빌려주었다. 그러나 광문은 남의 빚을 보증서면서도 전당 잡을 물건이 있는지를 묻지 않았다. 천 냥도 대번에 승낙하였다.

광문의 사람됨을 말한다면, 그의 모습은 아주 더러웠고, 그의 말씨도 남을 움직이지 못했다. 입이 넓어서 두 주먹이 한꺼번에 드나들었다. 그는 또 만석曼碩 중놀이(인형극 놀이)를 잘하고, 철괴鐵拐 춤을 잘 추었다. 당시에 아이들이 서로 헐뜯는 말로써,

"니네 형이야말로 달문達文이지."

라는 말이 유행하였다. '달문'이란 광문의 또 다른 이름이었다.

광문이 길에서 싸우는 이들을 만나면, 자기도 역시 옷을 벗어젖히고 함께 싸웠다. 그러다가 무슨 말인가 지껄이면서 머리를 숙이고 땅바닥에 금을 그었다. 마치 그들의 옳고 그름을 따지는 듯했다. 그러는 꼴을 보고서 시장 사람들이 모두 웃었다. 싸우던 자들도 역시 웃다가 모두 흩어져 버리곤 했다.

광문은 나이 마흔이 넘도록 그대로 총각 머리를 땋았다. 남들이 장가들기를 권하면 그는,

"대체로 아름다운 얼굴을 모두 좋아하는 법이지. 그런데 사내만 그런 게 아니라 여인네들도 역시 그렇거든. 그러니 나처럼 못생긴 놈이 어떻게 장

가를 들겠어?"

했다. 남들이 살림을 차리라고 하면 이렇게 사양했다.

"나는 부모도 없고 형제 처자도 없으니, 무엇으로 살림을 차리겠소? 게다가 아침나절이면 노래 부르며 시장 바닥으로 들어갔다가 날이 저물면 부잣집 문턱 아래서 잔다오. 한양에 집이 팔만이나 되니, 날마다 잠자는 집을 옮겨 다녀도 내가 죽을 때까지 다 돌아다닐 수 없을 정도라오."

한양의 이름난 기생들이 모두 아리땁고 예쁘며 말쑥했다. 그러나 광문이 칭찬해 주지 않으면 한 푼어치의 값도 나가지 못했다. 지난번에 우림아羽林兒와 각전各殿 별감 또는 부마도위의 겸종들이 소매를 나란히 하여 운심을 찾았다. 운심은 이름난 기생이었다. 당堂 위에다 술자리를 벌이고 비파를 뜯으며, 운심의 춤을 즐기려고 했다. 그러나 운심은 일부러 시간을 늦추면서 춤을 추려하지 않았다.

광문이 밤에 찾아가 당 아래에서 어정이다가, 곧 들어가서 그들의 윗자리에 서슴지 않고 앉았다. 광문은 비록 옷이 다 떨어지고 그 행동이 창피하였지만, 그의 뜻은 몹시 자유로웠다. 눈구석이 짓물러서 눈곱이 낀 채로 술취한 듯 트림하여 양털처럼 생긴 그 머리로서 뒤꼭지에다 상투를 틀었다. 자리에 앉았던 사람들이 모두 깜짝 놀랐다. 서로 눈짓해서 광문을 몰아내려고 했다. 그러나 광문은 더 앞으로 다가앉아 무릎을 어루만지며 가락을 뽑아, 콧노래로 장단을 맞추었다.

운심이 그제야 일어나서 옷을 갈아입고 광문을 위해서 칼춤을 추었다. 자리에 앉았던 사람들이 모두 기뻐했다. 그들은 다시금 광문과 벗으로 사귀고 흩어졌다.

원전 이해하기

「광문자전」은 한문으로 쓰인 풍자소설로, 「연암외집」, 「방경각외전」에 수록되어 있습니다. 이 소설은 거지인 광문의 순진성과 거짓 없는 인격을 그려 **양반이나 서민이나 인간은 똑같다는 것을 강조하고 권모술수가 판을 치던 당시의 양반사회를 풍자하는 작품**입니다.

이 작품을 쓰게 된 동기에 대해 박지원은 그 서문에서, "광문은 궁한 걸인으로서 그 명성이 실상보다 훨씬 더 컸다. 즉, 실제 모습(실상)은 더럽고 추하여 보잘 것 없었지만, 그의 성품과 행적으로 나타난 모습(명성)은 참으로 대단한 것이었다. 그리고 그는 원래 세상에서 명성 얻기를 좋아하지도 않았는데도 형벌을 면하지 못하였다. 하물며 도둑질로 명성을 훔치고, 돈으로 산 가짜 명성을 가지고 다툴 일인가"라고 밝히며, 당시 양반을 사고 판 어지러운 세태를 꾸짖었습니다.

이 작품은 **작가가 살고 있던 당시의 사회상을 생생하게 묘사한 사실주의적 작품으로 높이 평가되고 있습니다.**

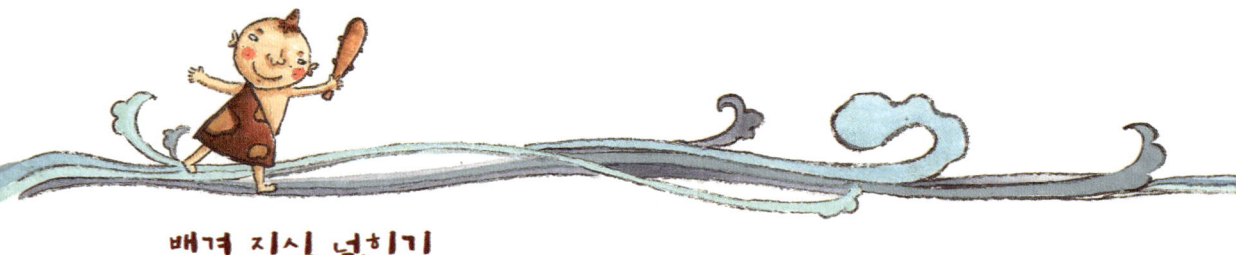

🌱 운종가(종루)

광문이 구걸을 하면서 다녔던 운종가는 시간을 알리는 종이 설치되었던 종루 때문에 이름 붙여진 종길鐘街로서, '사람들이 구름처럼 모이는 길'이라 해서 '운종가'라고 불렀습니다. 종루가 또는 종로라고도 하는데 18세기 무렵에 살았던 김세희라는 역관은 종로의 저잣거리를 구경하고 이런 글을 남겼습니다.

"새벽종이 열두 번 울리면 점포의 자물쇠 여는 소리가 일제히 들린다. 그리고 장사하는 남녀들이 짐을 등에 지거나 머리에 이고 지팡이를 두드리면서 사방에서 요란하게 몰려든다. 좋은 자리를 다투어 가게를 열고 각자 물건을 펼쳐 놓는다. 천하의 온갖 장인들이 만든 제품과 온 세상의 산과 강에서 나는 산물이 모두 모인다. 불러서 사려는 소리, 다투어 팔려는 소리, 값을 흥정하는 소리, 동전을 세는 소리, 부르고 답하고 웃고 욕하고 시끌벅적한 것이 태풍과 파도가 몰아치는 소리 같다. 이윽고 저녁 종이 울리면 그제야 거리가 조용해진다."

이 글대로 운종가는 이 시대 한양의 중심가였다고 보면 될 것입니다.

💜 광문은 실존인물일까?

서울여대 차충환 교수에 따르면 광문은 이달문李達文이라는 실존인물입니다. 달문의 이름과 행적은 「영조실록」이나 「추안급국안」과 같은 공식 기록물뿐만 아니라 홍신유(1724~?)의 「달문가」, 이규상(1727~1799)의 「달문」 등과 같은 여러 종류의 달문 전승에도 다양하게 나타나고 있습니다. 그런데 유독 연암만 달문이 아니라 광문으로 쓰고 있습니다. 달문은 역모 사건에 얽혀 고초를 당한 일이 있는데, 그 사건의 주동자는 달손이란 이름을 가지고 달문의 동생으로 사칭했습니다. 연암은 달손도 「서광문전후」에서 광손으로 쓰고 있습니다. 연암이 왜 달을 광으로 바꿨는지는 알 수 없습니다. 정부의 공식 기록물에서도 달문으로 쓰고 있으니, 우리가 알고 있는 광문의 본명은 달문임이 틀림없습니다.

달문은 남쪽으로 전라도 순천, 북쪽으로는 백두산까지 갔다 온 인물입니다. 이 외에도 달문의 행적은 많습니다. 종로바닥의 거지 출신이 역모 사건에 휘말리고 국토의 남북을 종단했다는 행적만으로도 충분히 세인의 주목을 끌었던 만큼, 달문을 주목한 대부분의 사람들은 달문의 그와 같은 기이하면서도 이채로운 행적을 중심으로 글을 썼습니다.

독서지도 포인트

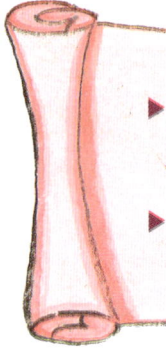

▶ 광문은 얼굴도 못생기고 가진 것도 없지만 사람들이 좋아합니다. 그 이유가 무엇일까요?

▶ 만약 광문이 현대에 태어났다면 사람들에게 인정받을 수 있었을까요?

「광문자전」은 매우 짧은 한문 단편소설이지만 많은 이야기를 담고 있습니다. 그리고 각각의 에피소드를 통해 광문의 인간됨을 잘 드러내고 있습니다. 「광문자전」을 이해하는 핵심은 각각의 이야기가 광문의 어떤 모습을 강조하고 있는가를 파악하는 것입니다. 그리고 이에 대해서 이야기를 나눌 때, 자신의 주변에서 비슷한 인물을 예로 들어 말하게 하면 좋을 것입니다. 가까운 사람 중에 그런 사람이 없다면 널리 알려진 인물 중에 비교할 만한 인물을 예로 들어도 좋습니다.

우선 아픈 아이를 위해 먹을 것을 구걸하고, 죽은 걸인 아이의 시신을 매장해 주는 이야기에서 광문의 **인간애(휴머니즘)**를 느낄 수 있습니다. 때문에 슈바이처 박사, 테레사 수녀님 같은 분과 비교하여 설명하면 좋을 것입니다.

다른 사람의 재물을 탐하지 않고, 담보 없이도 다른 사람의 보증을 잘 서 주는 이야기에서는 **정직하며 물욕이 없는 광문의 성격**을 알 수 있습니다.

맹사성은 대부분의 벼슬아치가 자신의 지위를 이용해 뇌물을 받아 배를

불릴 때에도 오로지 나라에서 나오는 월급만으로 생활했습니다. 그리고 그 것마저도 어려운 사람들을 위해 베풀었습니다. 그러다 보니 맹사성은 매우 가난하게 살았습니다.

어느 비오는 날 한 대감이 그의 집을 방문했다가 깜짝 놀랍니다. 집이 너무 낡았던 것입니다. 그런데 집안으로 들어간 대감은 더욱 놀라고 말았습니다. 여기저기서 빗물이 새고 있었고 맹 정승 부부는 빗물이 떨어지는 곳마다 그릇을 갖다 놓고 있었기 때문입니다. 대감은 왜 이렇게 비가 새는 초라한 집에서 사냐고 물었습니다. 그러자 맹사성은 "허허, 그런 말 마오. 이런 집조차 갖지 못한 백성이 얼마나 많은지 아시오? 그런 사람들 생각을 하면 나라의 벼슬아치로서 부끄럽소. 나야 그에 비하면 호강 아니오?"라고 대답했다고 합니다.

남의 싸움에 끼어들어 우스갯짓으로 싸움을 화해시키는 이야기에서는 광문의 **낙천적인 성격과 지혜로움, 평화를 사랑하는 마음**을 느낄 수 있습니다. 간디 또는 각 종교의 창시자 등이 이에 해당할 것입니다.

주위에서 장가들기를 권하나 역지사지의 입장에서 자신의 추함을 들어 거절하는 모습에서는 **남녀평등 의식**을 느낄 수 있습니다. 여기에서는 특정한 인물보다는 남녀평등 의식 자체에 대해 얘기를 나눠 보면 좋을 것입니다.

이외에도 주변의 특이한 인물들에 대해 글로써 묘사해 보게 하는 것도 인물을 집중적으로 다루고 있는 '전(傳)' 양식에 대한 이해를 높여 줄 수 있을 것입니다.

17

숙영낭자전

줄거리

선비 백상군과 부인 정씨는 명산 대찰을 찾아다니며 아이 낳기를 빌어 외아들 선군을 얻는다. 어느덧 세월이 흘러 선군이 훌륭한 젊은이로 자라나자 백상군 내외는 아들의 혼처를 사방으로 알아보았다.

그런 어느 날 선군이 책을 읽다 꿈속에서 선녀를 만난다. 선녀는 선군에게 당신과 나는 원래 하늘나라에서 인연이 있었으니 인간세상에서 다시 만나게 될 것이라고 말한다. 선군은 꿈에서 깬 뒤 상사병에 걸려 부모님을 속이고 몰래 선녀를 만나러 간다. 선군을 만난 선녀는 자신을 숙영이라고 밝히며 하늘이 정한 기간 3년을 기다리라고 한다. 하지만 선군은 숙영의 말을 무시하고 집으로 데려와 남매를 낳고 행복하게 산다.

그로부터 8년 후 아버지는 선군에게 과거를 볼 것을 명령한다. 선군은 아내와 헤어지기 싫어서 아버지의 말을 거스르려 하나 숙영의 권유로 과거를 보러 간다. 하지만 선군은 과거를 보러 가는 도중 집으로 몰래 돌아와 한밤중에 숙영을 만나고 돌아간다. 이런 일이 이틀 동안 계속되자 백상군은 숙영이 선군 몰래 외간 남자를 만나고 있는 것으로 오해한다. 그래서 종 매월에게 시켜 숙영을 감시하는데, 평소에 숙영을 못마땅하게 여기고 있던 매월은 숙영을 외간 남자와 있는 것처럼 보이도록 함정에 빠뜨린다. 이에 백상군은 숙영을 문초하고 숙영은 이를 수치스럽게 여겨 자살한다. 그러자 백상군은 선군이 숙영의 죽음 때문에 상심할 것이 두려워 임 진사의 딸과 약혼을 해 둔다.

한편 과거에 급제한 선군은 꿈을 통해 숙영의 소식을 알고 돌아와, 사건을 밝히고 매월을 죽여 원수를 갚는다. 숙영은 며칠 뒤 옥황상제의 은덕으로 다시 태어나 선군과 재회하게 된다. 그리고 선군은 숙영의 권유로 임 소저를 후처로 맞이한다. 그 뒤 세 사람은 오랫동안 부귀영화를 누리다가 함께 하늘로 올라간다.

세월은 흘러서 어느덧 8년이 지나는 동안에 자식 남매를 두었는데, 딸의 이름은 춘앵春鶯으로, 나이 여덟 살이었는데 천성이 영오총민穎悟聰敏하였다. 아들의 이름은 동춘東春으로, 나이는 세 살이었다. 동춘은 기풍은 부친 닮고 모습은 모친을 닮았으며 집안에 화기가 애애하여 더 바랄 것이 없었다. 집안 정원 동산에 정자를 짓고, 화조월석花朝月夕에 젊은 부부가 정자에 왕래하며 칠현금七絃琴을 희롱하고 노래로 화답하여 서로 즐기며 서로 돌아보아 맑은 흥취가 도도하였다. 부모는 아들이 공부에 전혀 뜻이 없는 것을 탄식하던 차,

"너희 두 사람은 천생연분이 틀림없도다."

하면서도 선군을 불러,

"이번에 알성과謁聖科를 본다는 방이 나붙었으니 너도 꼭 응과應科하라. 요행히 방榜에 들면 네 부모도 영화롭고 조상을 빛내게 되지 않겠느냐?"

하고 선군이 과거길에 오르기를 재촉하였다. 그러자 선군이 말하기를,

"우리 집에 수천 석 전답이 있고, 비복이 천여 명이며, 십리지소택十里之沼澤과 이목지소호耳目之所好를 마음대로 하는 처지인데, 무엇이 부족해서 과거에 급제하여 벼슬아치가 되기를 바라십니까? 만일 제가 과거를 보려고 집을 떠나면 낭자와는 수개월 동안의 이별이 되겠으니 사정이 절박합니다."

하고 동별당으로 돌아와서 낭자에게 부친과 주고받은 말을 전하였다. 그러자 낭자는 자세를 바로 하고,

"과거를 보지 않겠다는 낭군의 말씀이 그릅니다. 남아가 세상에 나면 입

신양명하여 부모께 영화를 뵈어 드리는 것이 마땅한 일입니다. 그런데 낭군은 규중처자를 연연한 나머지 남아의 당당한 일을 폐하고자 하니, 부모에게 불효가 될 뿐더러 세상 사람의 꾸지람이 마침내 저에게 돌아오게 됩니다. 그러니 낭군은 재삼 생각하여 빨리 과거 행장을 차리고 상경해서 남의 비웃음을 사지 않게 하십시오."

하고 노자를 준비하여 주면서,

"낭군이 이번에 과거에 급제하지 못하고 낙방거사가 되어서 돌아오시면 제가 죽고 말 테니 다른 잡념 다 버리고 어서 떠나십시오."

하였다. 선군이 그 말을 들으니 말마다 절절히 합당한지라 마지못하여 부모에게 하직하고 다시 낭자에게,

"당신은 내가 과거를 보고 돌아올 때까지 부모를 잘 모시고 애들과 함께 기다리시오."

하고 과거길을 떠나게 되었다. 그러나 낭자와의 이별이 슬퍼서 한 걸음에 돌아서고 두 걸음에 돌아보며 연연한 정을 금하지 못하므로 낭자도 중문 밖까지 나와서 먼 길에 몸조심하라고 재삼 당부하면서 슬픔을 금치 못하였다. 선군은 수심에 찬 기색이 얼굴에 가득하여 발걸음이 무거워 그날은 종일토록 삼십 리밖에 가지 못하였다. 주막에 들려서 저녁상을 받고도 오직 낭자 생각만 간절해서 음식을 먹어도 맛을 느끼지 못하여 두어 술 뜨다가 상을 물리치니 하인이 민망히 여겨서,

"식사를 그렇게 안 하시면, 앞으로 천리 길을 어떻게 가시렵니까?"

하니 선군이, "아무리 먹으려 해도 입맛이 없으니 어쩌겠느냐."

하였다. 선군은 적막한 주막방에 앉아 있노라니 마음이 산란하였다. 낭자가 옆에 있는 듯하되 보이지 않고, 소리가 들리는 듯하되 귀를 기울이면

들리지 않았다. 바늘 밭에 앉은 것처럼 마음을 진정치 못하다가 마침내, 이경 끝에서 삼경 초에 신발을 들메고 집에 돌아와 담을 넘어서 낭자의 방으로 들어갔다. 잠을 깬 낭자가 깜짝 놀라서,

"낭군님, 이 밤중에 어쩐 일입니까. 오늘 길을 떠난 분이 다시 돌아오셨으니 어찌된 일입니까?"

하니 선군이 대답하기를,

"종일토록 가다가 겨우 삼십 리를 가서 숙소를 정하였으나 다만 그대 생각뿐이라, 첩첩이 쌓인 비감한 생각을 금치 못하여 밥도 먹히지 않고 도중에서 병이 될까 염려되어 한 번 더 그대를 보고 외로운 심회를 풀려고 왔소."

하고 낭자의 손을 이끌어 금침 속으로 끌어들여서 밤이 새도록 정회를 풀었다.

이때 부친 백공白公이 아들을 과거차 서울로 보내고 도적을 살피려고 청려장을 짚고 담장 안을 돌아다니며 사방의 동정을 보다가 동별당에 이르니, 낭자의 방에서 문득 남자의 말소리가 은은히 들리니 백공이 가만히 듣다가 혼자 생각에, "며느리는 빙옥지심氷玉之心과 송죽지절松竹之節의 여인인데 어찌 외간 남자와 사통하여 음행한 짓을 할까. 그러나 세상일이란 알 수 없는 것이니 한 번 알아봐야겠다."

하고 가만히 사창 앞으로 다가서서 귀를 기울이고 엿들으니 이윽고 낭자가 낮은 음성으로,

"시아버지께서 밖에 와 계신 듯하니 당신은 몸을 이불 속에 숨기세요."

하며 또 잠이 깬 듯한 아이를 달래면서,

"너희 아버지는 장원급제하여 영화롭게 돌아오신다."

하고 어루만지거늘 시아버지 백공이 크게 의심을 품고 침소로 돌아왔다.

원전 이해하기

「숙영낭자전」은 한문 필사본인 「재생연」을 번역하고 내용을 덧붙인 소설이라고 알려져 있으나 등장인물의 이름이 다르며, 자료가 현전하지 않아 동일 작품 여부나 그 선후관계를 정확히 알 수는 없습니다.

이 작품은 양반사회 및 양반 가정을 배경으로 하여 도선 사상에 바탕을 둔 비현실적 사건을 중심적인 소재로 하여 이루어진 애정소설입니다. 작품 구조는 부모와 자식 사이의 갈등으로 이루어져 있습니다. 갈등의 원인은 효를 요구하는 부모와 애정을 추구하는 자식의 입장 차이에 있습니다. 이 갈등이 발전하면서 처절한 가정비극을 거쳐 마침내 부모의 생각이 비판받고 자식의 의지가 타당하다는 것을 입증받습니다. **효는 유교 도덕에 바탕을 둔 봉건적, 전통적 가치관이고 애정의 추구는 인간의 본능적 욕구를 긍정하는 새로운 가치관이기에 양자의 갈등은 시대적인 중요성을 지닙니다.** 더욱이 후자가 전자를 극복하는 방향으로 사건이 진행되었다는 것은 **조선 후기 사회에 실제로 있었던 가치관의 변모를 잘 보여 주고 있습니다.**

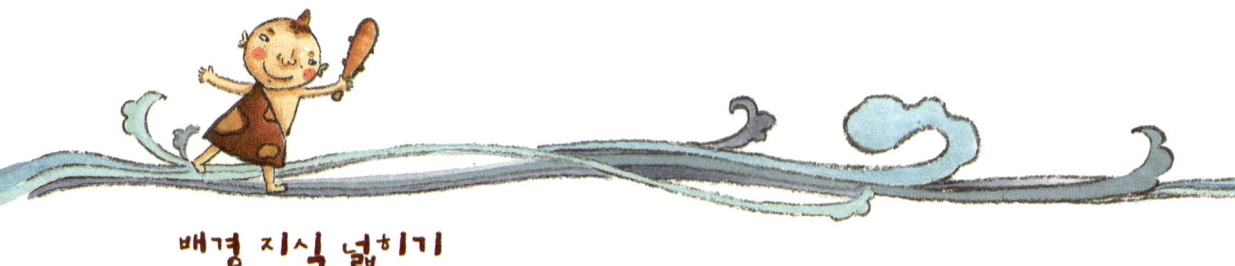

🎵 판소리 「숙영낭자전」

　판소리 「숙영낭자전」은 조선 시대 소설 「숙영낭자전」에 소리를 얹어 부른 것입니다. 판소리 열두 마당의 하나로 일명 「숙영낭자전」 또는 「백상서가」라고도 합니다. 조선 후기 송만재가 지은 「관우회」의 판소리 열두 마당에는 꼽히지 않고, 일제 강점기 때 정노식이 지은 「조선창극사」에 의하면 조선 철종 때 판소리 명창 전해종이 숙영낭자전을 잘 불렀다고 합니다. 그러나 전해종의 「숙영낭자전」은 전승되는 것이 없고 지금 전승되는 것은 일제 강점기 때 판소리 명창 정정렬이 지은 「숙영낭자전」입니다. 이것은 박녹주와 이기권에게 전해졌고 그 뒤는 박녹주의 제자, 박송희와 한농선에게 이어졌습니다. 한편 박동진이 1960년대에 판소리 「숙영낭자전」을 지어 발표 공연을 한 적이 있으나 지금 이것을 배우는 이는 없습니다.

🦋 알성시 謁聖試

작품 속에서 백선군은 알성과(알성시)를 보러 갑니다. 알성과는 조선시대에 실시된 비정규 문과, 무과 시험입니다. 알성시는 국왕이 성균관의 문묘에 가서 제례를 올릴 때 성균관 유생에게 시험을 보게 하여 성적이 우수한 몇 사람을 선발하는 것으로서, 태종 14년(1414)에 처음 실시했습니다. 문과는 초시와 복시覆試는 없고 전시殿試만으로 급제자를 선발했습니다. 알성시는 왕이 친히 참가한 친림과親臨科였습니다. 알성문과는 고시시간이 짧아 응시자가 제대로 실력을 발휘하기 어려웠고, 당일 발표하는 즉일방방卽日放榜이었기 때문에 시관試官의 수도 많았습니다. 또 친림하므로 상피제相避制가 없어 시관의 아들이나 친척도 응시할 수 있었습니다. 국초國初에는 성균관 유생과 3품 이하의 조사朝士에게만 응시자격을 주어 성균관 유생들에게 학문 의욕을 고취하는 효과가 있었고, 후에 지방의 유생들에게도 응시자격을 주었습니다.

독서지도 포인트

▶ 선군은 숙영낭자와 떨어져 있기 싫었지만 아버지와 숙영낭자의 설득에 과거를 보러 가게 됩니다. 여러분이라면 사랑하는 사람과 같이 지내는 것과 출세를 하는 것 중에서 어느 것을 택하겠습니까?

▶ 숙영낭자는 오해가 풀렸음에도 명예가 더럽혀졌다는 생각에 자살을 합니다. 명예와 목숨 중 어느 것이 더 중요할까요?

「숙영낭자전」에서 갈등의 중심을 이루고 있는 요소는 '효'와 '사랑' 입니다. 이 두 가지 가치가 충돌하여 사랑이 효를 넘어서는 모습을 보여 주고 있습니다. 그리고 이러한 점 때문에 **「숙영낭자전」은 조선 후기 사회의 가치관의 변모를 잘 보여 주고 있는 작품으로 평가받고 있습니다.** 그런데 사회가 많이 변하기는 했지만 오늘날에도 이러한 가치 충돌은 여전히 남아 있습니다. 실제로 TV 드라마를 보면 부모님이 자식의 결혼에 반대하여 부모와 자식 간의 갈등이 발생하는 모습을 많이 볼 수 있습니다. 이 문제에 대해 아이들과 이야기를 나눌 때에는 '만약에 부모님이 사랑하는 사람과의 결혼을 반대하면 어떻게 하겠는가?'라고 직접적으로 질문을 던져보는 것이 좋습니다. 그리고 부모님이 반대를 하는 다양한 상황을 만들어서 질문을 하는 것도 좋습니다. '공부에 방해가 된다', '집안 배경이 차이가 난다', '나이 차이가 많이 난다.' 등등 여러 가지 제약 요소를 만들어 보고 각

각의 경우에 따라 어떻게 해결해 나갈지에 대해서도 대화해 보면 깊이 있
는 토론이 될 것입니다.

이외에도 **예전과 비교해서 달라진 가치관들을 살펴보면 좋을 것입니다.**
유교의 영향이 강했던 우리나라의 전통적 가치관은 충, 효, 예로 요약될 수
있습니다. 이중에서 「광문숙영낭자전」은 '효'의 변모에 대해 얘기한 작품
입니다. 그렇다면 '충'과 '예'는 예전과 비교하여 어떻게 달라졌는지 이야
기를 나눠 보면 좋을 것입니다. 충의 경우 예전에는 임금에 대한 충성을 의
미했지만, 오늘날은 상황이 다르므로 국가에 대한 충성에 초점을 맞추고,
예는 웃어른에 대한 예의 쪽으로 초점을 맞추면 될 것입니다.

18

서동지전

중국 옹주땅 구궁산 토굴 속에 서대주라는 짐승이 살고 있었다. 서대주는 당 태종이 금융성을 칠 때, 종족을 거느리고 금융성에 가서 창고의 양식을 없애버리는 공을 세운다. 이 일로 황제로부터 벼슬을 받은 서대주는 잔치를 베풀어 이를 축하한다. 이때 다람쥐가 잔치 소식을 듣고 찾아가 자신의 딱한 사정을 말하고 양식을 얻어서 돌아간다. 그러나 겨울이 오자 다람쥐는 다시 굶는 신세가 되어 또다시 서대주를 찾아가 구걸하나 이번에는 거절당한다. 이에 다람쥐는 서대주에게 원한을 품는다.

결국 다람쥐는 백호산군에게 거짓으로 소송장을 올린다. 계집 다람쥐는 남편이 자신의 말을 듣지 않고 소종장을 올리자 분한 마음에 집을 나간다. 한편 백호산군은 소송이 접수됐으므로 서대주를 불러 신문을 한다. 그리고 다람쥐가 거짓말을 했음을 알게 된다. 이에 백호산군은 다람쥐를 유배보내고 서대주는 풀어 준다. 그런데 서대주는 다람쥐도 풀어 줄 것을 백호산군에게 간청한다. 서대주의 청에 백호산군이 다람쥐를 풀어 주자 죄를 뉘우치고 사과를 하는 다람쥐에게 서대주는 돈을 주어 보낸다.

　다람쥐 허리를 굽히고 머리를 숙이며 형졸을 따라 백호궁 앞뜰에 이르니, 전후좌우에 위엄이 범상치 않은지라. 감히 우러러 쳐다보지도 못하고 숨을 나직이 하여 복지대령伏地待令하였더니, 이윽고 전상殿上에서 형부 관헌이 나와 소지를 빨리 올리라 하니, 다람쥐 품속에서 일장 소지를 내어 받들어 올리는데 백호산군이 그 소지를 받아 본즉 사연에 가로되,

　하도산 낙서동에 거하는 다람쥐는 다음의 일의 이모저모를 고하나이다. 신은 본디 낙서동에서 나서 자라 천성이 어리석고 마음이 졸직拙直(성질이 고지식하고 조금도 융통성이 없음)하온 바 항상 굴 문을 나오는 바 없고, 밖으로는 강 건너 친척 없으며 오척에 동자 없고 척신이 고고하여 다만 미천한 계집과 약한 자식으로 더불어 낮이면 초산에서 나무를 베며 산야에서 밭을 갈고, 밤이면 탁군에 자리를 치며 패택에 신을 삼고, 춘하에 사엽하며 추동에 독서하여 동서를 분간치 못하고, 만수 천산 깊은 곳에 꽃을 보면 봄철을 짐작하고 잎을 보면 여름을 깨닫고 낙엽으로 가을을 양도하며 서리와 눈이 내리면 겨울임을 알아 문호에 명철보신明哲保身(총명하고 사리에 밝아 일을 잘 처리하여 자기 몸을 보존함)으로 일삼고 청운에 공명을 기약치 아니하여 부귀를 뜻하지 아니하고 천수만목千樹萬木의 열매를 거두어 양식을 삼고 하루하루 재산을 계산하옵더니, 뜻밖에 지난 달 보름밤에 구궁산 팔괘동에 거하는 서대주 놈이 노복쥐 수십 명을 데리고 한밤중에 신의 집에 불문곡직不問曲直하고 돌입하여 천봉만학에 흐르는 날밤과 높은 봉우리와 험준한 골짜기에 떨

어진 잣을 천신만고하여 주우며 거두어, 비바람 치고 눈 오는 추운 겨울날에 깊은 엄동을 보전코자 저축하온 양미 수십여 석을 탈취하여 가며 오히려 신을 무수히 난타하온즉, 신의 슬픈 정세는 땅 없는 외로운 망량魍魎(산도깨비)이라. 막막한 세상에 호소할 곳 없는고로 극히 원통하와 한 조각 원정을 지어 가지고 엎디어 백호산군 밝은 다스림 아래에 올리옵나니 신의 참상을 살피신 후에 능력을 발하사 이 같은 서대주 놈을 성화착래星火捉來(급히 붙잡아 옴)하여 엄형으로 중히 다스려 잔약한 신의 약탈된 양미糧米(양식으로 쓰는 쌀)를 찾아 주옵소서. 혈혈단신으로 의지할 곳 없는 잔명이 한을 품고 억울하게 죽는 일이 없게 하옵심을 천만 빌어 산군주 처분만 바라나이다.

(무진 정월일에 고장을 올림)

하였거늘 백호산군이 읽기를 마치고 제사題辭(관부에서 백성이 제출한 소장이나 원서願書에 쓰던 관부의 판결이나 지령)를 불러 왈,

"대개 만물의 가볍고 무거움을 알고자 할진대 저울을 사용하는 것만 같음이 없고, 송사의 바르고 그릇됨을 아는 데는 양쪽의 말을 듣는 것만 같음이 없나니, 한편의 말만 듣고 좋고 나쁨을 경솔하게 판결치 못하리라. 소진蘇秦의 말로써 진나라를 배반함이 어찌 옳다 하며 장의張儀의 말로써 진나라를 섬김이 어찌 그르다 하리오. 소장訴狀 양쪽의 말을 같이 들은 연후에 종횡을 쾌히 결단하리니, 다람쥐는 우선 옥으로 내리고 서대주를 즉각 잡아와서 상대한 연후에 가히 밝게 분변하리라."

한 번 제사하매 오소리와 너구리 두 형졸로 하여금 서대주를 빨리 잡아 대령하라 분부하니 두 짐승이 명을 듣고 나올새 오소리가 너구리더러 일러 왈,

"내가 들으니 서대주 재물이 많으므로 심히 교만하매 우리가 매양 괴악

히 알아 벼르던 바였는데, 오늘 우리에게 걸렸는지라. 이놈을 잡아 우리를 괄시하던 일을 설분하고 또 소송당한 놈이 피차 예물을 바치는 전례는 위에서도 아는 바라. 수백 냥이 아니면 결단코 놓지 말자."

하고 둘이 서로 약속을 정하고, 호호탕탕한 기분을 내며 예기銳氣(날카로운 기세)는 맹렬하여 바로 구궁산 팔괘동에 이르러 토굴 밖에서 소리 높여 부르며 가로되,

"서대주 고소를 당하여 백호산군의 명을 받아 패자牌子(높은 지위에 있는 사람이 지위가 낮은 사람에게 공식으로 주는 글발)를 가지고 잡으러 왔나니 서대주는 빨리 나오고 지체 말라."

독촉이 성화같은지라. 비복들이 이 말을 듣고 혼백이 흩어져 버리는 듯 놀라서 급급히 들어가 서대주께 연유를 고할 새, 서대주가 호흡이 급해지고 한출첨배汗出沾背(몹시 민망하고 창피함)하는지라. 모든 쥐들이 이를 보고 눈을 둥글고 두 귀 발록발록하여 황황망조遑遑罔措(마음이 급하여 어찌할 줄을 모르고 허둥지둥함)하거늘 서대주 왈,

"너희들은 놀라지 말라. 옛말에 일렀으되 칼이 비록 비수라도 죄 없는 사람은 해치지 못한다 하였으니 우리 본디 죄를 범한 바 없는지라 무엇이 두려우리오."

인하여 자손과 노복쥐를 데리고 토굴 밖으로 나오니 오소리와 너구리가 서대주 나옴을 보고 더욱 의기양양 하는지라. 서대주 오소리를 보고 흔연히 웃어 가로되,

"오 별감은 그 사이 무양하셨느뇨. 나는 층암절벽 한 곳에 토굴을 의지하고 그대는 천봉만학 경치가 빼어난 곳에 산군을 모시고 있어 유현幽顯(사람의 눈에 띄지 아니하는 곳과 눈에 띄는 곳)의 길이 다른지라. 마음은 항상 생각이

있으나 승안접사承顔接事(웃어른을 만나 뵙는 일)를 일차 부득하더니 오늘 관고官故로 말미암아 누추한 곳에 오셔서 의외로 청안清顔을 대하니 패자예차는 천천히 수작하려니와 일배 박주薄酒(맛이 좋지 못한 술)를 잠깐 나누기를 바라노니 허락함이 어떠리오."

오소리는 본디 마음이 순박한지라, 서대주의 대접이 심히 관후함을 보고 처음에 발발하던 마음이 춘산에 눈 녹듯이 스러지는지라. 서대주더러 왈,

"우리 백호산군의 명을 받아 서대주와 다람쥐로 더불어 재판코자 하여 성화 착래하라 분부 지엄하니 빨리 행함이 옳거늘 어찌 조금이나 지체하리오."

장자長子 쥐 왈,

"오 별감 말씀이 옳은지라, 어찌 두 번 청함이 있으리요마는 성인도 권도權道(그때그때의 형편을 따라 일을 처리하는 방도)함이 있나니 원컨대 오 별감은 두 번 살피라."

모든 쥐들이 일시에 간청하며 서대주는 오소리의 손을 잡고 장자 쥐는 너구리를 붙들고 들어가기를 청하니, 너구리는 본래 음흉한 짐승이라 심중에 생각하되,

'만일 들어가는 경우에는 죄인 다루는 데 거북할 테니 정신을 차려야 한다. 그리고 기왕에 뇌물을 받으려면 톡톡히 실속을 차려야 한다.'

하며 소매를 떨치고 거짓 노왈,

"관령은 지엄하고 갈 길은 멀고 날은 저물어 가는데 어느 때에 술 마시고 완유玩遊(천천히 즐김)하리오. 관령이 엄한 줄 알지 못하고 다만 일배 박주에 팔려 형장이 이 몸에 돌아오는 것은 생각지 못하는가. 나는 굴 밖에 있으리니 빨리 다녀오라."

하고 말을 마치며 나와 수풀 사이에 앉아 종시 들어가지 않는지라.

원전 이해하기

「서동지전」은 「서용전」, 「서옹전」, 「다람전」 등으로 불리기도 합니다. 쥐들의 소송사건을 소재로 한 의인소설로 풍자소설의 유형을 띤 작품입니다. 「서동지전」은 국문소설로, 「서옥기」, 「서대주전」 등의 한문본과는 전혀 별개의 작품입니다. 「서동지전」은 인간사회에도 간악한 다람쥐 같은 배은망덕한 인간이 있음을 경계하는 것을 주제로 하고 있습니다. 따라서 이 작품은 **사필귀정과 권선징악의 교훈성을 강하게 나타내고 있습니다.** 또한 작품 내면에는 봉건적인 정치, 윤리, 경제 체제를 거부하고 새로운 인간상을 추구하려는 **근대지향적 주제도 숨어 있습니다.** 이 외에도 다람쥐와 아내의 다툼은 가부장적 권위에 대한 비판의식을 보여 주고 있어 주목됩니다. 남존여비 사상이 투철했던 당시 윤리관으로 볼 때, 올바른 충고를 들어주지 않고 욕설을 퍼붓는 남편에 대해 아내가 항거하는 장면은 주목할 만합니다. 그리고 계집 다람쥐가 남편을 버리고 집을 뛰쳐나오는 내용도 당시의 윤리관이나 인습으로 보아서는 과감한 저항으로 판단할 수 있습니다.

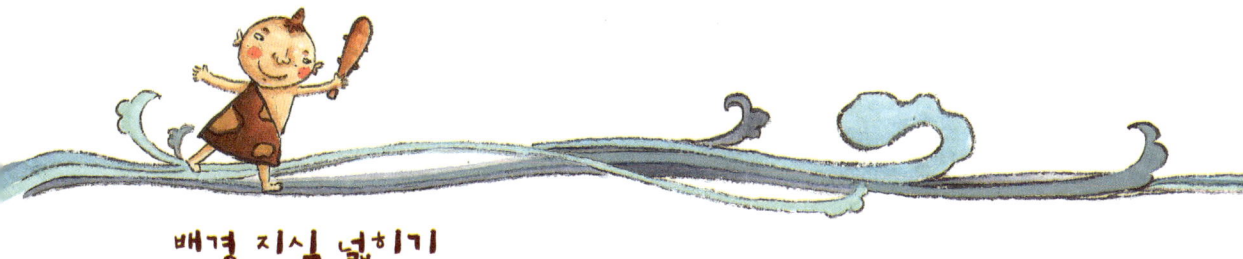

배경 지식 넓히기

송사소설

'송사소설'은 억울한 일을 관청에 호소하여 해결하는 것을 주요 내용으로 하는 고전소설입니다. 따라서 송사사건訟事事件의 발생, 해결과정 및 그 결과가 소설의 발단과 분규 및 결말에 대응되는 구조를 이루며 전개됩니다. '송사소설'은 사법司法관청의 법정에서 자라난 소설이라는 뜻에서 공안소설公案小說이라고도 합니다. 그런데 공안이라는 용어는 원래 중국어로, 이 말의 본래 의미는 관공서의 문서라는 뜻이었습니다. 그것이 뒷날 재판사건의 문서라는 의미로 전용되어, 중국의 소설이나 희곡의 한 갈래 명칭으로 쓰이게 된 것입니다. 공안이란 용어가 소송사건, 재판사건이라는 뜻으로 쓰인 용례를 우리 문헌에서 찾을 수 없고, 또 이는 재판사건에서의 해결자를 중심으로 하는 용어이기 때문에 대립 당사자 중심으로 전개되는 송사소설 작품을 지칭하기에는 그 포괄성이 부족합니다.

「서대주전」

「서대주전」은 「서동지전」처럼 쥐가 주인공이고 송사를 다루고 있지만, 내용은 전혀 다른 소설입니다. 내용은 다음과 같습니다.

서대주 일족은 극심한 흉년에다 겨울이 다가오자 양식 걱정에 빠진다. 그래서 남악산에 사는 타남주(다람쥐)의 알밤을 훔쳐 온다. 그러자 타남주는 재물과 식량을 깡그리 도둑맞은 사실을 알고, 평소 강도로 소문난 서대주 일족의 소행이라 단정하고 고소한다.

소지所志(고소장)를 접한 수령은 서대주를 잡아들인다. 그런데 서대주는, "평소 타남주가 무례하고 무도한 행동을 많이 하는지라 그를 꾸짖은 적이 있는데 아마도 그에 원한을 품고 간악한 소송을 한 것 같다"고 도리어 타남주를 모함한다. 서대주의 변론을 들은 수령은 더 이상의 진상 조사도 하지 않고 서대주를 석방하고, 타남주는 죄 없는 사람을 무고한 죄로 절해고도에 유배하라는 판결을 내린다.

이 작품에서 작자는 절도범인 서대주의 뇌물에 농락당하는 사령들의 모습, 서대주의 재산을 노리는 수령의 탐심, 이를 알고 뇌물로써 판결을 오도하는 서대주의 간악상 등을 치밀하게 그림으로써 **경제적 힘에 의해 농락되는 변동기 사회의 심각한 현실을 효과적으로 비판**하고 있습니다.

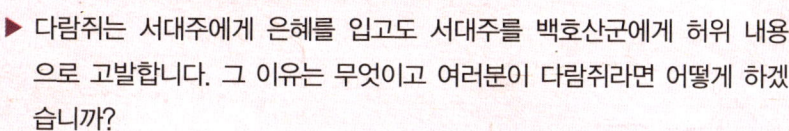

▶ 다람쥐는 서대주에게 은혜를 입고도 서대주를 백호산군에게 허위 내용으로 고발합니다. 그 이유는 무엇이고 여러분이 다람쥐라면 어떻게 하겠습니까?

▶ 아내 다람쥐는 소송의 부당성을 호소하지만 남편에게 모욕을 당하고는 분한 나머지 집을 나가고 맙니다. 여필종부를 따지는 옛날의 시대적 분위기로는 상상하기 힘든 일인데 어떻게 생각하십니까?

▶ 서대주는 누명을 벗고서 다람쥐를 선처해 달라고 합니다. 그 결과는 어떠하고, 어린이 여러분의 생각은 어떠한가요?

「서동지전」에서 가장 흥미로운 것은 쥐가 주인공이고 다람쥐가 악역을 맡고 있다는 것입니다. 보통의 경우라면 귀여운 다람쥐가 주인공이 되고 생김새가 혐오스럽고 곡식을 도둑질하는 쥐가 악역을 맡았을 것입니다. 물론 쥐가 주인공인 이야기나 소설들이 있기는 하지만 긍정적인 이미지보다는 꾀 많고 약삭빠르기 때문에 얄미운 경우가 많습니다. 따라서 아이들과 '쥐'에 대한 일반적인 이미지에 대해 이야기를 나눠 보고 「서동지전」에서는 왜 쥐를 긍정적인 인물로, 다람쥐를 부정적인 인물로 묘사했는지에 대해 토론을 해 보면 좋을 것입니다.

이에 대한 해답은 당시의 사회변화에서 찾을 수 있습니다. 조선 후기는

양반의 힘이 점점 약해져 가고 상공업자들이 서서히 떠오르던 시기였습니다. 따라서 기존에 이미지가 천했던 쥐는 조선 후기 급성장한 상공업자들을, 기존에 이미지가 좋았던 다람쥐는 기존 기득세력인 양반들을 묘사한 것으로 볼 수 있습니다. 즉, **두 세력의 바뀐 위상을 해학적으로 풍자한 것**입니다.

이렇게 시대가 변해가는 모습은 아내 다람쥐가 남편 다람쥐의 잘못을 지적하고 집을 나가는 모습에서도 볼 수 있습니다. 기존의 **남성우월적인 가치관을 깨뜨리고자 하는 의지의 표현**이라고 할 수 있습니다. 그런데 아내 다람쥐가 남편 다람쥐와의 갈등을 해결하는 방법에는 문제가 있어 보입니다. 과연 집을 나가는 것이 최선의 방법이었는지 아이들과 함께 이야기해 보면 좋을 것입니다.

이외에도 '만약 내가 백호산군이었다면 어떤 판결을 내렸을까?' 라는 질문을 던져 보고 토론을 한 뒤 '송사소설'에 대한 설명을 곁들이면 아이들이 작품을 이해하는 데 도움이 될 것입니다.

19

숙향전

줄거리

중국 송나라 때, 스무 살 김전이 살고 있었다. 어느 날 김전은 친구의 벼슬길을 전종하러 마을에 갔다 위험에 빠진 거북이를 살려 준다. 그 뒤 거북역시 이에 대한 보답으로 배가 뒤집혀 물에 빠지게 된 김전을 살려 준다.

세월이 흘러 김전은 장희의 딸과 결혼하여 숙향을 낳고 행복하게 살지만, 숙향이 5세 되던 해에 금나라가 쳐들어와 그들은 피란을 떠난다. 그런데 피란 도중 김전 부부와 숙향은 이별을 하게 된다. 숙향은 다행히 장 승상 댁에 양녀로 들어가 살게 되지만 장 승상 댁의 종 사향의 모함으로 곧쫓겨나게 된다.

갈 곳이 없어 이리 저리 떠돌던 숙향은 마고 할미의 도움을 받아 마고 할미의 집에서 수를 놓으며 살아갈 수 있었다. 어느 날 숙향은 꿈속에서 본

광경을 수로 놓고 마고 할미는 이것을 장에 내다 판다. 이때 이선이 우연히 숙향이 놓은 수를 발견하고 꿈에 숙향과 결혼할 거라던 선녀의 말을 떠올려 숙향을 찾아 나선다. 이선은 우여곡절 끝에 숙향을 만나 결혼을 결심하지만 아버지의 반대에 부딪친다. 그럼에도 이선이 결혼을 강행하려 하자 이선의 아버지는 지방 관리로 있던 김전에게 숙향을 죽이도록 명령한다. 하지만 김전은 숙향이 자신의 딸인지 알아보지 못하면서도 차마 죽일 수 없어 옥에 가두어 두고 떠난다.

그 후 숙향은 옥에서 풀려나나 마고 할미는 이미 하늘나라로 올라간 뒤라 의지할 곳이 없었다. 그래서 방황하던 숙향은 이선의 어머니를 만나 오해를 풀고 이선과 결혼하게 된다. 그리고 과거에 급제한 이선을 따라 나서다 양부모였던 장 승상을 만나고, 친부모인 김전도 만나게 된다. 이로써 흩어졌던 가족이 모두 모이게 된다. 숙향과 이선은 오랫동안 행복하게 살다가 하늘로 올라간다.

낙양 땅에 한 명공名公이 있으니 이름이 이모李某였다. 대대로 공후자손公侯子孫으로 공에게 이르러서 벼슬이 이부상서吏部尚書에 이르고 또 황제가 위공魏公에 봉封하니 명망이 조야朝野에 파다하고 재물이 또한 일세에 으뜸이었다. 다만 슬하에 일점혈육이 없어 애달아하더니 부인이 친정에 갔다가 대성사 부처가 영험하다는 말을 듣고 향촉香燭을 갖추어 아이 낳기를 빌고 돌아왔더니 이날 밤 꿈에 한 부처가 와서 말하기를,

"상서가 전생에 무죄한 사람을 많이 죽였기에 자식이 없도록 점지하였으나 그대 정성이 지극하므로, 귀자貴子를 점지하노라."

하고, "어서 돌아가라."

하니 부인이 사례하다가 깨어났다. 기쁨을 이기지 못하여 부모께 하직하고 집에 돌아오니 상서가 맞이하여 물어 말하기를,

"부인은 어찌 이렇게 더디 오셨습니까?"

하니 부인이 대답하여 말하기를,

"대성사 부처께서 신통이 영험하다는 말을 듣고 자식 낳기를 빌고 왔습니다." 하였다. 상서가 말하기를,

"자식을 빌어서 낳을 량이면 천하에 자식 없는 사람이 누가 있겠습니까?"

하더니 그날 밤 꿈에 붉은 곤룡포를 입은 선관이 채운을 타고 내려와 재배하여 말하기를,

"소자는 옥제 앞에서 옥제를 모시던 태을진인으로, 죄를 지어 인간 세상으로 내치심에 의탁할 곳이 없더니 대성사 부처님이 지시指示하기에 이리로

왔습니다."

하는 것이었다. 상서가 놀라 깨어나 부인더러 말하기를,

"부인이 대성사로 가 기도하고 나서 몽사夢事가 이러하니 기이합니다."

하였다. 과연 그날부터 잉태하여 십 삭이 차니 이때는 사월 초파일이었다. 문득 채운彩雲이 집을 두르고 이상한 향기가 집에 가득하거늘 부인이 이상하게 여겨 시비로 하여금 집안을 청소하게 하였다. 오시午時쯤 되어 선녀가 부인의 방으로 들어오며 말하기를,

"때가 되었으니 부인은 편히 누우소서."

하고 붙들어 구호하였다. 이윽고 일개 옥동玉童을 순산하는지라, 선녀가 옥병을 기울여 아기를 씻겨 누이거늘 부인이 물어 말하기를,

"선녀는 누구십니까?"

하니 선녀 대답하여 말하기를,

"우리는 해산을 돕는 선녀로서 오늘 태을선군이 하강하기로 왔습니다. 이 아이의 배필은 남양 땅 김전의 딸 숙향입니다. 숙향이 월궁소아로서 이제 하강하기에 그리로 가나이다."하고 문득 간 데 없었다.

이날 위공이 궐내闕內로부터 집에 돌아와 아이를 보니 꿈에 보던 선관 같거늘 이름은 선이라 하고 자字는 태을이라 하였다. 선이 점점 자라 팔구 세에 이르니 하나를 들으면 열을 아는 재주가 있고 기골이 비상하여 공경대부公卿大夫로서 딸을 둔 이들은 모두 구혼을 아니 하는 이가 없었다. 선이 매양 자부하여 말하기를,

"월궁선녀 아니면 취처娶妻치 않으리라."

하고 부모 또한 택부擇婦하기를 신중하게 하였다.

하루는 선이 부친께 고하여 말하기를,

223

"과거일이 멀지 아니하니 한 번 응시應試하고자 합니다."

위공이 말하기를,

"네 재주는 남음이 있으나 일찍 등과登科함이 불가하니 아직 더 기다려라."

하니 선이 울민鬱悶(마음이 답답하고 괴로움)하여 산수山水에 놀기를 일삼다가 한 곳에 이르니 그곳은 대성사라는 절이었다. 두루 유람하다가 몸이 피곤하여 난간을 의지하여 졸고 있는데 부처가 말하기를,

"금일 서왕모 잔치에 모든 선관 선녀들이 모이니 그대는 나를 따라와 구경하라."

하고, 한 곳에 다다르니 연화 만발하고 누각樓閣이 의의한지라 부처가 말하기를,

"내 먼저 들어가리니 그대는 뒤를 따르라."

하니 이선이 말하기를,

"동서를 구분할 수 없으니 어찌하겠습니까?"

하였다. 부처가 웃고 대추 같은 것을 주거늘 선이 받아먹으니 정신이 황연하여 전생 일이 뚜렷한지라 부처를 따라 들어가 옥제를 뵈오니 상제께서 물어 말했다.

"태을아 인간 재미 어떠하며 소아를 만나 보았느냐?"

이선이 땅에 엎드려 사죄하니 상제께서 한 선녀를 명하여,

"반도와 계화를 주라."

하시어 선녀 옥반에 받들어 주거늘 이선이 이를 받으며 선녀를 눈 주어 보니 선녀 부끄러워 몸을 두루치다가 옥지환의 진주를 떨어뜨렸다. 선이 손에 진주를 집을 즈음에 그 절 저녁 북소리에 놀라 잠을 깨니 호접춘몽이었다.

224

　「숙향전」은 작자와 연대 미상의 고전소설로 「이화정기」, 「이화정기우기」라는 이름으로 불리기도 합니다. 창작시기는 1754년 유진한의 「가사춘향가」에 언급된 것으로 보아 적어도 18세기 중엽 이전에 지어졌음을 알 수 있습니다. 이옥의 「이언」, 「아조편」에 규방의 부녀자가 이 책을 읽는 장면이 나오는가 하면, 조수삼의 「추재집」 권7에 전기수傳奇叟(이야기책을 전문적으로 읽어 주던 사람)가 동문 밖에서 읽었다는 기록으로 보아 상하층에 걸쳐 두루 애호되었음을 알 수 있습니다.

　「숙향전」에서 여자주인공이 고난과 역경 속에서도 애정을 포기하지 않는다고 설정되어 있는 것은 여성의 관심사를 다루면서 애정 성취의 욕구를 중요시하게 여기는 사회 시각의 변화와 관련이 있습니다. 조선 후기 여성 독자층의 요구나 의식과 밀접한 관계를 맺고 그러한 성향의 소설이 성행하는 데 이 작품이 큰 자극제가 되었을 것으로 추측할 수 있습니다. 한편, 김전이 거북의 보은報恩을 받고, 물속의 신이한 존재나 사슴, 화덕진군, 마고할미 등이 위기 해결에 계속 도움을 주는 구실을 하는 것은 이 작품이 도교적 성격을 가지고 있음을 말해 줍니다.

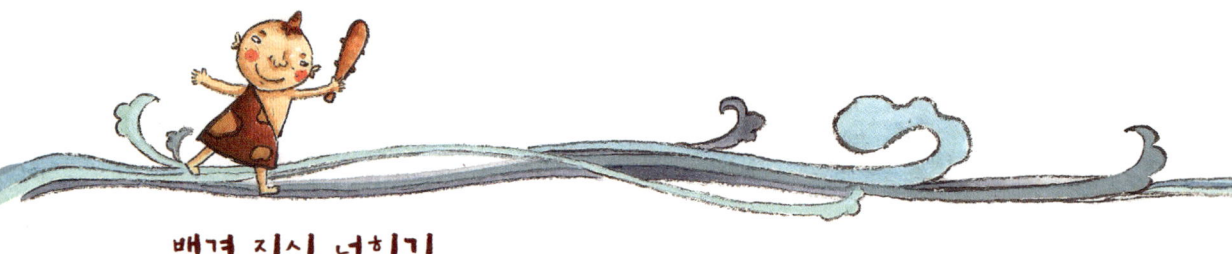

배경 지식 넓히기

🌱 적강소설 謫降小說

'적강소설謫降小說'에서 '적강謫降'이라는 말은 하늘나라의 신선이나 선녀가 인간 세상에 내려오거나 사람으로 태어나는 것을 이르는 말입니다. 신선이나 선녀가 인간 세상으로 내려오는 이유는 하늘에서 죄를 지었기 때문입니다. 따라서 일정 기간 인간 세상에서 죄를 씻은 후에 하늘나라로 다시 올라가게 됩니다.

적강소설의 주인공들은 비록 죄를 짓고 인간 세상에 내려오기는 하지만 인간들과는 구분되는 능력을 지닙니다. 대부분의 경우 인간 세상에서 비범한 능력을 지니게 되고 영웅적인 활약을 펼칩니다. 따라서 **하늘에서 내려왔다가 다시 올라간다는 점만 제외하면 영웅소설의 구조와 매우 비슷한 구조를 지닙니다.** 대표적인 소설로는 「구운몽」, 「유충렬전」, 「숙향전」 등이 있습니다.

🌱 마고 할미

「숙향전」에서 숙향을 도와주는 마고 할미는 우리나라뿐만 아니라 중국, 일본 등의 신화에 등장하는 인물입니다. 신라시대 박제상이 쓴 「부도지」라는 책을 보면 우리 민족이 세운 첫 국가가 고조선이 아니라 마고가 세운 마고성 또는 마고의 나라라고 합니다. 그런데 마고의 나라가 세워진 시기는 지금으로부터 약 1만 2천 년 전으로, 지금의 파미르 고원에 세웠다고 합니다. 파미르 고원에 있는 마고성은 지상에서 가장 높은 성이며 주인은 마고라는 여성(혹은 여신)인데 마고에게는 궁희와 소희라는 두 딸이 있었고 이 둘이 겨드랑이로 출산을 하여 궁희는 황궁과 청궁, 소희는 흑소와 백소를 낳습니다. 그리고 이들은 4명의 천녀와 결혼하여 12명의 자식을 낳는데 이들이 인간의 시조라고 합니다. 이를 보면 우리나라의 마고 할미 신화는 창세신화와 관련이 있음을 알 수 있습니다. 제주도에 남아 있는 설문대할망 설화도 마고 할미 설화로 보고 있는데 이 역시 창세설화입니다.

부도지　신라 눌지왕 때 박제상이 저술했다는 사서인 『징심록』의 일부로 우리의 상고사를 기술한 사서 중 가장 오래전의 역사를 기술했다. 조선시대 김시습이 고어에서 당시의 글로 풀이했다고 한다.

독서지도 포인트

▶ 주인공 숙향은 여러 번 죽을 고비를 넘기면서도 이선과 운명적인 사랑에 성공합니다. 여러분이 숙향의 입장이라면 어떤 사랑을 할 것인지 말해 보세요.

▶ 숙향의 아버지 김전은 어부들에게 잡힌 거북을 놓아 주고 나중에 목숨을 건집니다. 숙향은 여러 사람들에게 은혜를 입고 목숨을 건집니다. 만약 숙향처럼 은혜를 입은 사람이 너무너무 많을 경우에 여러분이라면 어떻게 하겠습니까?

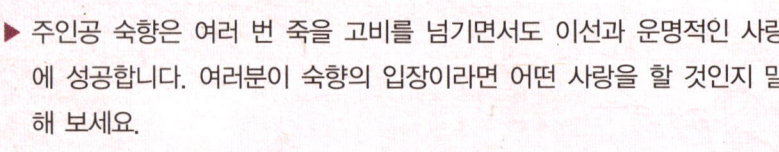

「숙향전」에서 주인공 숙향은 어떤 고난과 역경에도 굴하지 않고 자신의 사랑을 쟁취합니다. 이는 당시 **조선 후기 사회의 달라진 여성상을 보여 주는 것이라는 평가**가 지배적입니다. 한편으로는 당시 사람들의 운명론적인 세계관을 엿볼 수도 있습니다. 숙향이 그 모든 어려움을 견뎌 낼 수 있었던 것은 이선과 자신은 하늘이 맺어준 인연임을 확신하고 있었기 때문입니다. 이처럼 당시 사람들은 하늘이 정해준 운명이 있다는 것을 믿었으며 가급적이면 그 운명을 받아들이려 노력하며 살았습니다. 이에 대해 아이들과 얘기를 나눌 때는 '운명이라는 것이 정말로 존재하는 것일까?', '존재한다면 나는 어떤 운명을 가지고 태어났을까?', '운명이라는 것이 없다면 삶을 어떻게 살아가야 할까?' 와 같은 질문들을 주고받으면 좋을 것입니다.

　그리고 「숙향전」에서 또 한 가지 살펴봐야 할 것은 **'보은사상'**입니다. 대부분의 고전소설에서 위험에 빠진 주인공을 도와주는 조력자들은 도움만 주었지 그에 대한 보답을 받지는 않습니다. 그런데 「숙향전」은 다릅니다. 김전은 거북을 구해 주고 후에 거북의 보은을 받게 됩니다. 숙향은 마고 할미를 만나기 전까지는 여러 구원자의 도움을 받으며 살아갑니다. 그리고 훗날 정렬부인이 되어 안정된 생활을 하자, 일일이 도움에 보답을 합니다. 즉, 도움을 받으면 반드시 갚는 모습을 보여 주고 있습니다. 아이들과 이에 대해 토론을 할 때는 **'도움'에 대해 여러 각도에서 살펴보면 좋습니다.** 예를 들어 '도움을 줄 때는 아무런 조건 없이 도와줘야 하는가?', '도움을 받으면 꼭 갚아야 하는가?', '어떤 사람을 도와야 하는가?' 등등 다양한 질문을 통해 아이들에게 남을 돕는다는 것에 대한 의미를 확립시켜 줄 수 있습니다. 더불어 오늘날 **우리 사회의 기부와 나눔의 문화에 대해서까지 토론의 범위를 넓힐 수 있다**면 더욱 깊이 있는 토론이 될 것입니다.

20

임경업전

　충청도 충주 달천촌에서 태어난 임경업은 비범한 인물로서 무과에 합격한 뒤 이시백의 무관으로 명나라에 따라 가게 된다. 이때 가달의 침입을 받은 호국이 명에 구원병을 청하자, 임경업이 명군을 이끌고 출전해 호국을 구하고 귀국한다.

　하지만 호국은 힘이 커지자 조선을 침략하려 한다. 이에 조정에서는 임경업을 의주로 보내 호국의 침략을 막게 한다. 호국 군대는 임경업의 용맹을 익히 알고 있었으므로 임경업을 피해 바다로 들어와 도성을 공격한다. 결국 인조는 항복을 하게 되고 호국의 군대는 본국으로 돌아간다.

　임경업은 이 소식을 듣고 분한 마음에 호국 군대를 치려 하지만 인질로 세자와 대군이 잡혀 있어 복수를 포기한다.

호국은 임경업을 그대로 두면 문제가 될 것이라고 생각해 임경업을 제거하려 한다. 그래서 임경업에게 명나라를 치도록 요구해 온다. 하지만 임경업은 이를 이용해 명나라와 손을 잡고 호국을 치려 한다. 이 사실을 알게 된 호왕은 임경업을 잡아들이려 하나 눈치를 챈 임경업은 명나라로 도망친다. 그러나 승려 독보의 배반으로 임경업은 호국에 잡히는 신세가 된다.

　　호왕은 임경업을 심문하다 그의 충절과 의리를 높이 사서 세자와 함께 조선으로 돌려보낸다. 하지만 임경업이 돌아온다는 소식을 듣고 자신의 계획에 방해가 될까 봐 겁이 난 김자점은 임경업을 암살한다.

　　왕은 꿈속에서 임경업을 만나 그의 억울한 죽음을 알게 되어 김자점을 죽이고 임 장군을 위로하며 충의를 포상한다.

대명 숭정(연호) 말, 조선국 충청도 충주 단월이라는 땅에 임경업이라는 사람이 있었다. 그는 어려서부터 열심히 글공부를 하였을 뿐만 아니라 아침이면 논밭에 나가 땅을 갈고 농사를 지었다. 온갖 정성을 다해 홀어머니를 섬겼으며 형제 사이에는 정이 지극해 그를 아는 사람들은 입을 모아 칭찬했다.

임경업은 마음이 너그러워 사람을 좋아했다. 또 빈번히 이렇게 말했다.

"남자가 세상에 태어난 이상 마땅히 출세하여 세상에 이름을 드날리고 임금을 섬겨 길이길이 역사에 남아야 할 텐데, 어찌 이처럼 속절없이 한낱 풀과 나무처럼 시골 구석에서 썩고 있어야 한단 말인가!"

시간이 흘러 열 살이 된 임경업은 밤이면 병서를 읽고, 낮이면 무술을 익히고 말을 타고 달렸다. 임경업이 열여덟 살이 되었을 때, 나라에서 과거시험을 치른다는 소식을 들었다. 임경업은 한양으로 올라가 무과 시험을 치러 시험에 일등으로 합격했다.

시험에 일등으로 합격한 사람은 풍악을 울리면서 시가행진을 벌여야 했다. 그래서 임경업도 풍악을 울리면서 시가행진을 벌였다. 또, 시험관, 선배 급제자, 친척 등을 찾아가 인사를 드렸다. 인사를 드린 후에는 시간을 얻어 고향으로 돌아가 어머니를 뵙고 이웃마을에 사는 친척들을 불러 잔치를 벌여 즐겼다. 잔치가 끝나고 얼마 지나지 않아 임경업은 어머니께 인사드리고 한양으로 올라갔다. 한양에 올라온 임경업은 맡은 일을 열심히 했다. 이렇게 삼 년이 흐르자 만호자리에 올라 백마강 주변에 배치됐다. 만호란 각 도와 진에 배치되어 군대를 지휘하는 무관의 자리이다.

임경업이 백성을 사랑하여 농업을 권하며 무예를 가르치자 임경업이 '백마강을 잘 다스린다'라는 소문이 조정에 들렸다.

이때, 우의정 원두표가 임금님께 아뢨다.

"천마산성은 방어 중지인데 성벽이 오래되어 무너져 간다고 합니다. 그러니 재주 있는 사람을 보내 새로 손질하는 것이 마땅하옵니다."

임금님이 고개를 끄떡였다.

"그럼 이 일을 맡을 사람을 경이 천거해 보게."

원두표가 임금님께 아뢰었다.

"백마강 만호 임경업이라면 그 일을 할 수 있을 것 같습니다."

임금님께서 이를 받아드려 임경업에게 천마산성 중군이라는 벼슬을 내렸다. 중군이란 각 군대의 대장을 말한다.

임경업은 임금님의 명을 받고 기뻐했다. 그러나 한편으로는 그동안 함께 지내온 병사들을 생각하니 마음이 아팠다. 그래서 군사를 위로하며 잔치를 베풀었다. 임경업은 술자리에서 잔을 잡고 말했다.

"내 너희에게 베푼 것도 없는데, 이처럼 나와 헤어짐을 슬퍼하니 무척 고맙다."

이어 잔을 들어 권하자, 모든 군사들이 잔을 받으며 말했다.

"저희들에게 장군님은 부모와 같으신 분입니다. 그런 분과 하루아침에 이별하려니 갓난아기가 어머니를 잃어버린 것처럼 마음이 아픕니다."

그렇게 그들은 아쉬워하며 작별의 시간을 보냈다. 다음날 임경업은 군사들과 헤어졌다. 그때 군사들이 멀리 나와 작별 인사를 했다.

임경업이 한양에 올라와 이조 판서를 뵙고 인사를 드리자 이조 판서가 말했다.

"그대의 좋은 소문이 조정에 들려, 내 우의정과 의논하여 왕께 말씀드렸네."

임경업은 이조 판서의 칭찬에 감사하며 다음과 같이 말했다.

"소인 같이 재주 없는 자를 나라에 추천하여 높은 벼슬을 내리시니 몸들 바를 모르겠습니다."

임경업은 이조판서께 인사를 드린 후 대궐에 들어가 우의정인 원두표를 뵈었다. 임경업이 인사를 드리자 원두표가 말했다.

"그대 재주가 만호에 오래둠이 아까워서 임금님께 말씀드린 것이니 빨리 내려가 성을 고치는 일을 신속히 해주게."

임경업은 원두표의 말에 감사하며 다음과 같이 말했다.

"제가 실력이 부족하지만 열심히 하겠습니다."

임경업은 우의정인 원두표에게 인사를 마친 후 천마산성으로 갔다. 천마산성에 도착한 후에 성을 돌아보니 손질하고 고치기가 어려워 보였다. 그래서 바로 임금님께 글을 써서 천마산성의 상태에 대해 보고하고 공사에 필요한 일꾼들을 보내 주셨으면 좋겠다고 청을 올렸다. 임금님께서 즉시 병조에 말하여, 건장한 군사를 뽑아 임경업에게 보냈다.

마침내 임경업이 군사들과 함께 공사를 시작했다. 하지만 공사는 힘이 많이 드는 일이었다. 그래서 그는 힘든 일을 하는 군사들을 위해 소를 잡고 술을 빚어 잔치를 벌였다. 임경업이 말의 피를 마시며 말했다.

"나라의 명을 받아 천마산성 공사를 하니, 너희는 힘을 다하여 부지런히 일해라. 나는 너희들의 힘을 빌려 나라의 은혜를 갚고자 한다."

임경업은 늘 군사들이 춥지는 않은지, 어디가 아프지는 않은지 마음을 다해 걱정해 주었다. 그런 임경업의 모습에 모든 군사들이 감격해 성 고치는 일을 자기 일같이 일했다.

원전 이해하기

「임경업전」은 인조 14년에 청에 의해 서울이 함락을 당하고, 인조가 남한산성에서 무릎을 꿇은 이른바 병자호란을 소재로 한 소설입니다. 이 소설은 정확한 창작 연대와 작가를 알 수 없지만, 서민 계층의 작가라 추측하고 있습니다.

「임경업전」은 병자호란을 일으킨 **호국에 대한 강한 적개심과, 나라가 위기에 처했는데도 개인의 사리사욕만을 일삼던 간신에 대한 분노를 민족 및 민중적 차원에서 소설로 승화시킨 작품입니다.** 역사적 사실이 부분적으로 반영되어 있으나 허구적 작품으로 「임진록」, 「박씨전」, 「최고운전」 등처럼 외적의 침입으로 수난을 겪은 조선조의 국민들이 지난 역사를 반성하고 국난 중에 영웅의 활약을 갈망하고 있음에 부응하여 창작된 소설입니다. 따라서 병자호란은 정해진 국가의 운수로서 결코 우리 민족의 힘이 부족한 때문이 아니라는 의식과, 조정에 김자점과 같은 간신이 있어서 임경업과 같은 유능한 인물이 제대로 활약하지 못하였기 때문에 호란과 같은 국치를 당하였다는 집권층에 대한 비판의식을 아울러 반영하고 있습니다.

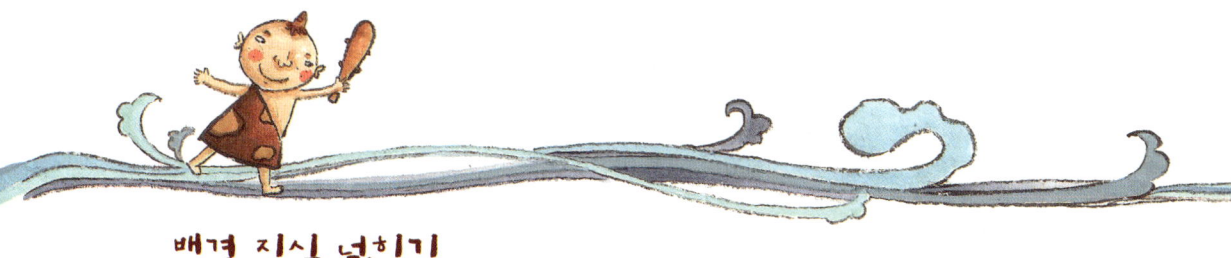

배경 지식 넓히기

🌱 허구를 통해 영웅화된 임경업

「임경업전」의 작가는 역사적 사실을 비틀고 과장하여 임경업을 민중의 영웅으로 형상화하고 있습니다. 임경업이 명나라에 갔다가 가달의 침략으로부터 호국을 구원하고, 호국의 왕이 임경업의 충절에 감동하여 인질로 잡았던 왕자까지 풀어준 것은 역사적 사실이 아니라, 주인공을 영웅으로 꾸미기 위한 허구입니다. 그리고 조선 왕의 항복을 받고 회군하는 호국군을 의지에서 격파하려 했던 것도 임경업만은 호국군에게 승리할 수 있는 영웅이었다는 점을 나타내면서, 병자호란에서의 패배가 결코 우리의 힘이 모자라서 그리된 것이 아님을 암시한 것입니다.

한편, 보잘 것 없는 집안에서 성장한 임경업이 목민관으로서 백성과 동고동락하는 모습을 강조하여 민중적 존경을 받도록 허구화한 것은, 그가 귀족적 영웅이 아닌 민중적 영웅임을 나타내기 위한 구성입니다. 특히, 민족적 영웅으로서 큰 뜻을 펴 보지도 못한 채 김자점에게 살해됨으로써 민중적 영웅의 성격을 뚜렷하게 보여 주고 있습니다.

무속신으로 모셔지고 있는 임경업

임경업은 소설의 주인공으로만 남아 있는 게 아닙니다. 서해 해안과 섬의 어민들은 임경업 장군을 지금도 풍어신으로 숭배하고 있습니다. 이는 임경업이 이 지역에서 조기잡이를 처음으로 시작하였고 가르쳐 주었다는 전설 때문입니다. 서해안 도서 지역 어디를 가도 임경업 장군 풍어 전설은 쉽게 발견됩니다.

대부분의 전설은 공통적으로, ① 임 장군이 전장에 나갈 때 처음으로 조기잡이를 시작하였다. ② 임 장군의 당에 제를 올리고 고기잡이를 나가면 뱃길이 무사하고 풍어가 든다. ③ 바다에서 임 장군 신이 나타나 고기를 많이 몰아 주었다는 내용을 담고 있습니다.

임경업이 조기잡이를 했다는 말은 소설에는 나오지 않습니다. 하지만 전설에서 '전장에 나갈 때'라고 되어 있어서, 임경업이 사공들의 도움으로 중국으로 건너갔던 일과 연관되어 형성된 전설임을 알 수 있습니다. 이는 물론 역사 기록에는 없는 내용으로, 임경업이 중국에 배를 타고 오고 간 일이 있다는 한 가지 사실만을 근거로 서해안 사람들의 생각과 생활을 지배하고 있는 믿음일 뿐입니다. 그래서 서해안에는 지금도 임경업 장군을 모시는 수많은 사당이 있습니다.

독서지도 포인트

▶ 임경업 장군과 김자점의 차이점을 설명해 보세요.

▶ 임경업은 자신의 성공보다는 나라를 위해 자신을 희생하는 인물입니다. 개인의 성공이 먼저일까요? 나라의 이익이 먼저일까요? 그 이유에 대해 자신만의 주장을 말해 보세요.

▶ 임경업의 영웅적 활약상과 병자호란의 패배에 대한 정신적 보상으로 이 소설이 탄생했다는 설명이 설득력을 얻고 있습니다. 정신적으로 보상을 받고 싶을 때 상상 속에서 새롭게 그려보고 싶은 인물이 있다면 누구이고 그 이유는 무엇인지 설명해 보세요.

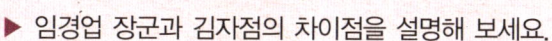

「임경업전」은 역사적 사실을 소설화한 역사군담소설입니다. 반면에 「유충렬전」 같은 경우는 허구를 바탕으로 한 창작군담소설입니다. 그렇지만 역사적 사실을 다루었느냐 그렇지 않느냐의 차이만 있을 뿐 둘 다 실제 사건과는 다른 모습을 보여 준다는 점에서는 차이가 없습니다. 그런데 **역사군담소설에서 실제로 일어난 사건과는 다르게 이야기를 전개시켜 나가는 것은 치욕스러운 역사를 바로잡고자 하는 민중들의 열망을 반영한 결과**입니다. 아이들과 토론을 할 때는 **역사군담소설과 창작군담소설의 차이점**에 대해 간단히 설명해 주고 우리나라의 역사 중에서 바꾸고 싶은 역사적 사건이 있다면 어떤 것인지에 대한 질문을 함으로써 아이들이 역사군담소설

의 속성을 쉽게 이해할 수 있도록 도울 수 있습니다.

「임경업전」의 내용과 관련해서는 임경업과 김자점의 갈등관계에 주목할 필요가 있습니다. 일반적으로 간신 김자점으로 인해 임경업 장군이 죽음을 당하는 장면에 대해 당시의 무능한 집권층에 대한 비판이라고 해석을 합니다. 그런데 이 장면에서 역사적인 배경을 제거하면 조금 다른 시각에서 볼 수 있습니다. 임경업과 김자점의 관계를 단순한 경쟁 관계로 바라보자는 것이지요. 이 경우 김자점은 자신의 성공을 위해 수단과 방법을 가리지 않는 인물로, 임경업은 자신의 성공보다는 조직을 위해 자신을 희생하는 인물로 볼 수 있습니다. 이 점에 대해 아이들과 토론을 할 때는 '개인의 성공이 먼저인가 집단이 먼저인가'에 대해 물어 보면 좋을 것입니다. 그리고 어느 한 쪽으로 결론을 내리기보다는 각각의 선택에 대한 근거를 합리적으로 설명할 수 있도록 유도하는 것이 중요합니다.

이외에도 **작품 속의 사건과 역사적 사건의 공통점과 차이점**을 찾아보게 하거나 우리나라의 역사에서 **임경업 장군과 같이 나라를 위해 자신의 몸을 희생한 인물을 찾아보게 하는 것도 내용을 이해하고 배경지식을 넓히는 데 도움이 될 것**입니다.

21

임진록

줄거리

　어느 날 이상한 꿈을 꾸게 된 선조 대왕에게 최일경은 왜란이 일어날 징조라고 풀이한다. 선조는 노여워하며 최일경을 귀양 보내지만 3년이 지나 실제로 임진왜란이 일어난다.

　이순신은 왜군에 맞서 싸우다 장렬히 전사하고 왜군이 서울을 침공하게 되자, 선조 대왕은 의주로 피난한다. 왜군은 기세를 몰아 평양까지 점령한다. 이때 최일경은 왕을 만나 명나라에 원군을 청할 것을 의논한다. 그리고 유성룡이 명나라에 원군을 청하러 가지만 명나라는 원군을 쉽게 내 주려 하지 않는다. 그런데 관운장이 나타나 원군을 보낼 것을 당부하자 명나라 천자는 이여송에게 군사를 주어 조선을 돕게 한다. 하지만 이여송은 머뭇거리며 여전히 싸움에 나가려 하지 않다가 선조가 울면서 호소하자 마지못

해 싸움에 나선다. 이여송은 청정과의 싸움에서 관운장의 도움으로 청정의 머리를 벤다.

임진왜란이 일어난 지 13년이 지난 뒤에 서산대사가 왕을 만나 자신의 제자인 사명당을 왜국에 보내어 화친을 맺도록 건의한다.

사명당이 왜국으로 건너가자 왜왕은 사명당을 죽이려 하나 실패하고 하는 수 없이 사명당에게 항복문서를 준다. 이에 사명당은 조공에 대한 다짐까지 받고 무사히 조선으로 돌아온다.

이때 평안도 평강 땅에 김덕령이라 하는 사람이 있으되, 연광年光 이십오 세요, 힘은 능히 천 근을 들고 일 두斗 밥을 먹고 둔갑장신遁甲藏身(남에게 보이지 않게 여러 가지 방법을 써서 몸을 마음대로 감추는)은 삼국 적 제갈량에 더한다 하되, 시절이 태평하기로 농사를 일삼더니 기운이 불행하여 부친 상사를 당하매 애통으로 세월을 보내더니 뜻밖에 왜적이 조선을 둘러싼단 말을 듣고 모친 앞에 나가 여짜오되,

"소자가 들사오니 왜적이 가까이 왔다 하오니 복원 모친은 허락하옵소서. 부친 상복을 벗어 상문에 사르고 왜적을 쳐 물리치고 국가의 근심을 덜고, 시절이 태평하오면 소자의 이름이 죽백竹帛에 올라 부모에 영화를 뵈옵고 복록을 받을 듯하오니, 모친은 허락하옵소서."

하되, 모친이 꾸짖어 왈,

"우리 집 사람은 너 하나뿐이라. 선영先塋 향화香火를 받들 것이거늘, 어찌 이런 말을 하느뇨? 옛날 명나라 호왕이 둔갑을 이루어 소대성蘇大成, (「소대성전」의 주인공)을 유인하여 강운동에 불을 질렀으되, 소대성을 잡지 못하고 도리어 대성의 칼을 면치 못하여 죽고, 초패왕의 역발산力拔山 기개세氣蓋世로도 오강五江을 못 건너서 머리를 버혀(베어의 고어) 정장을 주었으니, 너 무슨 재조로 왜적을 물리치리오. 속절없이 전장 백골이 될 것이니 이런 말 내지 말고 농업이나 힘쓰라."

하니 덕령이 모친의 영을 거역치 못하여 탄식만 하더니, 도적이 가까이 왔단 말을 듣고 모친 모르게 상복을 벗어 상문에 걸고 집을 떠나 순식간에

243

왜진에 들어가니, 청정이 김덕령을 보고 놀래어 수문장을 불러 호령 왈,

"진문을 허수히 하여 조선 사람을 들어오게 하느뇨?"

군중에 하령 왈,

"활과 총으로 쏘아 잡으라."

하니 활과 총이 비 오듯 하거늘, 김덕령이 몸을 피하였다가 총과 화살이 그친 후에 다시 진중에 들어가 청정을 보고 불러 왈,

"나는 평안도 평강 땅에 사는 김덕령일러니, 네가 천운을 모르고 외람한 뜻을 가져 의기양양하기로 내 왔으니, 내 재조를 보라. 내일 오시午時에 내 수만 명 군사 머리에 백지 일 장씩을 붙일 것이니 그리 알라."

하고 문득 간데없거늘, 청정이 괴이 여겨 제장에서 부분 왈,

"내일 총과 활을 많이 준비하였다가 사시巳時 말, 오시 초 되거든 짐승이라도 일시에 쏘아 죽이라."

하더니, 그 이튿날 사시 오시 초녘 되어 사면에서 채색 구름이 일어나며 지척을 분별 못하고 눈을 뜨지 못하더니, 이윽고 하늘이 청명하며 덕령이 들어와 청정을 불러 꾸짖어 왈,

"나의 재조를 보라."

하고 백지를 던지니 억만 군사 머리에 올라 감기거늘 억만 군사가 꽃밭이 되었는지라.

청정이 그 재조를 보고 크게 질색하여 왈,

"내 재조를 팔 년을 공부하였으되 저러한 재조를 배우지 못하였으니 어찌하리오. 아마 저 사람을 유인하여 선봉을 삼으며 염려 없이 대사를 이루리라."

하고 자탄하더니, 덕령이 머리에 달린 백지를 일시에 걷어치우고 청정을

불러 왈,

"나도 운수불길하기로 재조만 뵈었으니 빨리 돌아가라. 만일 듣지 아니하면 부친 상옷을 상문에 사르고 너희를 한칼로 무찌를 것이니, 부디 목숨을 보전하여 급히 돌아가라."

하고 간데없거늘, 청정이 의심하여 급히 성중으로 돌아가니라.

각설, 이때 전하께옵서 영의정 정현덕을 데리시고 평안도로 행하시더라. 이때 소서가 평양 성중을 함몰시키고 근처에 온단 말을 들으시고 평안도 토곡 성중에 유하시더니, 십구 세 된 아이가 있으되 천 근을 들고 재조와 용맹이 무궁하나 기개가 없기로 소서를 대적치 못하였더니, 일일은 한 양반이 들어와 그 아이를 보며 왈,

"네 기상을 보니 재조를 미간에 나타낸지라. 군사를 거느려 도적을 멸하고 대공을 세움이 네 마음에 어떠하뇨?"

그 아이 생각하되,

'이 양반이 혹시 누구신가?'

하고 복지 주 왈,

"소신이 재조는 없사오나 국병國柄(나라를 통치하는 권력)이 이러하온데 어찌 노약老弱한들 도적을 치지 아니하리까?"

하매, 전하 가라사대,

"네 성명은 뉘라 하느뇨?"

그 아이 주 왈,

"소신의 성은 김이요, 명은 고원이로소이다."

상이 즉시 편지를 써 주며 왈,

"내 말을 타고 곧 관에 가 부윤府尹 한성록을 주라."

하시되, 고원이 봉명奉命하고 곧 관에 가 부윤을 보고 편지를 드리니, 부윤이 대경황망大慶遑忙하여 즉시 떠나 평안도 토곡 성중으로 들어와 복지 사배하되, 상이 반기사 용안龍顔에 용루龍淚를 흘리시며 탄식하며 가라사대,

"국운이 불행하여 왜적이 헤어 짓치니 선조 대왕의 종묘를 어찌 안보하리오. 평양으로 향하였으되, 소서자 평양 성중에 웅거하였기로 이곳에 유한다."

하고 통곡하시더니, 한성록이 복지 주 왈,

"소신은 국변國變이 이러하였으되, 대왕께옵서 이리와 계신 줄 아지 못하옵고 태만히 있삽다가 조서詔書를 받자와 왔사오니, 신의 죄는 만사무석萬死無惜(만 번 죽어도 아까울 것이 없음)이로소이다. 복원 전하는 근심치 말으소서."

하되, 상이 눈물을 거두시고 한성록에게 장계하사,

"군가 모아 도적을 막으라."

하시더라.

원전 이해하기

「임진록」은 임진왜란이라는 역사적 사실을 소재로 삼은 소설로서, 현실적으로는 패한 전쟁이었던 임진왜란을 승전사로 꾸며 놓은 군담소설입니다. 때문에 **통쾌한 내용 구성으로 민중들이 겪은 패배 의식에 대한 정신적 보상을 얻고자 하는 의도가 드러나 있는 작품**입니다. 한문본과 국문본을 합쳐서 40여 종의 이본이 전해지고 있는 「임진록」은 일본에 대한 적개심은 물론 지배층에 대한 비판적 내용으로 인해 일제 강점기에는 금서가 되었으며, 대부분 불태워졌다고 합니다. 「임진록」은 민중들의 정신적 보상뿐만 아니라 민족정기를 고취시키려는 목적, 당파 싸움으로 내분을 일으켜 외적의 침략 앞에 무기력하게 무너지고 만 집권층을 비판하려는 의도, 그리고 두 번 다시 이러한 뼈아픈 전란을 겪지 말 것을 다짐하는 분노와 자성自省의 목소리 등도 두루 담고 있다고 볼 수 있습니다.

「임진록」은 그 형식이나 내용면에서는 잘 다듬어진 소설이라고 하기는 어렵지만 **반일反日, 반명反明 사상과 같은 주체적 민족 정서를 다룬 작품으로서의 문학사적 의의**를 지니며, **자기비판과 반성의 문학**으로서 병자호란을 소재로 한 군담소설에 그 의식이 이어져, 「박씨전」, 「임경업전」과 같은 작품에 영향을 미칩니다.

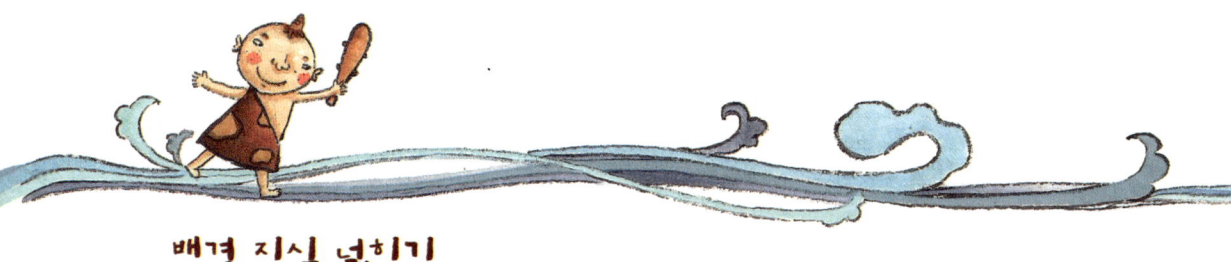

배경 지식 넓히기

🦋「임진록」은 전쟁설화의 집합체이다

「임진록」은 임진왜란을 통해 체험되고 전승된 왜적에 대한 배타적인 전쟁설화가 대부분 오랜 구전의 과정을 거치면서 문자로 정착되고 다시 그것이 전사과정을 거듭하면서 여러 이본들을 낳았습니다. 이로 인해 마치 중국의 「홍루몽」처럼 커다란 임진록 군을 형성하게 됩니다. 이본異本들 가운데 나타난 임진록 속의 가장 대표적 설화로는,

　① 사명당이 일본국에 항복을 받는 설화,

　② 김응서, 강홍립이 일본 정벌에 나서는 설화,

　③ 이여송 군의 원병과 관련된 설화,

　④ 관운장이 조선군을 몰래 도와주는 설화,

　⑤ 최일경의 꿈풀이의 충고 설화 등을 들 수 있으며,

　이들이 함께 어우러져 민족적 분노와 반성의 역사적 의식을 표출해 내고 있습니다.

🦋 임진왜란의 실제 전개 과정

1592년 음력 4월 13일, 왜군은 20만의 병력을 이끌고 조선을 침략합니다. 부산 동래를 함락한 왜군은 한 달이 채 지나지 않아 서울뿐 아니라 함경도까지 손에 넣습니다. 그러던 중 조선은 이순신 장군의 뛰어난 전략으로 한산도 대첩을 통해 대승을 거두게 됩니다. 왜군은 이 싸움의 패배로 인해 보급로가 끊겨 힘겨운 싸움을 하게 됩니다. 뿐만 아니라 전국 각지에서 일어난 의병도 왜군을 괴롭혔습니다. 홍의장군 곽재우, 승려 휴정, 김덕령 같은 의병장들은 왜군에게 큰 피해를 입혔고, 명나라에서는 이여송을 보내 조선을 돕게 합니다. 결국 왜군은 더 이상 버티지 못하고 약 7년에 걸친 전쟁을 끝내고 철수하게 됩니다.

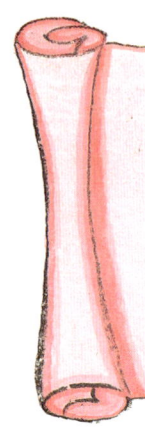

▶ 이 작품은 전지적 작가 시점이며, 영웅시 되는 등장인물이 많이 나옵니다. 시점과 인물의 연관성에 대해 설명해 보세요.

▶ 〈임진록〉은 임진왜란을 소재로 한 군담소설입니다. 자신이 살고 있는 동네에 얽힌 이야기나 다니고 있는 학교에 얽힌 이야기 등에 대해 말해 보고 그 안에서 설화의 특징이나 분류에 대해 설명해 보세요.

「임진록」은 「임경업전」이나 「박씨전」처럼 역사적 사실을 배경으로 삼고 있으면서 실제 역사와는 다르게 실패한 전쟁을 성공한 전쟁으로 묘사하고 있는 작품입니다. 특히 「임진록」은 민간에서 흘러다니던 설화를 작품에 많이 반영했기 때문에 실제 역사보다 더 인물을 영웅시하고 과장되게 묘사하고 있습니다. 사실 고전소설과 설화는 떼려야 뗄 수 없는 관계입니다. 어떤 고전소설을 보든 작품 속에서 설화의 흔적을 찾아볼 수 있습니다. 따라서 고전소설을 이해하기 위해서는 먼저 설화에 대해서 정확히 짚고 넘어가는 것이 필요합니다. **구전성, 산문성, 보편성 같은 설화의 특징**이라든가 **신화, 전설, 민담으로 분류된다는 것** 등등 **설화에 대한 기본적인 사항**을 아이들에게 알려 주고 아이들과 설화에 대해 이야기를 나눌 필요가 있습니다. 이때 아이들에게 자신이 살고 있는 동네에 얽힌 이야기라든가 자신이 다니고

있는 학교에 얽힌 이야기 등을 물어 보고 그 이야기를 통해 설화의 특징이나 분류에 대해 설명하면 아이들이 쉽게 이해할 수 있을 것입니다.

「임진록」은 영웅의 행적을 다루고 있다는 점에서 영웅소설로 볼 수 있습니다. 그런데 다른 영웅소설들과 달리 일대기적 구성을 취하고 있지 않습니다. 이는 다른 영웅소설들처럼 한 명의 영웅에 초점을 맞추고 있는 것이 아니라 전쟁의 승리에 초점을 맞추고 있기 때문입니다. 즉, 개개인보다는 사회 집단을 우선시하고 있습니다. **아이들 스스로 이러한 차이점을 찾아보게 하고 설명을 곁들여 주면 「임진록」의 색다른 형식을 이해하는 데 도움이 될 것입니다.**

그런데 대부분의 영웅소설들은 일대기적인 구성을 취하고 있으므로 일대기적 구성에 대해서도 알 필요가 있습니다. 이를 위해 아이들에게 자신의 삶을 소설로 표현하되 일대기적 구성으로 표현해 보게 하면 보다 손쉽게 설명할 수 있을 것입니다.

전우치전

줄거리

　조선 초 송경(송도)의 숭인문 안에 자신의 자취를 잘 감추는 신묘한 재주를 가진 전우치라는 선비가 있었다. 이때, 남방에는 해적들이 횡행하는 데다 흉년이 계속되어 백성들의 삶이 비참했다. 그러자 전우치는 조정에 홀현히 나타나, 하늘에서 태화궁을 지으려 황금 들보를 구하니 만들어 달라고 하여 이를 가지고 가 빈민을 구제했다.

　뒷날 속은 것을 알아챈 왕이 대노하여 전우치를 엄벌하려고 전국에다 체포령을 내렸다. 전우치는 자기를 잡으러 온 포도청 병사들을 도술로써 물리쳤으나 왕의 명을 어길 수 없어 병 속에 들어가 왕 앞에 나타났다. 이에 왕은 전우치를 죽이려고 여러 방법을 썼으나 모두 실패했다. 그러자 할 수 없이 정중히 나타나면 죄를 사하고 벼슬을 주겠다고 했으나 전우치는 나타나지 않았다.

전우치는 주로 구름을 타고 사방으로 다니며 어진 일을 행하였다. 억울한 사람마다 그 소원을 들어주고 원한도 풀어 주었다. 어느 날은 한자경이란 자가 부친상을 당하여 장사 지낼 여력도, 노모를 봉양할 길도 없어 슬피 우는지라, 전우치가 족자 하나를 주고 잘 사용하라 했건만, 그가 너무 욕심을 내어 화를 당하였다.

뒤늦게 조정에 들어가 선전관이 된 전우치는 자기를 얕보는 사람들을 도술로 골려 주었다. 또한 함경도 가달산 도적의 괴수 엄준을 잡아오니 왕이 크게 기뻐하기도 했다. 이때 서호 지방의 역모자들을 잡아다가 문초하게 되는데 전우치를 시기하는 간신들이 그들을 매수하여 거짓으로 전우치의 음모라고 하게 했다. 왕이 격노하여 전우치를 극형에 처하려 하자 전우치는 소원을 말해 왕 앞에서 그림을 그리고 그 그림 속의 말을 타고 도망쳐 버렸다.

그 뒤 전우치는 자신이 가지고 있는 족자 속의 미인을 불러 술과 안주를 가지고 오게 해서 선비들을 대접하기도 했다. 그중에 족자를 사고자 하는 사람이 있어 고가로 팔았는데, 그는 그 족자를 가지고 재미를 보려다가 도리어 봉변을 당했다.

전우치는 서 화담이 도학이 높다는 말을 듣고 그를 찾아갔다가 화담의 도술에 걸려 곤욕을 당하고는 화담의 제자가 되었다. 이후 그는 태백산으로 들어가 계속 선도를 닦았다.

조선 초에 송경(지금의 개성, 송악산 밑에 있던 서울이란 뜻) 숭인문 안에 한 선비가 있었으니 성은 전이요, 이름은 우치라 했다.

일찍이 높은 스승을 좇아 신선의 도를 배우되, 본래 재질이 표일飄逸(성품이 세상일에 별로 거리끼지 않고, 몹시 뛰어나게 훌륭함)하고 겸하여 정성이 지극하므로 마침내 오묘한 이치를 통하고 신기한 재주를 얻었으니, 소리를 숨기고 자취를 감추어 지내므로 비록 가까이 노는 이도 알 리 없었다.

이때 남쪽 해안 여러 고을이 여러 해 해적들의 노략을 입은데다가 엎친 데 덮쳐 무서운 흉년을 만나니 그곳 백성의 참혹한 형상은 이루 붓으로 그리지 못했다.

그러나 조정에 벼슬하는 이들은 권세를 다투기에만 눈이 붉고 가슴이 탈 뿐이요, 백성의 고통은 모르는 듯 내버려두니 뜻 있는 이는 팔을 뽑아내어 통분함이 이를 길 없더니, 우치 또한 참다못하여 그윽이 뜻을 결단하고 집을 버리며 세간을 헤치고 천하를 집을 삼고 백성으로 하여금 몸을 삼으려 하였다.

하루는 몸을 변하여 선관이 되어, 머리에 쌍봉금관을 쓰고 몸에 홍포를 입고 허리에 백옥대를 띠고 손에 옥홀玉笏을 쥐고 청의동자 한 쌍을 데리고 구름을 타고 안개를 멍에하여 바로 대궐 위에 이르러 궁중에 머물러 섰으니, 이때가 춘정월 초이틀이었다.

상이 문무백관의 진하를 받으시니, 문득 오색 채운이 만천하고 향풍이 촉비하더니 공중에서 말하여 가로되,

"국왕은 옥황의 칙지를 받으라."

하거늘, 상이 놀라서 급히 백관을 거느리시고 전에 내리사 분향 첨망瞻望(멀리 우러러 봄)하니, 선관이 오운 속에서 이르되,

"이제 옥제 천하에 구차한 중 죽은 영혼을 위로하실 양으로 태화궁을 창건하실새 인간 각 나라에 황금들보 하나식을 만들어 올리되, 길이가 오 척이요, 너비는 칠 척이니 춘삼월 망일望日(음력 보름날)에 올라가게 하라."

하고, 말을 마치매 하늘로 올라가거늘 상이 신기히 여기시며 전에 오르사 문무를 모아 의논하실새 간의태위(고려 문화부의 벼슬 이름으로, 후에 사의대부로 고쳐 불렀음)가 여쭈옵길,

"이제 팔도에 반포하여 금을 모아 천명을 받듦이 옳으니이다."

상이 옳게 여기사 팔도에 금을 모아 바치라 하고, 공인을 불러 길이와 너비의 치수를 맞추어 지어내니, 왕공 경사의 집안에 있는 것은 말도 말고 팔도에 금이 진하고 심지어 비녀에 올린 금까지 벗겨 올리니, 상이 기꺼워사 3일 재계齋戒(몸과 마음을 깨끗이 하고, 부정한 일을 멀리 하는 일)하시고 그날을 기다려 포진하고 등대하더니 진시쯤 하여 상운이 대궐 안에 자욱하고 향내가 코를 찌르며 오문 속에 선관이 청의동자를 좌우에 세우고 구름에 싸였으니 그 형용이 극히 황홀하더라.

상이 백관을 거느리시고 부복하시니, 그 선관이 전지를 내려 가로되,

"고려 왕이 힘을 다하여 천명을 순종하니 정성이 지극한지라, 고려국이 우순풍조하고 국태민안하여 복조 무량하리니 상천을 공경하여 덕을 닦고 지내라."

말을 마치며, 우편으로 쌍동제학을 타고 내려와 요구에 황금들보를 걸어 올려 채운에 싸여 남쪽 땅으로 행하니, 무지개가 하늘에 뻗치고 비바람 소

리가 진동하며 오색 채운이 각각동서로 흩어지거늘, 상과 제신이 무수히 사례하고, 육궁비빈이 땅에 엎디어 감히 우러러보지 못하였다.

상이 어전에 오르시어 백관을 조회 받으실새 만세를 부른 후에 큰 잔치를 배설排設하여 즐기시더라.

이때, 우치는 그 들보를 가져다가 이 나라 안에서는 처치하기가 어려운지라 그 길로 구름을 멍에하여 서공 지방으로 향하여, 먼저 들보 절반을 베어 헤쳐 팔아 쌀 십만 석을 사고 다시 배를 마련하여 나눠 싣고 순풍을 타고 가져가 십만 빈호에 알맞게 갈라 주고 당장 굶어 죽는 어려움을 건지고 이듬해의 농량과 종자로 쓰게 하니, 백성들은 너무나 기쁜 나머지 다만 손을 마주 잡고 여천대덕을 칭사할 뿐이요, 관장들도 또한 기가 막히고 어리둥절하여 어찌된 곡절인지를 몰라 하였다.

우치는 이러한 뒤에 한 장의 방을 써서 동구에 붙였는데 그 글에다,

"이번에 곡식을 나누어줌으로써 혹 나를 칭송하지만 이는 마땅치 아니한지라. 대개 나라는 백성을 뿌리삼고 부자는 빈민이 만들어 줌이어늘 이제 너희들 양순한 백성과 충실한 임금으로 이렇듯 참혹한 지경에 이르렀건마는 벼슬한 이가 길을 트지 아니하고, 가멸(부자)한 이가 힘을 내고자 아니함이 과연 천리에 어그러져 신인이 공분하는 바이기로 내 하늘을 대신하여 이러저러한 방법으로 이리저리 하였으니, 너희들은 모름지기 이 뜻을 깨달아 잠시 남에게 맡겼던 것이 돌아온 줄로만 알고 나의 힘을 입는 줄로는 일지 말지어다. 더욱이 자청하여 심부름한 내가 무슨 공이 있다 하리요. 이렇게 말하는 나는 처사 전우치로다."

하였었다.

원전 이해하기

「전우치전」은 조선시대에 실재하였던 전우치라는 인물의 생애를 소재로 하여 쓴 소설인데 작자는 알려져 있지 않습니다. 전우치는 중종 때의 인물로 도술에 능하고 시를 잘 지었는데 반역을 꾀한다 하여 1530년경 잡혀 죽었다고 합니다.

전우치는 도가의 이단사상을 가진 사람들 사이에 자주 일컬어지고 전설의 주인공으로 부각되어, 「조야집요」, 「대동야승」, 「어우야담」 등 여러 문헌에 나타나고 있습니다. **실재 인물을 주인공으로 하여 쓴 소설이긴 하나 그의 도술 행각을 그린 내용은 다분히 비현실적입니다. 이는 당시의 부패한 정치와 당쟁을 풍자하여 독자들에게 효과적으로 전달하기 위해 불가피한 선택으로 보입니다.**

「전우치전」의 내용이 「홍길동전」의 내용과 매우 흡사한 데가 있어 동일 작가가 지은 것이 아닐까 하는 견해도 있습니다.

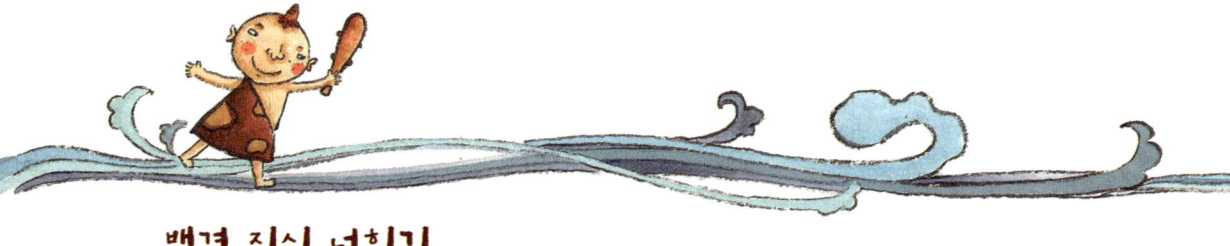

배경 지식 넓히기

🐛 실존인물 전우치

전우치가 언제 태어나서 언제 죽었는지 정확한 기록은 없습니다. 하지만 여러 문헌에 그에 대한 기록이 전해져 오기 때문에 실존인물로 보입니다. 「청장관전서」의 「한죽당필기」에는 가정연간(1522~1566)에 역질을 도술로 예방하였다는 기록이 있으며, 「지봉유설」에는 본래 서울 출신의 선비로 환술과 기예에 능하고 귀신을 잘 부렸다는 기록이 남아 있습니다. 또, 「오산설림」에는, 죽은 전우치가 산 사람에게 「두공부시집」을 빌려갔고, 「어우야담」에는 사술邪術로 백성을 현혹시켰다 하여 신천옥信川獄에 갇혔는데, 옥사하자 태수가 가매장시켰고, 후에 친척들이 이장하려고 무덤을 파니 시체는 없고 빈 관만 남아 있었다고 합니다. 이는 곧 도교의 시해법尸解法과 상통합니다. 또, 밥을 내뿜어 흰나비를 만들고 천도天桃를 따기 위해 새끼줄을 타고 갔다는 설화 등은 우리나라 도가의 맥과 상통하는 점이 있습니다.

지봉유설 광해군 6년(1614)에 이수광이 편찬한 20권 10책의 천문, 지리, 군도, 관직, 문장, 자연 등 당대 지식을 총망라한 백과사전적 저술이다.

🌱 전우치전의 이본

전우치전은 여러 이본들이 있지만 내용상으로 일사문고본, 신문관본, 김동욱본 등 크게 세 가지로 압축할 수 있습니다. 일사문고본은 전우치 전설에 전우치가 도술을 익히게 된 경위를 더했고, 김동욱본은 「전우치전」과 「홍길동전」을 합쳐 놓은 것 같은 내용입니다. 일반적으로 우리가 알고 있는 「전우치전」의 내용은 신문관본입니다.

일사문고본은 신문관본과 내용이 거의 비슷하나, 서두에 전우치가 하늘나라의 선동으로 속계에 내려왔는데 어려서 여우 입 속에 들어 있는 구슬을 먹고 다시 구미호에게서 천서天書를 빼앗아 도술을 익히게 되었다고 하는 내용이 더해져 있습니다. 김동욱본은 전생에 손오공이었던 전우치가 강릉 지방 관노의 아들로 태어나 자기 가문의 지위를 높이는 한편, 중국에 가서 활인동 도적의 두목이 되어 중국 천자가 조선을 업신여길 수 없도록 하고, 마침내 연나라 임금이 된다는 내용입니다.

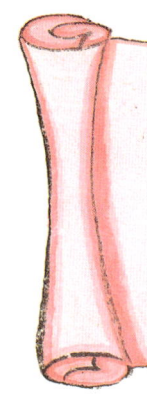

　「전우치전」은 「홍길동전」과 비슷한 점이 많은 작품인 만큼, 아이들이 「홍길동전」을 읽었다면 「전우치전」과 비교해서 설명을 하면 좋을 것입니다. 우선 아이들 스스로 두 작품 간의 공통점과 차이점에 대해 찾게 한 후 토론을 이끌어 가면 됩니다. 두 작품은 모두 도술을 부리는 주인공이 고통 받는 백성을 구해 준다는 점에서 비슷한 면이 있습니다. 그러나 길동은 사회의 잘못된 제도를 변화시키고자 하는 영웅적 모습으로 도술을 사용하지만, 전우치는 자신을 과시하기 위해 혹은 자기를 미워하는 자를 놀리기 위해 도술을 부립니다. 이런 점에서 **홍길동이 전우치보다 더 민중적이라는 평가를 받기도 합니다.** 이와 관련해서 '만약에 도술을 부릴 수 있다면 홍길동과 같이 잘못된 사회제도를 바로잡을 것인가 아니면 전우치처럼 개인적인 일에 쓸 것인가?' 라는 질문을 던져서 아이들에게 좀 더 생각할 거리를 줄 수도 있습니다.

「전우치전」은 결말이 특이한 작품이기도 합니다. 고전소설은 보통 '행복한 결말'인 경우가 많은데 「전우치전」은 행복한 결말로 보기도 그렇다고 불행한 결말로 보기도 어렵습니다. 서경덕과 함께 산으로 들어가 도를 닦았다는 결말은 고전소설보다는 현대소설의 특징인 열린 결말로 볼 수도 있으니 이와 관련하여 아이들과 여러 가지 이야기를 나눠 보세요. 우선 아이들에게 행복한 결말 또는 불행한 결말을 선택하여 이야기를 바꾸게 해 보세요. 혹은 두 가지 모두 작성해 보도록 할 수도 있습니다. 그리고 열린 결말의 특성을 이용해 전우치가 산 속에서 도를 닦은 이후에 어떤 일을 했을지 추측하여 써 보도록 하는 것도 재미있을 것입니다.

이 외에도 인물적인 측면에서 전우치를 바라보면 전우치는 영웅이라기보다는 기인에 가깝습니다. 아이들에게 자신의 주변에도 전우치처럼 기이한 인물이 있는지, 어떤 점 때문에 기인한 인물이라고 생각하는지 물어 보세요. 그러면 아이들이 영웅적 인물과 기이한 인물을 구별하는 데 큰 도움이 될 것입니다.

서경덕 조선 중기의 유학자로 호는 화담. 황진이, 박연폭포와 함께 개성을 대표한 송도3절松都三絶로 일컬어지며, 황진이의 유혹을 물리친 일화가 유명하다.

23

조웅전

줄거리

　송나라 문제 때 충신 조정인은 피란길에서 천자(문제)를 구하여 신임을 얻는다. 그러나 간신 이두병의 모함으로 스스로 목숨을 끊게 된다. 조정인에게는 아들 조웅이 있었는데 그가 7살 되던 해에 문제가 불러 태자의 곁에 둔다. 문제는 조웅의 총명함에 반해 훗날 크게 쓰겠다고 약속하지만 그 약속을 지키지 못하고 죽음을 맞이한다. 그러자 간신 이두병은 이 기회를 틈타 천자의 자리에 오르고 태자를 귀양 보낸다. 이에 화가 난 조웅은 궁궐 벽에다 이두병을 욕하는 글을 쓰고 어머니와 도망치게 된다.

　조웅 모자는 도망치는 도중 온갖 고난을 겪다가 월경대사의 도움으로 위기를 모면할 수 있게 된다. 그 뒤 무럭무럭 자라 15살이 된 조웅은 철관도사를 소개 받고 찾아가 병법과 도술, 무예를 배운다. 배움을 마친 조웅은 어머니를 만나러 가던 도중 장 소저를 만나 결혼을 하고 어머니를 만나기 위해 잠시 장 소저를 떠나 다시 길을 나선다. 그런데 어머니를 만나고 돌아오니 장 소저가 자신을 그리워하다 병에 걸려 위급한지라, 조웅은 도사에게 약을 얻어 장 소저를 살려낸다.

그 뒤 서번이 쳐들어 오자 조웅은 이들을 물리치기 위해 길을 떠난다. 조웅이 위나라를 도와 서번을 공격하여 승리하는 동안, 강호자사는 장 소저와 강제로 결혼을 하려 한다. 이에 장 소저는 도망을 가다 조웅의 어머니와 만나게 된다.

한편 조웅은 태자를 구해내고 위나라 왕과 함께 황성의 이두병을 치러 간다. 이두병은 여러 장수를 보내 조웅을 막으려 하지만 조웅의 상대가 되지 않았다. 조웅은 이두병을 물리치고 태자를 황제의 자리에 앉히는데 그 공로로 번왕에 봉해진다.

이때 장 소저는 조 공자를 보내고 종적을 알 수 없자, 이 때문에 병이 되어 눕고 일어나지 못하니, 위 부인이 놀라고 당황하여 의약으로 치료하였으되, 온갖 약을 써도 효험이 없는지라. 부인이 하늘에 축수하며 애걸하나 선약仙藥이 없으니 누가 살려 내리오. 불쌍한 목숨이 경각에 달려 있는지라. 이날 웅이 필마匹馬로 장 진사 댁에 이르니 은은한 곡성이 안에서 들리며 비복들이 분주하거늘, 웅이 더욱 놀라 시비를 불러 물으니, 시비는 낯이 익은 사람이라서 경황 중인데도 반기며 말했다.

"지금 내당 소저의 병환이 극히 위중하여 사경을 헤매고 있으니 박정하지만 다른 곳에 가서 거처를 정하소서."

웅이 말하기를,

"네가 들어가서 부인께 아뢰어라. 나는 지나가는 나그네로되 의약을 아나니 병세를 자세히 알아오면 살릴 방도가 있으니 그대로 아뢰어라."

시비가 들어가 부인에게 아뢰기를,

"아무 때에 왔던 수재가 밖에 와서 이리이리 하나이다."

부인이 울기를 그치고 반가워서, 시비로 하여금 '객실을 깨끗이 청소하고 대접하라.' 하고 병세를 적어 보내니, 웅이 그것을 보고 지니고 온 환약을 내어주며 말했다.

"이 약을 먹으면 차도가 있을 것이니, 그 즉시 음식을 자주 권하라."

시비가 약을 드리고 말씀을 아뢰자, 부인이 그 약을 갈아 소저를 흔들며 먹이니, 과연 소저가 소리하고 깨어나 부인을 향하여 음식을 청하거늘, 부인이 크게 기뻐하여 한편으로는 음식을 권하며 또 한편으로는 초당에 나와 조웅의 손을 잡고 무수히 치하하며 말했다.

"그대가 지난번에 왔을 때 보지 못한 것이 지금까지 한이 되었더니, 이렇듯 급한 때를 당하여 죽을 목숨을 구완하여 살려주니 그대는 실로 우리 집의 은인이라. 공자께 진정으로 한 말씀 부탁하노니, 집에 혼기婚期가 찬 딸이 있으되 용렬하여 마땅한 배필을 정하지 못하였더니 이제 공자를 만났기에 여식의 일생을 부탁코자 하노니, 공자는 허락을 아끼지 말고 나의 바라는 마음을 저버리지 말라."

웅이 감사드리며 말하기를,

"떠돌며 구걸하는 나그네를 더럽다 아니 하시고 감격한 말씀으로 부탁하시니, 매우 감사하여 감히 사양하지 못하옵거니와, 어머니가 계시니 돌아가서 즉시 소식을 사뢰어야겠습니다."

부인이 못내 기뻤지만, 그 시일이 더딤을 안타까워하시더라.

이튿날 웅이 하직하고 떠날 때, 부인이 못내 애처로워하며 말하기를,

"부인의 회답을 빨리 알게 해 달라."

하며, 계란만 한 무공주無孔珠 한 쌍을 주며 말했다.

"사람의 앞일은 알 수 없고 나는 아들이 없으니 내 한 몸도 그대에게 맡기노니, 이것은 나의 소중한 물건이니 신물을 겸하여 굳게 간수하라."

웅이 받아 가지고 떠나 관산으로 돌아와 도사를 뵈니, 도사가 반겨 말하기를,

"그대 곧 아니었던들 하마터면 위태로울 뻔했도다."

웅이 말하기를,

"선생님이 아니었다면 소자가 어찌 살렸겠습니까?"

하고 무수히 치사하더라.

하루는 도사가 웅을 데리고 큰 바위에 올라 천기를 보고 크게 놀라 말했다.

"너는 저것을 아느냐? 아무 별은 저러하고 아무 방方은 이러하고, 중국은 이러하여 각성角星 방위가 차례를 정하지 못하니 시절이 크게 요란하다. 지금 서번西蕃이 강성하여 대국을 뺏으려 하니, 네가 나가 큰 공을 이루되 형세를 보아 위국을 돕고 인하여 대성을 회복하라."

웅이 이 말을 들음에 마음이 울적하여 말하기를,

"소자의 재주로 어찌 공을 얻겠습니까? 화살과 돌이 비온 듯하는 전쟁터에서 어찌 살기를 바라겠습니까?"

도사가 말하기를,

"너는 큰 공을 이룰 것이니 조금도 염려 말고 나가서 중원을 회복하고 평생의 원수를 갚아라."

하였다. 웅이 즉시 행장을 꾸려 위국의 노정기路程記를 받아가지고 선생께 하직하니, 도사가 손을 잡고 못내 연연해하며 말하기를,

"슬프다! 이별이 오랠 것이니, 무사히 가서 큰 공을 이루어라."

하였다. 웅이 하직하고 곧바로 길을 떠나 여러 날 만에 강선암으로 가서 부인을 뵈오니, 부인이 웅을 붙들고 못내 기뻐하더라. 웅이 강호 장 소저의 병 고친 일을 여쭈니, 부인이 도사의 신기함을 못내 칭찬하더라.

원전 이해하기

「조웅전」은 작자와 창작 연대가 알려지지 않은 고전소설로, 군담소설류 중 가장 널리 읽혔던 작품인 만큼 많은 이본들이 전해지고 있습니다. 이 작품 역시 군담소설답게 '영웅의 일생'의 형식을 거의 그대로 따르고 있습니다. 그러나 다른 작품과는 달리 주인공의 탄생을 위해 아들 낳기를 기원하는 정성(기자정성)이나 태몽, 혹은 천상인의 하강과 같은 모티프가 나타나지 않는다는 특이성 또한 가지고 있습니다. 또 다른 고전소설과는 달리 작가의 목소리가 거의 드러나지 않으며, 전체 분량의 약 3분의 1이나 되는 군담도 구체적이고 사실적이기보다는 추상적이고 설명적입니다. 이뿐만 아니라 도술로 바람과 비를 일으키거나 호랑이와 표범으로 변하는 등의 도술전도 제거되어 있습니다.

따라서 **다른 군담소설의 주인공들이 대부분 천상계 인물의 후신으로서 초인적인 능력을 발휘하여 위기를 극복해 가는 데 비해 이 작품의 주인공은 자신의 힘보다는 초인의 도움으로 운명을 개척해 가고 있습니다.** 게다가 이 작품의 애정담은 전통적 유교윤리와는 어긋나는, 부모의 허락 없는 혼전성사婚前性事를 그리고 있어 이채롭습니다. 하지만 권선징악이라는 주제의식을 잘 드러내고 있다는 점에서는 다른 소설들과 같습니다.

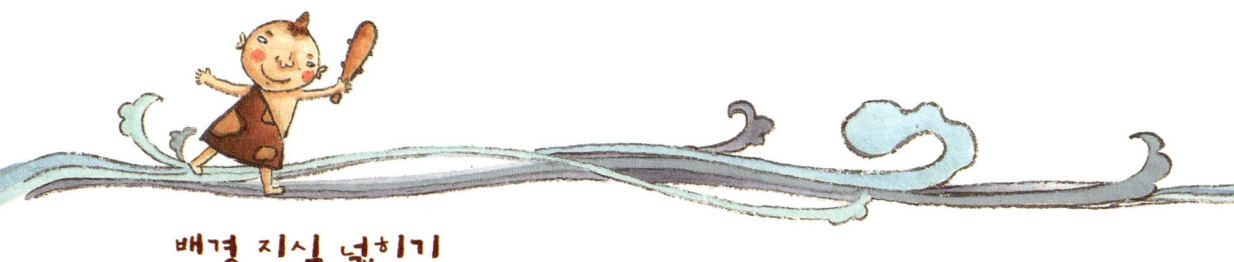

💜 조선 후기 베스트셀러

고전소설 중에서 「조웅전」처럼 이본이 많은 작품도 드뭅니다. 이 작품은 필사본과 목판본이 있는데 목판본도 경판, 완판, 안성판으로 간행되었고, 활자본은 10여 종이 알려져 있습니다. 경판계는 단편으로 약 20~30장, 완판계는 각 30장 안팎의 상·중·하 세 권으로 되어 있습니다. 하지만 조웅의 아버지 이름이 완판계는 '됴졍인(조정인)'으로 되어 있는데 경판계는 '됴졍(조정)'으로 된 점과, 내용이 자세하거나 간략함이 다를 뿐, 근본적인 차이는 없습니다. 「조웅전」이 이렇게 이본이 많다는 것은 그만큼 인기가 있어 많이 읽혔다는 근거가 됩니다. 말하자면 **「조웅전」은 고전소설의 베스트셀러**로서 중판과 개판改版을 거듭했다고 볼 수 있습니다. 현전 이본의 수로만 보면 「조웅전」이 「춘향전」에 이은 과거의 인기 소설이었음은 틀림없는 사실입니다. 그래서 민간에는 심지어 '1조웅一趙雄 2대봉二大鳳'이란 말조차 있었습니다. 이는 「조웅전」이 으뜸이요, 「이대봉전」이 버금이란 뜻입니다.

🎵 「조웅전」에 삽입된 한시漢詩가 갖는 의미

이 작품에 나타나는 7언의 삽입 가요(한시)는 모두 10여 개나 되는데, 그 중에는 88구나 되는 장편도 있습니다. 이는 대중들의 기호에 맞게 통속화 되는 과정에서 **인물들의 심리를 효과적으로 드러내기 위한 작가적 장치가** 아닌가 생각됩니다. 산문 중간에 운문이 삽입되어 있으면 화자의 정서를 드러내는 데 효과적이기 때문입니다. 그리고 한시가 많이 삽입된 것을 통해 작가가 어떤 계층인지 짐작해 볼 수 있습니다. 「조웅전」에 많은 한시와 한문구가 사용되었다는 것은 한문에 대한 상당한 소양이 있는 사람이 이 작품을 창작했다는 뜻입니다. 여기에 대중의 흥미를 불러일으킬 수 있는 자유연애와 같은 내용이 들어 있다는 점도 고려해 볼 때 **「조웅전」의 작가 는 한문 식자층이면서 소설적 기교가 뛰어난 전문 작가**라고 추측할 수 있습니다.

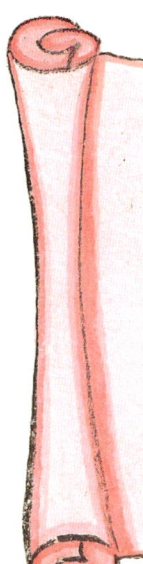

▶ 작품 전체의 구성은 조웅과 이두병의 대립, 조웅과 번왕의 대립, 다시 조웅과 이두병의 대립 등 크게 3가지로 나눌 수 있습니다. 그렇다면 조웅이 이두병과 번왕과 대립하는 이유는 각각 무엇입니까?

▶ 이 작품에서 조웅은 〈춘향전〉과 마찬가지로 장 소저와 결혼도 하기 전에 부부의 인연을 맺습니다. 그 점에 대해 여러분은 어떻게 생각하나요?

▶ 이 작품의 전반부는 조웅의 고행담과 애정담, 후반부는 조웅의 영웅적 무용담으로 구성되어 있습니다. 이야기의 흐름에 주목하여 그 이유를 객관적으로 설명해 보세요.

「조웅전」은 군담소설이자 영웅소설입니다. 그러므로 당연히 초점은 조웅에게 맞추어져 있습니다. 그런데 여기서 한 가지 짚고 넘어가야 할 것은 조웅을 위한 어머니의 희생입니다. 조웅이 이두병을 피해 도망칠 때 조웅의 어머니는 사람들의 눈을 피하기 위해 삭발을 합니다. 당시에 여자가 삭발을 한다는 것은 대단히 치욕적인 일이었습니다. 그러나 조웅의 어머니는 주저하지 않고 머리카락을 자릅니다. 조웅은 이처럼 어머니의 무한한 희생을 통해 목숨을 건지고 영웅으로 재탄생하게 됩니다. 이와 관련하여 아이들과 이야기를 나눌 때는 자식에 대한 **어머니(부모)의 무조건적인 희생이 과연 옳은 것인가에 초점을 맞추어 보는 것도 좋을 것입니다.** 그리고 **부모**

님의 지나친 간섭, 보호, 기대 등이 아이들에게 어떤 영향을 미치는지에 대해서도 토론해 보면 좋을 것입니다.

「조웅전」의 특이한 점 중에는 항복한 장수에 대한 처리 방법이 있습니다. 조웅은 위국을 침범했던 번왕을 사로잡아 송나라 조정에 대한 충성을 다짐 받고 놓아줍니다. 그런데 번왕은 다시 반기를 들었다가 또 사로잡힙니다. 그럼에도 조웅은 다시 한 번 관대히 용서하고 놓아줍니다. 반면 이두병 일파에 대해서는 가혹하리만치 항복을 용납하지 않고 태수 태원, 장덕, 최식, 황덕 등의 인물들을 가차 없이 참수해 버리고 맙니다. 이에 대해 보통 간신에 대한 본보기요, 부친의 원수에 대한 보복이라고 해석을 합니다. 그런데 번왕과 이두병 일파 모두 나라에 해가 되는 존재인데 누구는 용서하고 누구는 가차 없이 처벌한다는 것은 형평성에 어긋난 행동이라 할 수 있습니다. 아이들에게 이에 대해 설명을 해 주고 과연 어떻게 처리를 하는 것이 현명한 것인가에 대해 이야기를 나누어 보면 좋을 것입니다. 만약 부친의 원수에 대한 보복이라고 해석을 할 경우 조웅의 행위는 다분히 사적인 보복으로 볼 수 있습니다. 따라서 **사적인 보복의 정당성**에 대해서도 토론을 해 보면 좋을 것입니다.

24

토끼전

어느 날, 북해 용왕이 병을 얻게 된다. 그러자 어느 도사가 나타나 용왕의 병에는 토끼의 간이 특효약임을 말해 준다. 용왕이 토끼를 잡아올 신하를 찾으니, 자라가 나서서 토끼를 잡아 오겠다고 아뢴다.

그리하여 육지에 올라온 자라는 토끼를 만나, 감언이설로 꼬드긴다. 꼬임에 넘어간 토끼는 아내와 작별인사도 하지 않고 자라의 등에 올라타 용궁으로 간다. 하지만 용궁에 도착하자 토끼는 결박당한다. 용왕은 토끼를 무릎 꿇린 뒤 성대하게 장례를 치러 줄 테니 자신을 위해 간을 내놓으라고 한다.

토끼는 자라에게 속은 것을 알자 정신이 아득해진다. 그러나 문득 묘한 꾀를 생각해 낸다.

토끼는 자신의 간을 높은 산, 깊은 바위틈에 감춰 놓고 다닌다고 거짓말을 한다. 하지만 용왕은 믿지 않고 토끼의 간을 꺼내라고 명령한다. 그러자 토끼는 또다시 용왕을 설득한다. 결국 토끼의 꾀에 넘어간 용왕은 한시라도 빨리 토끼의 간을 꺼내라는 자가사리의 말을 무시한다. 용왕은 간을 가져오도록 구슬리며 토끼를 위해 크게 잔치를 열어 대접한다.

자라의 등을 타고 육지로 간을 가지러 간 토끼는 육지에 올라오자 재빨리 도망치고 자라는 토끼에게 속은 사연을 적어 바위에 붙이고 머리를 박아 죽어 버린다.

별주부(자라)가 소식이 없자 용왕은 거북을 보내어 자세한 사정을 알아오라 분부한다.

거북이가 전후 사정을 용왕에게 아뢰니 용왕은 별주부를 불쌍히 여겨 후하게 장사를 지내 준 뒤 태자에게 자리를(왕위) 물려 주고 죽는다.

　토끼는 별주부와 함께 물가로 내려와 별주부의 등에 올라앉았다. 그러고
는 두 눈을 꼭 감았다. 잠시 후, 몸이 두둥실 뜨는가 싶더니만 어느새 바닷
속으로 빠져들었다. 눈을 떠 보니 오색구름이 찬란하게 궁궐을 휘감고 있
었는데, 문 위에는 '북해 용궁'이란 현판이 걸려 있었다. 용궁 문 앞에는
많은 졸개들이 삼엄하게 늘어서 있었다.

　별주부가 토끼에게 이르기를,

　"내 잠깐 들어갔다 올 것이니 여기서 잠시만 기다리게."

　하고는 용왕 앞에 나아가 토끼 잡아온 사연을 아뢰었다.

　수궁 신하들은 만세를 부르고, 병든 용왕도 크게 기뻐하며 토끼를 바삐
잡아들이라 분부하였다. 금부도사禁府都事가 나졸을 거느리고 나가 보니, 토
끼는 홀로 앉아 별주부 돌아오기만을 기다리고 있었다. 뜻밖에 금부도사가
나타나 어명을 전하고, 나졸들은 좌우로 달려들어 토끼를 옴짝달싹 못 하
게 묶었다. 그러고는 바람같이 급히 몰아 용왕 앞에 무릎을 꿇렸다. 토끼가
겨우 정신을 차려 고개를 들어 보니, 앞에는 우뚝한 관을 쓰고 비단옷을 걸
친 용왕이 앉아 있고, 좌우에는 온갖 신하들이 빽빽하게 지키고 서 있었다.

　용왕이 토끼에게 가로되,

　"과인寡人은 수궁의 으뜸인 임금이요, 너는 산중의 조그마한 짐승이라. 과
인이 우연히 병을 얻어 고생한 지 오래 되었도다. 네 간이 약이 된다는 말
을 듣고 특별히 별주부를 보내어 너를 데려왔으니, 너는 죽는 것을 한스럽
게 여기지 마라. 너 죽은 후에 비단으로 몸을 싸고 구슬로 장식한 관에 넣

어 천하의 명당자리에 묻어 줄 것이니라. 또한, 과인의 병이 낫게 되면, 마땅히 사당을 세워 너의 공을 표하겠노라. 이것이 산중에서 살다가 호랑이나 솔개의 밥이 되거나 사냥꾼에게 잡혀 죽는 것보다 어찌 영화로운 일이 아니겠느냐? 과인의 말은 결코 거짓이 아니니, 너는 죽은 혼이 되더라도 조금도 나를 원망하지 말지어다."

하고는 즉시 토끼의 간을 꺼내 오라고 명령을 내렸다. 그러자 뜰아래에 늘어서 있던 나졸들이 토끼의 배를 가르려 일시에 달려들었다.

이때, 토끼는 용왕의 말에 난데없는 날벼락을 맞은 듯 정신이 아득해졌다.

'부귀영화를 누리게 해 준다는 별주부의 말에 속아 가족과 고향을 버리고 이렇게 왔으니, 어찌 이런 재앙이 없을쏘냐? 이제는 날개가 있어도 능히 하늘로 날아가지 못할 것이요, 축지법을 쓸지라도 여기서 능히 벗어나지 못하리니 어찌하리오?'

토끼는 절망감에 빠져들었다. 그러다가 다시 생각하되,

'옛말에 이르기를 호랑이굴에 들어가도 정신만 차리면 산다고 하였으니, 어찌 죽기만 생각하고 살아날 방책을 헤아리지 아니하리오?'

하더니 문득 한 묘한 꾀를 생각해 냈다.

이에, 얼굴빛을 태연스럽게 하고 고개를 들어 용왕을 우러러보며 가로되,

"제가 비록 죽을지라도 한 말씀 아뢰리다. 용왕님은 수궁의 임금이시요, 저는 산중의 하찮은 짐승일 따름이옵니다. 만일, 제 간으로 용왕님의 병환을 낫게 할 수만 있다면, 어찌 한낱 간 따위를 아끼겠나이까? 게다가 죽은 뒤에 후하게 장사를 지내 주고 사당까지 세워 주신다고 하시니, 그 은혜는 하늘과 같이 넓고 크나이다. 비록 지금 죽는다고 한들 어찌 조금이라도 여한이 있겠사옵니까? 다만 애달픈 바는 제가 비록 하찮은 짐승이오나 보통

짐승과 달라, 지금은 간이 없나이다. 저는 본래 하늘의 정기를 타고 태어난 까닭에 아침이면 옥 같은 이슬을 받아 마시며 밤낮으로 향기로운 풀을 뜯어 먹고 사옵니다. 제 간이 영약靈藥이 되는 것은 그런 까닭입니다. 그래서 세상 사람은 저를 만날 때마다 간을 달라고 심히 보채지요. 저는 이런 간절한 부탁을 매번 거절하기 어려워 간을 염통과 함께 꺼내 맑은 계곡물에 여러 번 씻어 높은 산, 깊은 바위틈에 감춰 두고 다닌답니다. 그러다가 우연히 별주부를 만나 여기에 따라온 것이니, 만일 용왕님의 병환이 이러한 줄 알았던들 어찌 가져오지 아니하였겠나이까?"

하며 도리어 자라를 꾸짖었다.

"네 진정 임금을 위하는 정성이 있을진대, 어이 이러한 사정을 일언반구一言半句도 말하지 아니하였는가?"

용왕이 이 말을 듣고 크게 노하여 꾸짖었다.

"너야말로 진실로 간사한 놈이로다. 천지간에 어느 짐승이 간을 내고 들일 수가 있단 말인가? 네가 얕은꾀로 살기를 도모하나, 과인이 어찌 허무맹랑한 거짓에 속으리오? 네가 과인을 기만하려는 죄 더욱 크도다. 너의 간을 내어 과인의 병을 고침은 물론이요, 임금을 속이려 한 죄를 엄한 벌로 다스리리라."

용왕의 지엄한 꾸짖음을 들은 토끼는 정신이 아득하고 가슴이 답답해졌다. 이젠 속절없이 죽는 수밖에 없다며 곰곰이 앉아 생각하다가, 다시 웃으며 아뢰었다.

"용왕님은 제 말씀을 자세히 들으시고 깊이 생각하시옵소서. 제 배를 갈라 간이 있다면 다행이겠지만, 만약 없으면 용왕님의 병환도 고치지 못하고 부질없이 저만 죽을 따름이오니 어찌 다시 간을 얻겠나이까? 그때는 후회해도 소용없을 것이오니, 바라옵건대 용왕님은 깊이 헤아리소서."

원전 이해하기

「토끼전」은 **판소리계 소설이자 우화소설**입니다. 이본異本은 판소리계 이본과 소설계 이본으로 양분되며, 그 이본의 명칭 또한 다양합니다. 대체로 「별토가」나 「수궁가」 등으로 불리는 작품들이 판소리계에 속하고, 「별주부전」이나 「토끼전」 등으로 불리는 작품들이 소설본계에 속합니다. 그러나 이본 가운데는 판소리본이나 소설본의 중간적 성격을 지닌 것도 많고, 그 명칭도 다양하여 그 구분을 단순하게 할 수 있는 것은 아닙니다.

「토끼전」은 '구토지설龜兎之說'이라는 설화를 바탕으로 창작되었는데 재미있는 것은 우리나라에만 전해지는 이야기가 아니라는 것입니다. 인도에서는 「자타카 본생경」에 원숭이와 용왕 이야기가 실려 있고, 「별미후경」에는 자라와 원숭이의 이야기가 나오고 있습니다. 그리고 중국이나 일본 등지에서도 비슷한 얘기가 전해지고 있습니다.

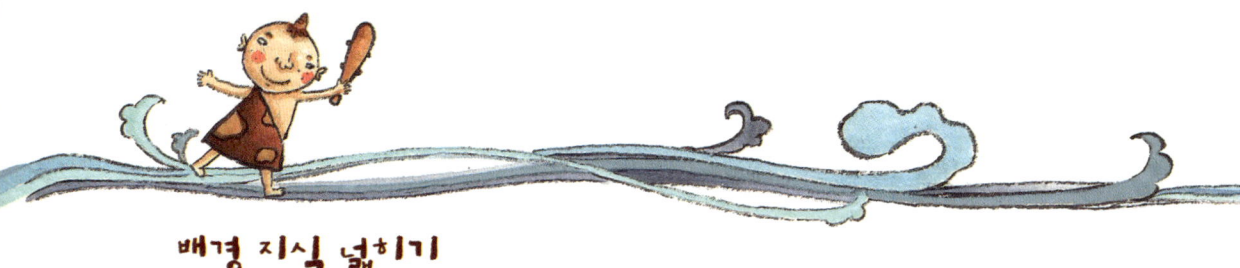

배경 지식 넓히기

🌀 인도의 용원설화 龍猿說話

인도의 '용원설화'는 「토끼전」의 배경설화인 '구토지설'과 비슷한 이야기 구조를 가지고 있습니다. 용원설화의 줄거리는 다음과 같습니다.

바닷속에 용왕이 살았는데, 그의 왕비가 잉태하여 원숭이의 염통을 먹고 싶다고 했다. 용왕은 원숭이의 염통을 구하기 위해 육지로 나와 나무 위에서 열매를 따 먹고 있던 원숭이를 만났다. 용왕이 "그대가 사는 이곳은 좋지 못하니 아름다운 수목이 있고 먹을 열매가 많은 바닷속으로 안내하겠다"라고 꾀자 귀가 솔깃해진 원숭이는 기뻐하여 용왕의 등에 올라타고 물속으로 들어갔다.

용궁으로 가는 도중에 용왕은 그만 원숭이에게 사실대로 말하였다. 그 말을 듣고 놀란 원숭이가 "염통을 나뭇가지에 걸어 두고 왔으니 얼른 다시 가지러 가자"라고 했다. 용왕은 원숭이의 말을 곧이곧대로 믿고 다시 육지로 나왔다. 원숭이는 육지에 나오자마자 나무 위에 올라가서 내려오지 않고 용왕을 비웃고 놀려댔다.

💜 「토끼전」의 다양한 결말

「토끼전」은 이본에 따라 결말이 조금씩 다른 모습을 보입니다. 결말은 크게 네 가지 형태로 나눌 수 있습니다.

① 토끼는 별주부의 눈앞에서 도망치고, 별주부 자라는 분함을 이기지 못해 바닷가 바위에 글을 써 붙인 뒤 머리를 부딪쳐 자결한다. 후에 소식이 없자 거북이가 물가로 올라와 사정을 아뢴 글을 용왕에게 보이니, 용왕은 토끼의 목숨을 빼앗으려 한 죄를 뉘우치고 죽는다.

② 토끼가 도망가자, 별주부는 수궁에 가면 벌 받을 것이 두려워 소상강 대숲으로 숨어들어가 살았는데, 후에 그 자손이 세상에 퍼져 이리 많아졌다 한다. 토끼가 간을 가져올 것을 기다리던 용왕은 결국 죽고 만다.

③ 토끼는 자신의 목숨을 빼앗으려 한 것은 분한 일이나 용왕 역시 목숨이 위태로운 것을 알고, 아픈 아이들에게 어머니들이 토끼 똥을 주워다 먹이는 것을 보았노라며 그 아이들과 용왕의 증상이 비슷하니 자신의 똥을 가져다 용왕에게 간이라 하고 먹이라 하니 용왕이 그것을 먹고 병환이 치유되었다 한다.

④ 토끼에게 속은 것을 안 자라가 벼랑에서 떨어져 죽음으로 죄를 사하려 하니, 갑자기 구름 속에서 한 도사가 홀연히 나타나 자신을 화타(중국의 명의)라 칭한다. 그는 자라의 충성심에 매우 감복했다며 선약을 주며 용왕의 병을 고치라 하니, 자라가 매우 감사드리며 용왕의 병을 고쳤다.

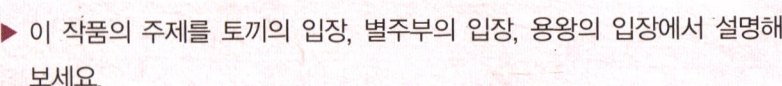

▶ 이 작품의 주제를 토끼의 입장, 별주부의 입장, 용왕의 입장에서 설명해
보세요.

▶ 별주부는 용왕을 위해 토끼에게 거짓말을 하고, 토끼는 자신이 살기 위
해 용왕에게 거짓말을 합니다. 별주부와 토끼가 거짓말을 한 내용은 무
엇이고 어떤 차이가 있는지 설명해 보세요.

▶ 〈토끼전〉의 결말부에서는 자라가 토끼에게 속은 사연을 적어 바위에 붙
이고 머리를 박고 죽습니다. 여러분은 이런 경우 어떻게 할지 이야기해
보세요.

「토끼전」은 우화소설입니다. 우화의 목적은 교훈을 전달하는 것입니다.
따라서 「토끼전」 역시 우리에게 삶의 교훈을 줍니다. 그런데 **「토끼전」은 각
각의 등장인물에 따라 다른 교훈을 전달합니다. 따라서 아이들에게 각각의
인물별로 얻을 수 있는 교훈을 찾아보게 하면 좋습니다.** 우선 토끼의 입장
에서 보면, '지나친 욕심을 부리지 말자', '아무리 위기에 처하더라도 벗
어날 방법이 있다'는 것입니다. 그리고 용왕의 입장에서 보면 '나를 위해
다른 사람의 희생을 강요하지 말자', 자라의 경우는 '우직한 충성심'으로
볼 수 있습니다.

「토끼전」은 이본에 따라 다양한 결말을 보여 줍니다. 그리고 각각의 결말은 다른 의미를 갖습니다. 아이들에게 다양한 결말에 대해 알려 주고 각각의 결말이 의미하는 바가 무엇인지 찾아보도록 합니다. 281쪽 ①의 결말은 당시의 부패한 지배층을 풍자한 것으로써, 용왕을 속인 토끼를 통해 피지배층의 사람들에게 통쾌함을 느끼게 하는 결말입니다. ②의 결말은 지배층을 풍자하기는 하나 자라 역시 피해자 중 하나로 본 결말입니다. ③의 결말은 지배층이 서민층에게 은혜를 입는다는 점에서 지배층에 대한 풍자를 징벌이 아닌 빚을 지게 한다는 의미를 지닙니다. ④의 결말은 아무도 피해를 보지 않고 행복하고 평화롭게 끝나기를 소망하는 결말입니다. 이는 당시 서민층의 소박함과 나라 안의 안정을 소망하는 결말로 볼 수 있습니다.

「토끼전」의 가장 재미있는 장면으로는 보통 토끼가 용왕을 속이는 부분을 꼽습니다. 아이들에게 토끼와 같은 입장이었다면 어떤 식으로 위기를 탈출했을지 생각해 보게 하면 아이들의 상상력과 문제 해결 능력을 키울 수 있을 것입니다.

25

허생전

줄거리

　남산 묵적골에 허생이라는 돈 욕심 없는 선비가 살고 있었다. 허생은 미가 오나 눈이 오나 항상 책을 읽으면서 먹고사는 문제에는 도통 관심이 없었다. 결국 아내는 궁핍한 삶을 견디다 못해 허생에게 나가서 돈 좀 벌어오라고 윽박을 질렀다. 그러자 허생은 읽던 책을 놔두고 밖으로 나가 마을에서 제일가는 부자인 변 부자에게 만 냥을 빌려 매점매석을 하여 돈을 벌었다. 전국의 말총을 모두 사들여 사람들이 머리를 싸매지 못할 때 높은 가격으로 파는가 하면, 과일도 모두 사들여 같은 방법으로 팔았다. 이렇게 해서 허생은 100만 전 가까운 돈을 벌었지만 배를 타고 가다 50만 전을 바다에 버리고 남은 대부분의 돈은 거지들에게 주었다. 또한 무인도에 새로운 사회를 만들어 보려고 시도하지만 자신의 생각과는 다르자 미련없이 그 섬을 떠난다.

그리고는 아무 일 없다는 듯 오 년 만에 집에 돌아와 다시 글을 읽었다. 변 부자는 허생이 만 냥을 빌려가 오 년 뒤에 돌아와서 10만 냥을 주자, 신기해하며 허생의 집을 찾아갔다.

허생은 매점매석을 하여 돈을 벌었지만 그렇게 번 것은 잘못된 방법이었다고 솔직히 털어놓았다. 그 일을 계기로 허생과 변 부자는 친하게 지내게 되었다. 그러던 어느 날, 어영대장이 찾아와 인재가 필요한데 명성이 높은 허생이 적임자라며 허생을 데려가려고 하자, 허생은 그 어영대장을 나무라며 어디론가 사라져 버렸다.

허생은 묵적골墨積洞에 살았다. 곧장 남산南山 밑에 닿으면, 우물 위에 오래된 은행나무가 서 있고, 은행나무를 향하여 사립문이 열렸는데, 두어 칸 초가는 비바람을 막지 못할 정도였다. 그러나 허생은 글 읽기만 좋아하고, 그의 처가 남의 바느질품을 팔아서 입에 풀칠을 했다.

하루는 그 처가 몹시 배가 고파서 울음 섞인 소리로 말했다.

"당신은 평생 과거科擧를 보지 않으니, 글을 읽어 무엇합니까?"

허생은 웃으며 대답했다.

"나는 아직 독서를 익숙히 하지 못하였소."

"그럼 장인바치 일이라도 못 하시나요?"

"장인바치 일은 본래 배우지 않았는 걸 어떻게 하겠소?"

"그럼 장사는 못 하시나요?"

"장사는 밑천이 없는 걸 어떻게 하겠소?"

처는 왈칵 성을 내며 소리쳤다.

"밤낮으로 글을 읽더니 기껏 '어떻게 하겠소?' 소리만 배웠단 말씀이오? 장인바치 일도 못 한다, 장사도 못 한다시면, 도둑질이라도 못 하시나요?"

허생은 읽던 책을 덮어놓고 일어나면서,

묵적골墨積洞　서울의 남산 밑에 있던 동네로, 세력을 잃거나 가난한 양반들이 모여 살았다.

"아깝다. 내가 당초 글 읽기로 십 년을 기약했는데, 인제 칠 년인걸……."

하고 휙 문 밖으로 나가 버렸다.

거리에 서로 알 만한 사람이 없었던 허생은 바로 운종가雲從街로 나가서 시중의 사람을 붙들고 물었다.

"누가 서울 성중에서 제일 부자요?"

변씨卞氏를 말해 주는 이가 있어서, 허생이 곧 변 씨의 집을 찾아갔다. 허생은 변 씨를 대하여 길게 읍揖하고 말했다.

"내가 집이 가난해서 무얼 좀 해 보려고 하니, 만 냥兩을 꾸어 주시기 바랍니다."

변 씨는, "그러시오" 하고 당장 만 냥을 내 주었다. 허생은 감사하다는 인사도 없이 가 버렸다. 변 씨 집의 자제와 손들이 허생을 보니 거지였다. 실띠의 술이 빠져 너덜너덜하고, 갖신의 뒷굽이 자빠졌으며, 쭈그러진 갓에 허름한 도포를 걸치고, 코에서는 맑은 콧물이 흘렀다. 허생이 나가자, 모두들 어리둥절해서 물었다.

"저이를 아시나요?"

"모르지."

"아니, 이제 하루아침에, 평생 누군지도 알지 못하는 사람에게 만 냥을 그냥 내던져 버리고 성명도 묻지 않으시다니, 대체 무슨 영문인가요?"

변 씨가 말하는 것이었다.

"이건 너희들이 알 바 아니다. 대체로 남에게 무엇을 빌리러 오는 사람은 으레 자기 뜻을 대단히 선전하고, 신용을 자랑하면서도 비굴한 빛이 얼굴에 나타나고, 말을 중언부언하게 마련이다. 그런데 저 객은 형색은 허술하지만, 말이 간단하고, 눈을 오만하게 뜨며, 얼굴에 부끄러운 기색이 없는 것으로 보아, 재물이 없어도 스스로 만족할 수 있는 사람이다. 그 사람이 해 보겠다는 일이 작은 일이 아닐 것이매, 나 또한 그를 시험해 보려는 것이다. 안 주면 모르되, 이왕 만 냥을 주는 바에 성명은 물어 무엇 하겠느냐?"

허생은 만 냥을 입수하자, 다시 자기 집에 들르지도 않고 바로 안성安城으로 내려갔다. 안성은 경기도, 충청도 사람들이 마주치는 곳이요, 삼남三南의 길목이기 때문이다. 거기서 대추 밤 감 배며, 석류 귤 유자 등속의 과일을 모조리 두 배의 값으로 사들였다. 허생이 과일을 몽땅 쓸었기 때문에 온 나라가 잔치나 제사를 못 지낼 형편에 이르렀다. 얼마 안 가서, 허생에게 두 배의 값으로 과일을 팔았던 상인들이 도리어 열 배의 값을 주고 사 가게 되었다. 허생은 길게 한숨을 내쉬었다.

"만 냥으로 온갖 과일의 값을 좌우했으니, 우리나라의 형편을 알 만하구나."

그는 다시 칼, 호미, 포목 따위를 가지고 제주도濟州島에 건너가서 말총을 죄다 사들이면서 말했다.

"몇 해 지나면 나라 안의 사람들이 머리를 싸매지 못할 것이다."

허생이 이렇게 말하고 얼마 안 가서 과연 망건 값이 열 배로 뛰어올랐다.

허생은 늙은 사공을 만나 말을 물었다.

"바다 밖에 혹시 사람이 살 만한 빈 섬이 없던가?"

"있습지요. 언젠가 풍파를 만나 서쪽으로 줄곧 사흘 동안을 흘러가서 어떤 빈 섬에 닿았습지요. 아마 사문沙門과 장기長崎의 중간쯤 될 겁니다. 꽃과 나무는 제멋대로 무성하여 과일 열매가 절로 익어 있고, 짐승들이 떼 지어 놀며, 물고기들이 사람을 보고도 놀라지 않습니다."

그는 대단히 기뻐하며,

"자네가 만약 나를 그곳에 데려다 준다면 함께 부귀를 누릴 걸세."

라고 말하니, 사공이 그러기로 승낙을 했다.

드디어 바람을 타고 동남쪽으로 가서 그 섬에 이르렀다. 허생은 높은 곳에 올라가서 사방을 들러보고 실망하여 말했다.

"땅이 천 리도 못 되니 무엇을 해 보겠는가? 토지가 비옥하고 물이 좋으니 단지 부가옹富家翁은 될 수 있겠구나."

"텅 빈 섬에 사람이라곤 하나도 없는데, 대체 누구와 더불어 사신단 말씀이오?"

사공의 말이었다.

"덕德이 있으면 사람이 절로 모인다네. 덕이 없을까 두렵지, 사람이 없는 것이야 근심할 것이 있겠나?"

이때, 변산邊山에 수천의 군도群盜들이 우글거리고 있었다. 각 지방에서 군사를 징발하여 수색을 벌였으나 좀처럼 잡히지 않았고, 군도들도 감히 나가 활동을 못 해서 배고프고 곤란한 판이었다. 허생이 군도의 산채를 찾아가서 우두머리를 달래었다.

원전 이해하기

「허생전」은 연암 박지원의 소설 중에서도 대표적인 작품입니다. 「열하일기」의 「옥갑야화」에 실려 있는 이 작품은 박지원의 실학사상이 원숙한 경지에 이르렀을 때 쓰였으며 날카로운 현실 비판과 뚜렷한 유토피아 지향이 드러나고 있습니다. 「허생전」은 크게 세 가지 문제를 다루고 있습니다.

첫째는 부의 문제입니다. 허생은 부의 획득을 매점매석을 통해 이룹니다. 국내의 물자 유통이 이루어지지 않고 외국과의 무역이 없기 때문에 조선이 부흥할 수 없다는 북학파의 생각이 드러나는 부분으로, 당시 조선의 현실에 대한 연암의 비판이 담겨 있습니다.

둘째는 이상적인 공동체 문제입니다. 허생이 섬에서 글 아는 자를 모조리 배제하는 것은 당시 무위도식하던 양반 식자층을 겨냥한 공격입니다.

마지막으로 북벌론 문제입니다. 박지원은 허생과 이완의 대화를 통해 결국 북벌 의식은 하나의 허위에 지나지 않음을 드러내고 있습니다.

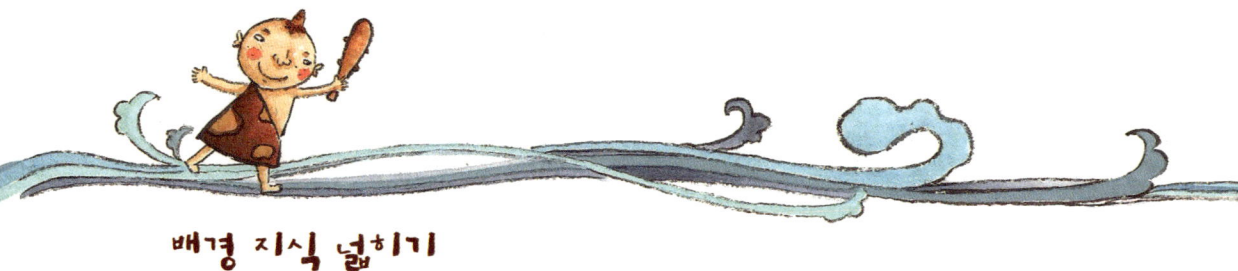

「허생전」의 시대적 배경

「허생전」이 쓰인 **18세기 후반의 조선 사회는 중세에서 근대로 이행해 가는 역사적 전환기**였습니다. 정치적으로는 당쟁이 극심했고, 경제적으로는 화폐의 유통, 수공업의 발달, 농업 생산력의 향상 등에 의해 부의 축적과 집중화 현상이 가속화되면서 새로운 신분 계층이 등장하는 등 사회 변동이 심화되고 있었던 시기입니다. 이러한 사회 현상은 조선 봉건 사회를 굳건하게 지탱해 왔던 신분제의 붕괴를 초래하였고, 궁극적으로는 조선 봉건 사회의 해체를 가속화하는 계기가 됐습니다.

한편, 사상적으로는 일부 선구적 지식인들에 의해 조선 사회를 지배해 온 성리학의 비현실성이 극복되고, 현실 문제에 눈을 돌린 실학이 꽃을 피우고 있을 때였습니다. **실학은 18세기 후반에 와서 연암 박지원을 비롯한 일군의 학자들에 의해 상공업의 유통 및 생산 기구 전반의 기술 혁신 쪽으로 관심을 돌리게 됩니다.** 이들 실학파들의 학문적 관심은 농민, 수공업자, 상인 등 서민층의 생활을 어떻게 하면 풍요롭게 할 수 있는가에 있었습니다.

변산 군도群盜

변산 군도의 출현을 통하여, 우리는 당시의 사회상의 일면을 엿볼 수 있습니다. 그것은 곧 변산 군도처럼 농사 지을 땅이 없어 농촌을 이탈하여 군도가 될 수밖에 없었던 양민이 수천에 이른다는 사실입니다. 이것은 당시 위정자의 이용후생에 대한 정책이 없었기 때문입니다. 그래서 박지원은 작품을 통해 이를 비판한 것입니다.

당시 하층민 가운데는 상층의 집권 계층과 손을 잡는다든가 혹은 독자적으로 농, 공, 상에 종사하여 착실히 부를 축적해 경제적으로 풍요를 누리기도 했습니다.

그러나 그것은 극소수에 불과하고 대부분의 하층민은 상층민의 수탈에 의해 영세농마저도 포기하고 농촌을 떠나게 됐습니다. 이들은 유랑민이 되어 금광이나 도시로 모여들어 임금 노동자가 되기도 하였고, 변산 군도와 같이 도적의 무리를 이루기도 했으며, 농민 반란의 원인이 되기도 했습니다.

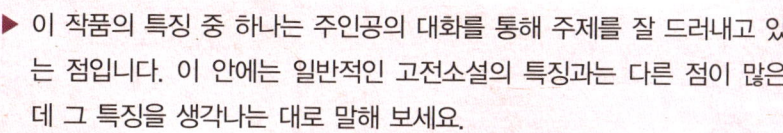

▶ 이 작품의 특징 중 하나는 주인공의 대화를 통해 주제를 잘 드러내고 있는 점입니다. 이 안에는 일반적인 고전소설의 특징과는 다른 점이 많은데 그 특징을 생각나는 대로 말해 보세요.

▶ 허생은 독점(매점매석)을 통해서 돈을 벌어들입니다. 석유가 많이 나오는 아랍 국가들이 석유 채굴량을 조절해 돈을 많이 벌고 있습니다. 이러한 점에 대해서 여러분은 어떻게 생각하나요?

▶ 허생이 이상향으로 생각한 나라는 '땅이 넓고 덕이 있는' 세상이라고 추측할 수 있습니다. 여러분이 생각하는 이상적인 세계는 어떤 세계인가요?

허생은 아내가 자신을 무능력하다고 비판하자 결국 공부를 그만두고 돈을 벌러 나갑니다. 허생의 입장에서 보면 아내 때문에 공부를 그만두게 되었다는 아쉬움이 남습니다. 그렇다고 아내를 비난할 수도 없습니다. 무능력한 남편 때문에 오랫동안 고생을 했기 때문입니다. 아이들에게 이런 상황을 설명하고 어느 한쪽의 입장에 서서 자신의 생각을 말하게 해 보세요.

결국 허생은 아내의 비판을 받아들여 돈을 벌어들입니다. 그러나 벌어들인 돈을 버리거나 나눠 줍니다. 허생은 왜 이런 행동을 했을까요? 허생이 그런 행동을 한 것은 물질에 얽매이지 않고 선비로서의 자세를 지키려 했기 때문입니다. 그러나 오늘날의 관점에서 본다면 다양한 해석을 할 수 있

을 것입니다. 오늘날의 관점에서 이러한 행동을 어떻게 평가할 수 있을지에 대해서도 아이들과 이야기를 나누어 보세요. 굳이 어느 한쪽으로 몰아가기보다는 아이들의 자유로운 의견을 들어 보는 것이 좋습니다.

허생이 부를 축적하는 방식에 대해서도 얘기를 나누어 볼 필요가 있습니다. 허생은 매점매석을 통해서 돈을 벌어들이는데, 오늘날 이러한 행위는 불법입니다. 그럼에도 불구하고 오늘날에도 벌어지고 있는데, 예를 들어 석유 같은 경우 산유국들이 생산량을 조절하여 자신들에게 유리한 가격을 끌어내는 경우가 많습니다. 이러한 상품 독점 행위를 아이들은 어떻게 생각하는지 의견을 들어 보세요.

허생은 또한 빈 섬(공도)에서의 실험을 통해 자신이 생각하고 있는 이상향의 모습을 밝힙니다. 그리고는 나름대로 실험해 보다가 '땅이 좁고 덕이 없다'는 이유로 섬을 떠납니다. 즉, 허생이 이상향으로 생각한 것은 '땅이 넓고 덕이 있는' 세상이라고 추측할 수 있습니다. 이와 관련해 아이들에게 각자 생각하는 이상적인 세계는 어떤 세계인지 말해 보도록 하면 좋을 것입니다.

26

심생전

심생은 용모가 뛰어난 청년이었다. 어느 날 운종가에서 임금님의 나들이를 구경하고 돌아오던 심생은 계집종에게 업혀 가는 처녀를 보게 된다. 호기심에 뒤를 따르던 심생은 처녀와 눈이 마주치자 첫 눈에 반해 밤마다 처녀의 집 담장을 넘어가 창문 밑에서 처녀를 바라보다가 집으로 돌아오곤 했다. 그런 일이 20일 동안 계속되자 처녀는 심생을 한 번 시험하고는 부모님을 설득하여 심생과 밤을 보낸다.

그런데 심생의 부모가 이 사실을 눈치채고 심생을 절에 보내 버린다. 부모님의 명령을 거스를 수 없었던 심생은 할 수 없이 절 방에서 공부만 하며 지낸다. 그러던 어느 날 심생에게 처녀의 유서가 전달된다. 유서를 읽은 심생은 슬픔에 휩싸여 공부를 그만두고 무과에 응시, 무관이 되나 일찍 죽고 만다.

심생沈生은 서울의 양반이다. 그는 약관弱冠에 용모가 매우 준수하고 풍정風情이 넘치는 청년이었다.

어느 날 그가 운종가雲從街에서 임금의 거둥擧動(임금님의 나들이)을 구경하고 돌아오던 길에 어떤 건장한 계집종이 자줏빛 명주 보자기로 한 여자를 덮어씌워 업고 가는 것을 보았다. 그 뒤를 한 계집애가 붉은 비단신을 들고 따라가고 있었다. 심생은 겉으로 그 몸뚱이를 겨냥해 보고 어린애가 아닐 줄 짐작하였다.

그는 바짝 따라붙었다. 그 뒤꽁무니를 밟다가 더러 소매로 스치고 지나가 보기도 하면서 계속 눈을 보자기에서 떼놓지 않았다. 소광통교小廣通橋에 이르렀을 때, 갑자기 돌개바람이 앞에서 일어나 자주 보자기가 반쯤 걷히었다. 보니 과연 한 처녀라. 복숭아빛 뺨에 버들잎 눈썹, 초록 저고리에 다홍치마, 연지와 분으로 가장 곱게 화장을 하였다. 얼핏 보아서도 절대가인임을 알 수 있었다. 처녀 역시 보자기 안에서 어렴풋이 미소년이 쪽빛 옷에 초립을 쓰고 왼편이나 오른편에 붙어서 따라오는 것을 보았던 것이다. 마침 추파秋波를 들어 보자기 사이로 주시하던 참이었다.

보자기가 걷히는 순간에 버들 눈, 별 눈동자의 네 눈이 서로 부딪쳤다. 놀랍고 또 부끄러웠다.

처녀는 보자기를 걷잡아 다시 덮어쓰고 가버리었다. 심생은 어찌 이를 놓칠 것인가. 바로 뒤좇아서 소공주동小公主洞 홍살문 안에 당도하자 처녀는 한 중문 안으로 들어가 버리는 것이었다.

그는 머엉하니 무언가 잃어버린 것처럼 한참을 방황했다. 그러다가 어떤 이웃 할멈을 붙들고 자세히 물어보았다. 호조戶曹에서 계사計士로 있다가 은퇴한 집이고, 다만 16,7세 된 딸 하나를 두었는데, 아직 혼사를 정하지 못했다는 것이었다. 그 딸이 거처하는 곳을 물었더니 할멈은 손으로 가리키며 말했다.

"이 조그만 네거리를 돌아서면 회칠한 담장이 나오고, 담장 안의 한 골방에 바로 그 처자가 거처하고 있지요."

그는 이 말을 듣고 도저히 잊을 수가 없어 저녁에 집안 식구에게 거짓말을 꾸며대었다.

"동창 아무가 저와 밤을 같이 지내자고 하는군요. 오늘 저녁에 가볼까 합니다."

그는 행인이 끊어지기를 기다려 그 집 담을 넘어 들어갔다. 그때 초승달이 으스름한데 창 밖으로 꽃나무가 썩 아담하게 가꾸어졌고, 등불이 창호지에 비치어 아주 환했다. 심생은 처마 밑 바깥벽에 기대앉아서 숨을 죽이고 기다렸다.

이 방안에 두 매향梅香과 함께 그 처녀가 있었다. 궐녀厥女(말하는 이와 듣는 이가 아닌 여자를 낮잡아 이르는 삼인칭 대명사)는 나지막한 소리로 언문 소설을 읽는데 꾀꼬리 새끼 울음같이 낭랑한 목청이었다.

삼경쯤에, 계집애는 벌써 깊이 잠들었고, 궐녀는 그제야 등불을 끄고 취침하였다. 그러나 오래도록 잠을 이루지 못하고 뒤척뒤척 무언가 고민하는 모양이었다.

심생은 잠이 올 리가 없거니와 또한 바스락 소리도 내지못하였다. 그대로 새벽종이 울릴 때까지 있다가 도로 담을 넘어 나왔다.

그 뒤로는 이것이 일과가 되었다. 저물어서 갔다가 새벽이면 돌아오는 것이었다. 이렇게 20일 동안 계속하였으나, 그래도 그는 게을리 아니하였다.

궐녀는 초저녁에는 소설책을 읽기도 하고 바느질을 하기도 하다가 밤중에 이르러 불이 꺼지는데, 이내 잠이 들기도 하고 더러 번민으로 잠을 못 이루기도 하는 것이었다.

6, 7일이 지나자 문득 '몸이 편치 못하다'고 겨우 초경初更부터 베개에 엎드려 자주 손으로 벽을 두드리며 긴 한숨 짧은 탄식을 내쉬어 숨결이 창밖까지 들리었다. 하루 저녁 하루 저녁 갈수록 더해만 갔다.

스무 날째 되는 밤이었다. 궐녀가 갑자기 마루로부터 내려와 바깥벽을 돌아 심생이 앉아 있는 처소에 당도하였다. 심생은 깜깜한 어둠 속에서 불끈 일어서 궐녀를 붙잡았다. 궐녀는 조금도 놀라는 기색이 없이 낮은 소리로 말했다.

"도련님은 소광통교 변에서 만난 분이 아니세요? 저는 이미 스무날 전부터 도련님이 다니시는 줄 알았답니다. 저를 붙들지 마셔요. 한번 소리를 내면 다시는 여기서 못 나갑니다. 절 놓아주시면 제가 뒷문을 열고 방으로 드시게 할게요. 얼른 놓으셔요."

심생은 곧이듣고 물러서서 기다렸다. 궐녀는 휙 돌아서 들어가 버렸다. 방에 들어가서는 계집애를 부르더니,

"너 엄마한테 가서 큰 주석 자물쇠를 주시라고 하여 갖고 오너라. 밤이 깜깜해서 사람이 겁이 나는구나."

하여, 계집애가 웃방 마루로 건너가서 금방 자물쇠를 들고 왔다. 궐녀는 열어 주기로 약속한 뒷문에다 아귀진 쇠꼬챙이를 분명히 꽂고 다시 손으로 자물쇠를 재웠다. 일부러 식를 채우는 소리를 찰카닥 내었다. 그리고 곧 등

불을 끄고 고요히 잠이 깊이 든 듯하였으나 실은 잠을 이루지 못하였다.

심생은 속임을 당하여 분통이 났다. 한편 생각하면 그나마 만나 본 것만 도 다행이다 싶었다. 여전히 쇠를 채운 방문 밖에서 밤을 새우고 새벽에 돌 아가는 것이었다.

그는 다음날에 또 가고, 다음날에도 갔다. 방에 쇠가 채워져 있어도 조금 도 해이해짐이 없이, 비가 오면 유삼油衫을 둘러쓰고 가서 옷이 젖어도 관계 하지 않았다. 이렇게 다시 열흘이 지났다. 밤중에 온 집안이 모두 쿨쿨 잠 들었고, 궐녀 역시 등불을 끄고 한참이나 있다가 문득 발딱 일어나서 계집 애를 불러 얼른 등에 불을 붙이라고 재촉하더니,

"얘 너희들 오늘 밤엔 웃방으로 가서 자라."

한다. 두 매향梅香이 방문을 나가자, 궐녀는 벽에 걸린 쇳대를 가지고 자물 쇠를 따고 뒷문을 활짝 열었다. 심생을 부른다.

"도련님, 들어오세요."

심생은 얼떨떨하여 자기도 모르게 몸이 벌써 방에 들어와 있었다. 궐녀 는 다시 그 문에 쇠를 채우고 심생에게,

"도련님, 잠깐 앉아계셔요."

하고는 웃방으로 가서 자기 부모를 모시고 나왔다. 그 부모는 보고 어리 둥절하였다. 궐녀는 말을 꺼내었다.

원전 이해하기

　「심생전」은 조선 정조 때, 이옥이 지은 소설입니다. 김려가 편찬한 「담정총서」의 제11권 「매화외사」에 실려 있는데 그의 전傳 21편 중 유일하게 신분이 다른 두 남녀의 애정을 소재로 한 작품입니다.

　「심생전」에서 주목할 점은 처녀의 태도입니다. 처녀는 자신의 삶을 스스로 결정합니다. 심생이 비록 양반이었지만 유혹에 금방 넘어가지 않고 심생의 진실한 마음을 확인한 후 사랑을 받아들입니다. 그리고 부모님을 설득하여 부부의 인연을 맺습니다. **이와 같은 적극적인 여성의 모습은 조선 후기 사회에서 여성의 지위가 어느 정도 변화하고 있는 모습을 보여줍니다.** 그러나 한 편으로는 신분이 다른 남녀가 사랑을 이루지 못하는 것을 드러내 보임으로써 여전히 신분제도의 모순이 남아 있는 사회임을 드러내고 있기도 합니다.

　「심생전」은 내용상 **「이생규장전」, 「춘향전」과 닮은 점이 많습니다.** 따라서 **「심생전」은 두 작품 사이를 연결시켜 주는 작품**으로 평가받고 있기도 합니다.

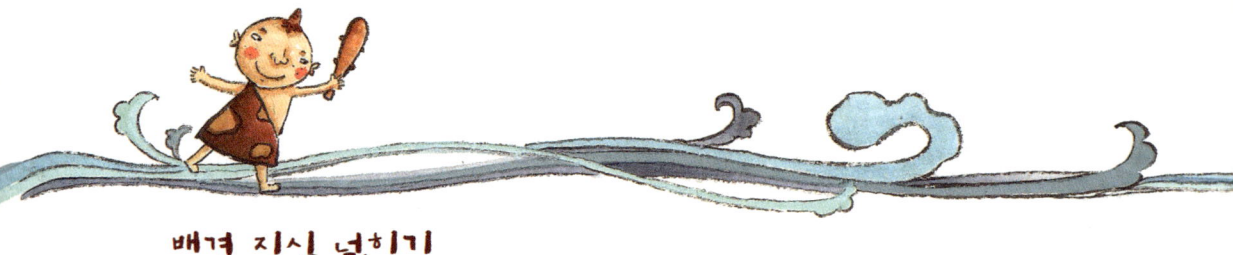

배경 지식 넓히기

「심생전」의 작가 이옥李鈺

성균관 유생이었던 이옥(1760~1813)은 과거 시험 답안지를 적을 때 소품체小品體(소설 등에 쓰인 문체)를 구사하여 정조 임금으로부터 '불경스럽고 괴이한 문체'를 고치라는 명령을 받습니다. 그런데도 고치지 않자 급기야 군에 편적되어 유배까지 당하게 됩니다. 유배에서 풀려난 이후 그는 더 이상 과거시험을 보지 않고 바닷가 남양南陽에 칩거하면서 오로지 문학 창작에 매달리며 여생을 마쳤습니다.

이옥의 가계나 생애는 정확하게 알려져 있지 않습니다. 다만 그의 친구인 김려가 교열하여 남겨 놓은 「담정총서」에 저술이 남아 있고, 김려가 쓴 글의 서문에서 이옥의 일생을 짐작해 볼 수 있습니다. 이옥의 자는 기상其相이고, 문무자文無子, 경금자絅錦子, 매화외사梅花外史, 화석자化石子, 청화외사靑華外史, 석호주인石湖主人 등 많은 호를 사용했습니다.

302

🍃 문체반정과 이옥

　1792년 정조는 문체반정이라는 일종의 문화정책을 시행했습니다. 문체반정이란 문체를 바로잡아 기강을 잡겠다는 정책이었는데 이에 주요 표적이 된 것은 바로 청에서 유입되었던 패관소품입니다. 요즘으로 따지면 소설책이나 수필에 해당되는 글로, 정조는 패관소품들이 글을 재미로 지어내고 사회를 어지럽힌다고 판단하여 문체반정을 시작했습니다. 때문에 패관소품의 작가인 박지원과 많은 선비들이 문체를 어지럽힌다는 이유로 여러 비판을 받습니다. 정조는 바로된 작품을 지어 바쳐 죄를 씻으라고 명하였고, 여러 선비들은 이에 따라 순정한 작품들을 정조에게 바쳤습니다.

　이옥도 패관소품의 작가였는데 남녀 간의 정을 중요시하여 그것을 글로 써낸 이옥이 정조의 눈에 좋게 보일 리가 없었습니다. 게다가 이옥은 과거 답안에 소설 문체를 사용합니다. 정조는 그 벌로써 반성문을 하루에 50수씩 지어 내어 문체를 확실히 바꾼 후 과거에 응시할 수 있게 했습니다. 그러나 이옥은 1795년 성균관 상재생으로 있을 때 정조에게 여전히 소설 문체로 쓰인 글을 지어 올립니다. 그러자 정조는 아예 과거를 보지 못하게 합니다. 후에 군역을 마치면 과거를 볼 수 있게 해 주었으나 여러 가지 문제가 겹쳐 군역을 다 마치고 나니 그의 나이가 50에 가까웠습니다. 이에 실망한 이옥은 고향으로 내려가 자신의 문체를 실컷 쓰며 지내다가 7년 후인 1815년에 세상을 떠납니다.

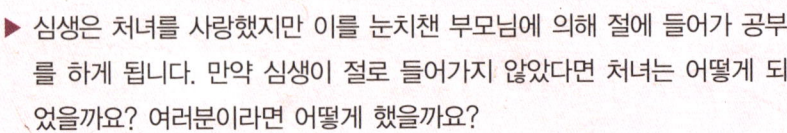

▶ 심생은 처녀를 사랑했지만 이를 눈치챈 부모님에 의해 절에 들어가 공부를 하게 됩니다. 만약 심생이 절로 들어가지 않았다면 처녀는 어떻게 되었을까요? 여러분이라면 어떻게 했을까요?

▶ 심생은 처녀의 유서遺書를 받은 뒤 붓을 던지고 무관이 되었지만 일찍 죽고 말았습니다. 서울의 양반이 무관이 되었다는 것은 사실 수치입니다. 이런 선택을 하게 된 배경에 대해서 설명해 보세요.

「심생전」의 작가 이옥은 정조의 문체반정 정책 때문에 불우한 삶을 살게 됩니다. 그렇지만 아이러니하게도 끝까지 자신의 뜻을 꺾지 않았던 그 고집스러움 때문에 오늘날 **그의 작품은 묘사가 매우 뛰어나고 아름답다는 평가**를 받습니다.

「심생전」은 이옥의 작품 중에서도 수작으로 꼽히는 작품입니다. 특히 전반부에서 심생이 처녀의 뒤를 밟다가 눈이 마주치는 장면은 백미로 꼽히고 있습니다. 처녀의 자태를 묘사하는 장면이나 '버들 눈, 별 눈동자의 네 눈이 서로 부딪쳤다'는 표현 등은 오늘날의 소설들과 비교해도 부족함이 없습니다. 따라서 아이들과 소설에 대해 얘기를 나눌 때는 우선 「심생전」에서 **가장 인상 깊은 장면, 혹은 아름다운 표현을 찾아보게 하는 것이 필요합니다.** 더 나아가 아이들에게 문체반정에 대한 설명을 해 주고 국가가 개인의

자유로운 표현을 막는 것이 과연 옳은 것인지 토론해 본다면 더욱 깊이 있는 토론이 될 것입니다.

등장인물에 관해서는 심생을 주목할 필요가 있습니다. 심생은 처녀를 사랑했지만 이를 눈치챈 부모님에 의해 절에 들어가 공부를 하게 됩니다. 안타까운 것은 이때 만약 심생이 부모님의 말을 듣지 않고 처녀와 결혼을 했다면 처녀는 죽지 않았을 것이라는 점입니다. 그러나 심생은 '효孝'나 '문벌 의식' 등에 얽매여 자신의 감정을 확실히 드러내지 못하고 부모님의 말을 따르게 됩니다. 아이들에게는 자신이 만약 심생과 같은 입장이었다면 이와 같은 상황에서 어떻게 행동했을지 생각해 보게 하면 좋을 것입니다. 이때, **부모님의 말을 따른다, 따르지 않는다는 단순한 결정보다는 어떻게 하면 양쪽의 입장을 모두 만족시킬 수 있을까 하는 쪽으로 생각을 유도하는 것이 좋습니다.**

27

최고운전

줄거리

　최충이 문창 수령으로 부임했을 때, 금돼지가 부인을 납치한다. 그러나 부인의 기지로 금돼지를 죽이고 돌아와 여섯 달 만에 최치원을 낳았다. 최충은 아들이 금돼지의 자식이라 하며 길거리에 버리지만, 선녀가 내려와 최치원을 키운다. 이를 신기하게 여긴 최충이 데려오려 했더니, 최치원은 부모의 부덕함을 비난하며 거절한다.

　하루는 중원의 천자가 치원의 시 읊는 소리를 듣고, 재사ㅑ土 두 사람을 보내 겨루게 했으나 패배하고 돌아갔다. 천자가 크게 노하여, 돌함에 계란을 넣고 밀봉하여 신라에 보내면서, 돌함 속에 든 물건을 알아내어 시를 짓지 못하면 신라를 멸하겠다고 한다. 이때 치원이 나서 승상의 딸을 아내로 삼게 해 주는 조건으로 돌함 속의 물건을 알아내어 시를 짓는다. 시를 받아

든 천자가 놀라 치원을 죽이려고 중국으로 불러들인다. 치원은 중국으로 가는 길에 용궁에서 환대 받고, 노인과 미녀로부터 난관을 극복할 방법을 알게 된다. 낙양에 도착한 최치원은 천자의 간계를 모두 물리치고 중원 학자들과의 문장 대결에서도 승리한다.

때마침 황소의 난이 일어나자, 치원이 격문을 지어 항복을 받으니, 천자의 신하들이 시기하여 죽이려고 외딴 섬으로 유배를 보내지만 치원은 살아서 돌아온다. 황실에 실망한 최치원은 사람을 몰라보는 황제 밑에 있을 수 없다고 선언하고 신라로 돌아와 가야산에 들어가 신선이 된다.

신라 시대에 최충崔冲이라는 사람이 있었다. 그는 일찍이 등용문에 올랐으나, 벼슬길이 순탄치 못하더니 이번에 문창령文昌令이란 벼슬을 제수 받고 심히 근심하는지라, 그의 아내가 묻되,

"다행히 벼슬을 제수 받았음은 경사이온데 어이하여 군자께서는 슬퍼하고 계시나이까?"

하니 충이 대답하기를,

"벼슬을 받아 기쁘기는 하오마는 문창에는 변리가 있어, 영이 되어 가는 사람은 귀신에게 아내를 빼앗긴 자가 십수 명에 달한다 하니, 그로 인하여 근심하는 바이오."

충이 다음날 곰곰이 생각하기를,

'귀신이라면 사람을 해칠망정 잡아가지는 못할 것이려니 이는 황당무계한 말이리라. 만약 사실이라면 내게 한 꾀가 있으니 부인의 손에 색실을 매어 두었다가 집에서부터 실을 따라 찾아가면 그곳을 찾을 수 있을 것이다.'

이렇게 생각하고, 가족과 함께 문창읍에 도착하여, 그곳의 노인들에게 묻기를,

"이 읍에서 실처지변失妻之變(아내를 잃어버리는 변고)이 있다 하니 사실이오?"

그들이 대답하기를,

"사실로 있습니다."

하거늘, 충이 두려워하며 시비에게 내당을 엄히 지키도록 분부하고 채색지계彩色之計(그림 따위에 색을 칠하여 계획을 세움)를 쓰기로 하였다.

하루는 객사에서 일을 보고 있는데 오시쯤 되자 갑자기 먹구름이 사방에서 일어나고 천지가 캄캄해지더니 비바람이 몰아치고 뇌성이 땅을 무너뜨리는 듯하더니 내당을 지키는 시비들이 놀라서 정신을 잃고 마루에 넘어졌더라. 이윽고 바람이 그치고 구름이 걷히어 날이 개이매 시비들이 깨어나서 살피니, 방문은 여전히 닫혀 있는데 부인이 간 곳이 없는지라. 깜짝 놀라 허겁지겁 사또께 달려가 사실을 아뢰니 충이 실성비읍失性悲泣(실성할 정도로 크게 욺)하다가 실을 따라 찾아 나섰더니 뒷산 바위틈으로 들어가 있었다. 그 바위는 천장千丈이나 되어 도저히 올라갈 수 없는지라, 충이 아내를 부르며 통곡하더라.

이때에 하리下吏(각 관아에 딸린 구실아치의 통칭) 이적李積이 아뢰기를,

"사또께서는 너무 슬퍼 마옵소서. 일찍이 늙은이들의 말을 들으니 이 바위가 한밤중에 스스로 열리고 굴 안이 밝다 하오니 기다려서 밤에 다시 오심이 가할까 하나이다."

하니 충이 어쩔 수 없이 돌아왔다가 밤이 되어 다시 그곳으로 가서 기다리고 있는데 밤이 깊자 바위가 열리고 그 안이 대낮같이 밝은지라. 충이 매우 기뻐하여 그 안으로 들어갔다. 안에는 넓고 비옥하여 갖가지 꽃나무가 무성하게 우거졌을 뿐 사람의 자취는 찾을 수가 없었다. 다만 이상한 짐승과 기이한 새들만이 날고 있는지라. 충이 이적에게 묻기를,

"어찌하여 이런 곳이 있단 말이냐?"

하니 이적이 대답하기를,

"예, 세간에 없는 별천지인가 하옵니다."

하더라. 땅이 마른 곳에서 다시 50여 보쯤 앞으로 나아가니 한 채의 큰 집이 있는데 방 안이 웅장하고 회려한데 그 안에서 선악仙樂의 묘한 소리가

들려오는지라. 찬란한 꽃밭 사이로 들어가 창틈을 엿보니 누런 금돼지가 최충의 아내 곁에 무릎을 베고 누워 있고 그 앞에는 십수 명의 미녀들이 늘어서서 풍악을 울리고 있으니 이 여인들이 바로 대대로 잃은 사또들의 아내이더라.

최충이 전일에 아내와 더불어 안 띠에다 약주머니를 달아 요괴로운 짐승을 물리치자 하고 약속한 일이 생각나서, 약주머니를 풀어 바람을 타고 약 냄새가 문틈으로 들어가도록 하였다. 이때 금돼지가 잠에서 깨어나 약 내음을 맡고 묻기를,

"어찌하여 세간의 약 냄새가 나느냐?"

하니 충의 아내가 남편의 꾀인 줄 알고 이내 공손한 말로 대답하기를,

"제가 이곳에 온 지 오래지 않아 아직 인간의 냄새가 남아 있어 그러하옵니다."

하고 눈물을 흘리며 우는지라. 금돼지가 묻기를,

"그대는 어찌하여 우느뇨?"

하니 충의 처가 말하기를,

"제가 이곳에 와 보니 인간 세계와는 만사가 아주 다르므로 슬퍼서 우나이다."

하니 금돼지가 위로하여 말하기를,

"여기는 인간 세계와 조금도 다름이 없으니 조금도 슬퍼하지 말라."

하매 충의 아내가 눈물을 닦고 부드러운 말로 묻기를,

"제가 인간 세계에 있을 때 들으니 선경지인仙境之人(신선세계의 사람)은 사슴 가죽을 보면 죽는다 하던데 과연 그러하옵나이까?"

하고 물으니 금돼지가 말하기를,

"나는 아직 알지 못하나 다만 사슴 가죽을 꺼리는 바요."

하니 다시금 묻기를,

"왜 꺼리나이까?"

하니 금돼지가 대답하되,

"사슴 가죽을 씹어서 머리 뒤편에 붙이면 병이 되어 죽게 되오."

하고 말을 마치자 다시 쓰러져 자더라. 충의 아내가 그 말을 듣고 당장 죽여 원한을 갚고자 하나 사슴 가죽이 없어 가슴이 타는데 가만히 생각해 보니 약주머니의 끈이 사슴 가죽으로 되어 있는지라. 가만히 꺼내어 씹어서 금돼지의 뒤통수에 붙였더니 과연 말과 같이 말도 못 하고 죽더라.

원전 이해하기

　「최고운전」은 작자와 창작 연대를 알 수 없는 소설입니다. 한문본으로는 「최고운전」과 「최문헌전」이 있고 한글본으로는 「최충전」과 「최고운전」이 전하고 있으나, 한문본이 앞선 본입니다. 이 작품은 최치원의 일생을 허구적 구성을 통하여 형상화한 전기적 소설로, '영웅의 일생'이라고 하는 줄거리를 지니고 있는 영웅소설에 속합니다. 이 작품에는 금돼지의 최치원 어머니 납치, 늙은 할미와 용의 아들인 이목과의 만남, 그들의 최치원에 대한 뒷바라지, 최치원과 선녀와의 설화적 요소가 꽤 많이 수용되어 있습니다. 이 소설은 당나라에 대한 최치원의 저항과 공격 그리고 승리를 통해 우리 민족의 우월성을 드러내고, 북방민족에게 당하는 시달림을 정신적으로 극복, 보상하고 있습니다.

　「최고운전」은 외관상 혹은 형식상의 관계에서와는 달리, 실질적인 면에서는 임금보다는 신하가, 관리보다는 백성이, 그리고 주인보다는 종이 더 우월한 존재로, 또한 아버지보다는 어머니가, 혹은 아버지보다는 그 아들이나 딸이, 남자보다는 여자가 더 우월한 존재로, 그리고 중국의 선비보다는 신라의 선비가 더 우월한 존재로 그려져 있어서 흥미롭습니다.

최치원　신라 말기 6두품 출신의 대표적인 학자로 12세의 나이로 당나라에 유학, 7년 만에 과거 급제하여 벼슬을 제수 받는다. 황소의 난 때 지은 『토황소격문』으로 이름을 떨치기 시작했고, 글씨를 잘 썼다고 한다. 유교와 불교의 조화에 노력한 『난랑비서문』이 유명하다.

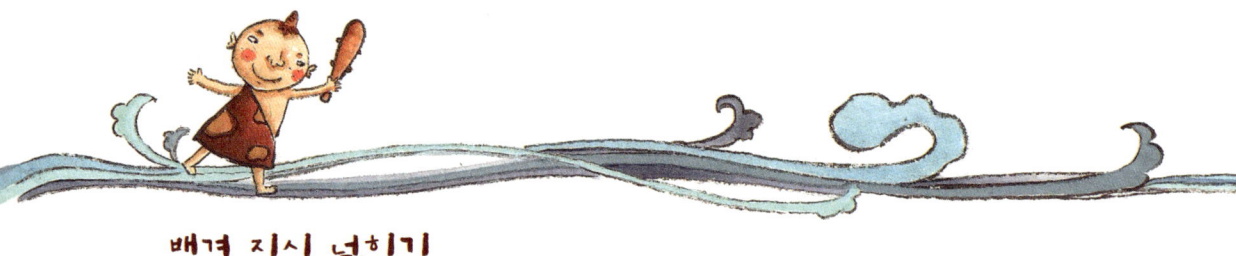

배경 지식 넓히기

🌱 토황소격문討黃巢檄文

당나라 희종 광명 2년에 유적인 황소가 모반하여 복주를 점령하고 소란을 일으키자, 조정에서는 고변을 제도행영도통으로 삼아 적을 치게 했습니다. 이때 최치원은 그의 막하에서 고변을 대신하여 7월 8일에 '격황소서'를 지었습니다. 이 격문은 적장의 간담을 서늘하게 한 명문으로서 문필의 대공을 세웠습니다. 이 격문의 뜻이 호장 장엄하여 서릿발과 같은 위압의 힘이 있었고, 용천설악의 쾌도로써 요마의 머리를 한칼에 베는 것 같은 위엄이 있었습니다. 격문에서 적장의 죄를 꾸짖고 힐책하는 가운데, '다만 천하의 모든 사람이 너를 죽이려고 생각할 뿐 아니라, 또한 땅속의 귀신까지도 이미 남몰래 너를 베려고 의결하였다'라고 한 구절에서는 아무리 완강 무지한 도둑일지언정 한 번 읽고는 모골이 쭈뼛하고 혼비백산하여 저도 모르게 상床에서 굴러 떨어졌다고 합니다. 이로써 최치원의 문명文名이 천하에 떨쳐져 천 년 후인 오늘날에도 그 이름이 널리 알려져 있습니다.

🌱 지하국대적 퇴치설화

「최고운전」의 전반부에 금돼지가 최충의 아내를 납치하는 장면이 나옵니다. 이 이야기는 지하국대적 퇴치설화를 바탕으로 하고 있는데 지하국대적 퇴치설화는 전세계에서 여러

가지 형태로 전해지고 있는 유명한 설화입니다. 우리나라의 경우 다음과 같은 이야기가 가장 대표적으로 전해집니다.

옛날 지하국에 사는 아귀餓鬼라는 도적이 지상 세계에 나타나 왕의 세 공주를 잡아갔다. 한 무사가 공주를 구출하겠다고 자진해 나섰다. 그러자 왕은 공주를 구하면 막내딸과 결혼시키겠다고 약속한다. 무사는 몇몇 부하를 데리고 지하국의 입구를 찾았으나 찾을 수가 없었다. 그런데 꿈에 산신이 나타나서 지하국의 입구를 가르쳐 주었다.

입구에 다다른 무사는 부하들을 지상에 남겨 둔 채 광주리를 타고 지하국에 도착한다. 세 공주 중 하나가 물을 길러 왔다가 무사를 만나게 되고 무사는 수박으로 변하여 도적의 집으로 들어갔다. 세 공주는 아귀에게 독주를 권하여 잠들게 하고, 그의 힘의 근원이 되는 옆구리의 비늘 두 개를 제거해 무사가 그 목을 잘라 죽였다. 그리고 세 공주를 지상으로 올려 보냈으나 부하들이 무사는 올리지 않고 그대로 궁으로 돌아가 버린다.

지하국에 남겨진 무사는 다시 산신의 도움으로 무사히 그곳을 탈출한다.

한편, 궁궐에서는 부하들이 공주를 데리고 왕 앞에 나아가 자기들이 구한 양 거짓말을 하여 큰 잔치가 베풀어지고 있었다. 공주들도 살아오게 된 기쁨에 무사에 관한 일을 잊어 버린다. 한참 잔치가 베풀어지고 있는데 무사가 나타나 자초지종을 고하자 왕은 크게 노하여 부하들을 죽이고 막내딸과 무사를 결혼시켰다.

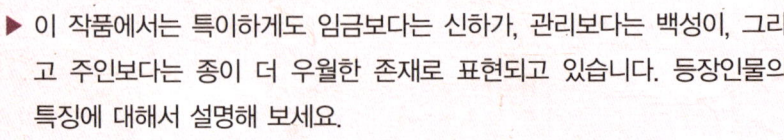

▶ 이 작품에서는 특이하게도 임금보다는 신하가, 관리보다는 백성이, 그리고 주인보다는 종이 더 우월한 존재로 표현되고 있습니다. 등장인물의 특징에 대해서 설명해 보세요.

▶ 최치원은 당나라에서도 인정받은 재원이었지만 신라로 돌아와 제대로 자신의 뜻을 펼치지 못합니다. 유학을 가고 싶다면 그 이유를 말하고, 무슨 공부를 할 것인지, 유학이 꼭 필요한 것인지 부모님과 함께 구체적으로 이야기해 보세요.

「최고운전」에 나오는 최치원은 당나라 황제가 자신을 알아주지 않는 것에 실망하여 신라로 돌아와 가야산에 들어가 신선이 됩니다. 그러나 실제 역사는 이와 다릅니다. 최치원은 당나라 유학생 출신으로 당나라에서 벼슬살이를 하며 토황소격문으로 이름을 떨치고 신라로 돌아왔으나 제대로 자신의 뜻을 펼치지 못합니다. 이와 관련하여 아이들과 유학에 대해 이야기를 나눠 보면 좋을 것입니다. 요즘은 아이들의 유학 문제가 여러 가지 면에서 사회적인 이슈가 되고 있습니다. 아이들에게 '유학을 왜 가는가?', '유학을 가서 무엇을 배우고 싶은가?', '유학을 마치면 그곳에 남아 있을 것인가, 한국으로 돌아올 것인가?' 등등에 대해 질문을 하고 솔직한 이야기를 들어 보면 좋을 것입니다.

「최고운전」이 역사적인 사실과 다른 내용이 쓰인 이유 중의 하나는 임진왜란 때 명나라에 휘둘렸던 쓰라린 기억에 대한 보상차원에서입니다. 작품 속에서 황제를 욕보이는 장면은 당시 **중국 중심의 중화사상에 반기를 든 것**이라고 볼 수 있습니다. 그런데 곰곰이 따져 보면 오늘날의 상황도 당시와 크게 다르지 않습니다. 하지만 현실 세계에서는 소설 속에서처럼 감정적으로 중국을 대할 수 없습니다. **아이들과 함께 중국과 어떤 관계를 맺어야 할지 이야기를 나눠 보고, 더 나아가 일본, 러시아 등 주변 강대국들과의 관계에 대해서도 이야기를 해 보면 좋을 것입니다.**

「최고운전」은 일종의 영웅소설입니다. 그런데 대부분의 영웅소설의 주인공들이 도술이나 무술로써 자신의 힘을 과시하는 반면에 최치원은 지식(문장)으로써 영웅적인 면모를 드러냅니다. 아이들에게 어떤 힘을 지닌 영웅이 더 좋은지 물어보고, 더 나아가 진정한 영웅이라면 어떠한 능력 혹은 자질을 지녀야 하는지에 대해서도 토론해 봅시다.

현재 고등학교 교과서(문학)에 실린 고전 문학

고전소설	설화 · 무가	가전	판소리계 소설	고전수필
금오신화	단군신화	공방전	심청전	이옥설
별주부전	혁거세왕	국선생전	흥부전	슬견설
홍길동전	화왕계	국순전	춘향전	경설
양반전(연암집)	연오랑 세오녀	저생전	변강쇠가	차마설
사씨남정기	장지못 전설	죽부인전	적벽가	주옹설
박씨전	견우와 직녀	정시자전	토끼전	점몽
장끼전	사복불언	청강사자현부전		애오잠병서
호질(연암집)	우렁각시			괴토실설
유충렬전	바리데기			승목설
구운몽	설씨녀와 가씨녀			돼지가 삼킨 폭포
창선감의록	도미 설화			박연의 피리
운영전	온달이야기			남시보에 답함
광문자전(연암집)	조신 설화			어우야담
숙영낭자전	지귀 설화			계축일기
서동지전	거타지 설화			산성일기
숙향전	방이 설화			조침문
임경업전	아기장수 설화			한중록
임진록	지하국대적 퇴치설화			북산루
전우치전	효녀지은 설화			통곡할 만한 자리
조웅전	포산이성			청학동
최고운전	구토지설			동명일기
왕경룡전	선도산성모 설화			호민론
홍계월전	야래자 전설			상론
옥단춘전	용원 설화			우계전
예덕선생전	동명황 신화			수오재기
원생몽유록	해모수 신화			토황소격문
마장전	혁거세 신화			규중칠우쟁론기
하생기우전	호동왕자 설화			일야구도하기
서재야회록	박타는 처녀 설화			요로원야화기
장화홍련전	김현감호 설화			
열녀함양박씨전				
허생전				
주생전				
두껍전				
다모전				
이춘풍전				

현재 중학교 교과서(국어)에 실린 고전 문학

중1	중2	중3
아버지의 유물(민담) 스스로 터득한 지혜(강희맹) 호랑이의 권세를 믿고 홍길동전 동명왕신화 지네장터(전설) 우정의 길(민담)	슬견설 토끼전 아기장수 우투리(전설) 바리데기(서사무가) 흥보가	시집가는 날 박씨전 일야구도하기 운영전

수능 언어영역 고전소설 출제 현황 (1998년~2011년)

출제 연도	출제된 작품	출제 연도	출제된 작품
1998	구운몽	2005	최고운전
1999	춘향가	2006	유충렬전
2000	사씨남정기	2007	적벽가
2001	이생규장전	2008	사씨남정기
2002	토별가(토끼전)	2009	박씨전
2003	창선감의록	2010	만복사저포기
2004	심생전	2011	운영전

※ 해년마다 언어영역 50문항 중 4문항은 고전에서 출제되었습니다.